SpecTator

스펙테이터

스펙테이터

1판 1쇄 찍음 2014년 4월 7일
1판 1쇄 펴냄 2014년 4월 10일

지은이 | 약먹은인삼
펴낸이 | 정 필
펴낸곳 | 도서출판 **뿔미디어**

편집장 | 이재권
기획 · 편집 | 주종숙

출판등록 | 2002년 9월 11일 (제1081-1-132호)
주소 | 경기도 부천시 원미구 상동로 117번길 49(상동) 503호 (우)420-861
전화 | 032)651-6513 / 팩스 032)651-6094
E-mail | bbulmedia@hanmail.net
홈페이지 | http://bbulmedia.com

값 8,000원

ISBN 979-11-315-0001-9 04810
ISBN 979-11-315-0000-2 04810 (세트)

BBULMEDIA FANTASY STORY

SpecTator

스펙테이터

약먹은인삼 퓨전 판타지 소설

1

Contents

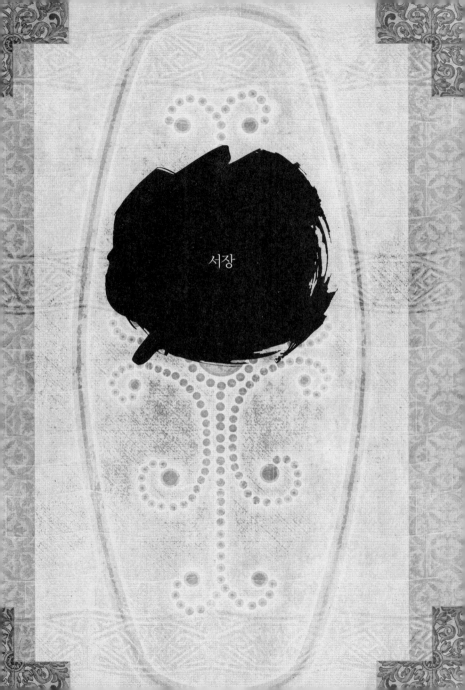

서장

　　오랜만에 찾아간 친구의 집에서 나는 녀석의 시신을 보게
되었다.

　　아는 이의 죽음을 보고 있는 지금 내 기분은 뭐라 표현해야
할까.

　　글쎄.

　　마땅히 떠오르는 단어가 없었다. 그 때문에 나는 정적과도
같은 시간 이후 비로소 딱딱한 한마디를 내뱉을 수 있었다.

　　"죽었구나."

　　발을 내딛자 멎었던 시간이 흐르기 시작했다. 그러자 텅 빈
것 같은 흑백 세상에 색이 드문드문 나타났다. 그것은 조금은
어둡고 음울한 푸른색이었다.

　　다시금 인정한다. 내 친구 김태진은 죽었다.

　　정확하게는.

　　'게임을 하다 자살했다.'

현실보다는 가상현실을 사랑한 놈. 아이템과 NPC를 사랑하던 녀석.

퀘스트에 목매던 그 녀석은 가상현실에서의 실패를 못 이기고 스스로 목숨을 끊었다.

싸구려 잡지에서조차 취급하지 않을 의미 없는 죽음이었다.

"한심한 놈."

녀석의 건강 상태는 썩 좋지 못했다.

나이 39살. 키 178cm. 죽기 전 몸무게는 40kg.

NPC와 사랑하다 버림받고는 우울증에 걸려 굶은 결과다.

정신착란. 심각한 자기 비하.

녀석은 끊임없이 중얼거렸었다.

— 그때로 돌아간다면…… 그럴 수만 있다면……

주문처럼. 어리석은 염원을 담아 간절하게.

헛것을 본 걸까. 자폐증 증상까지 보이던 그놈은 자신의 소원을 들어줄 악마의 문장이라며 이상한 도형을 수천 번 그려 대기도 했다.

나로선 녀석을 도저히 이해할 수 없었다.

사지 멀쩡하다. 자상한 부모부터 예쁜 여동생까지, 화목한 가정이 있는 놈. 사무치게 가난한 가계도 아니었으니 어느 하나 부족할 것 없는 환경이다.

그런데 이 한심한 녀석은 도심 속 무인도를 만들어 스스로 고립시켰고 종국에는 자살해 버렸다. 가슴 아프게 그를 지켜보는 가족들 따위는 아랑곳하지 않고, 게임 속 아바타가 입고 있는 옷과 퀘스트 따위를 미치도록 사랑하다가.

"배부른 놈."

담배 한 개비를 꺼내 물었다. 뿌연 연기에 한숨을 담아 내뿜는다.

미친 탓일까. 태진이는 게임 접속 캡슐 안에서 손목을 긋고 가슴을 난자한 채 죽어 있었다. 자신의 몸에 난자한 자국 역시도 멍하니 앉아 그려 대던 이상한 문양과 똑같았다.

'신문에 실린다면 사이비 교단에 빠졌다는 글귀도 추가되겠군.'

나는 캡슐에 담뱃불을 짓이겼다. 그리고 휴대전화로 경찰에 신고했다.

시신을 덤덤하게 보며.

"예, 사람이 죽었습니다. SL 오피스텔 4층입니다."

말을 이어 갔다. 사인은 자살. 주소를 말하고 친구 관계임을 밝힌다.

몇 번의 문답으로 신고 절차는 마무리되었다. 남은 것은 잠시 기다리는 일뿐.

둘러보던 나의 시선이 캡슐에 머물렀다.

'이 일기장이 유일한 유서가 되겠군.'

팔걸이에 놓인 녀석의 일기장.

언제부턴가 일기를 쓰기 시작한 태진이는 내가 일기장을 보려고 하면 신경질적인 반응을 보이곤 했다. 한 번 녀석이 화장실에 간 사이 몰래 본 적이 있는데 시시콜콜한 게임 이야기와 게임 속 연애 이야기가 적혀 있었다.

'죽기 전 녀석은 무슨 생각을 했을까.'

나는 사후경직조차 되지 않은 태진이의 손을 떼어 내고 일기장을 들었다.

녀석의 주검을 만지며 손에 묻은 피가 일기장에 묻었고 흥건하게 고인 핏물에 내 발걸음 소리가 잘박거렸지만 개의치 않았다.

알고 싶었다. 뻔한 이야기가 있을 테지만 그래도 직접 확인하고 싶었다. 나 같은 놈도 사는 현실을 왜 포기한 것인지를.

우두커니 서서 읽었다.

척척하게 젖은 겉장과는 달리 속은 상태가 양호하여 읽는데 큰 무리가 없었다.

녀석에게는 심각했겠지만 내게는 삼류 드라마와도 같은 이야기들이 쭉 이어졌다. 이윽고 마지막 장을 덮은 나는 고개를 흔들 수밖에 없었다.

"한심한 놈 같으니."

내용은 예상 그대로였다. 게임을 하다 웃고 울다가 헛것을 보게 되어 과거로 돌아간다며 자살한 것. 정신병자가 쓴 것 같은 이 일기장에 유일한 특이점은 마지막 장에 그려진 악마의 문양뿐이었다.

나는 혀를 차며 일기장을 팔걸이에 다시 내려놓았다.

그리고 세상이 어두워졌다.

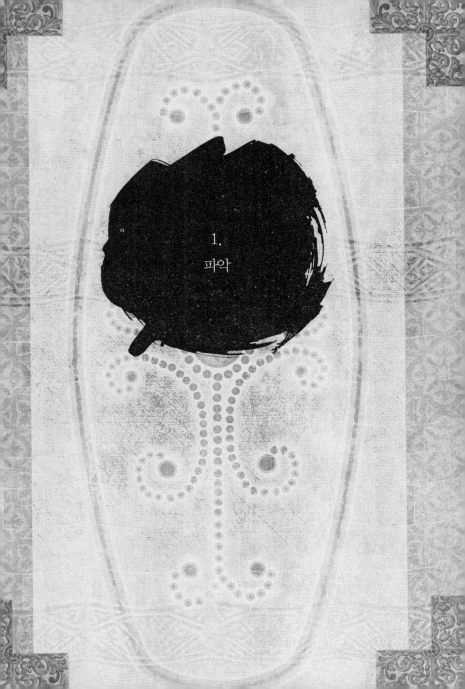

1.
파악

어둠 속에서 붉은 핏물이 글귀를 만들어 냈다.
[**나는 간다. 이제 간다. 모두 처음부터 다시 시작할 것이다.**]
그것은 일기장 마지막에 적혀 있던 녀석의 글.
피로 쓴 글이 오싹하게 다가왔다.
뒤이어
모든 것이 지워져 버렸다.

        ✖   ✖   ✖

– 삑–! 삐비빅! 삑–! 삐비빅!
아침 기상을 알리는 단조로운 기계음이 귓구멍을 쿡쿡 찔렀다. 나는 신경질적으로 귀를 막았다. 그냥 어깨 한 번 흔들어 주면 일어날 텐데 저따위 구닥다리 시계를 가져다 놓다니, 아내한테 화가 치밀었다.

그러다……

문득 어제의 일이 뇌리를 스쳤다.

'……그랬었지.'

발끈했던 마음이 얼음장처럼 차갑게 식어 버렸다.

씁쓸한 웃음이 새어 나온다. 태진이나 나나 실패하기는 매한가지이지 않던가. 사회적으로는 물론 가정적으로도 완전히 패배한 자.

그게 나였다.

"한심하긴."

나는 신경질적으로 알람 시계를 쳐다봤다. 그리고 베개에 얼굴을 묻어 버렸다.

지금은 눈을 뜨고 싶지가 않았다.

내 삶은, 나의 결혼 생활은 참으로 무미건조했다.

중매로 만난 사이라 결혼 생활 내내 서먹서먹하기만 했고, 오로지 가족에 대한 책임과 의무감만으로 관계를 지속하였다. 아내와는 성격에서부터 취미까지 삐걱거렸지만, 남들도 그러려니 하며 살아왔다. 내 맘에 쏙 드는 이가 누가 있겠느냐며 말이다.

본래 부부는 서로 맞춰 가는 사이니까.

그렇게 출근하고 아내가 차린 음식을 먹고 잠든 아이의 얼굴을 보고 다시 출근하고 때론 야근도 하고…… 다람쥐 쳇바퀴 돌리는 것과 똑같은 일상을 반복하며 지내 왔다.

그러던 어느 날 인생의 변곡점이 찾아왔다.

느닷없다는 말보다는 너무 늦은 발견이었다는 것이 옳을 것이다.

일찍 퇴근하여 들어오게 된 그날.

현관에 놓인 낯선 이의 신발과 내 집답지 않은 화사하게 촛불이 켜진 실내. 끝으로 어느 남녀의 들뜬 신음.

그랬다. 나는 내 아내가 타인과 관계를 맺고 있는 적나라한 현장을 본 것이었다.

'썩을.'

생각 같아서는 당장에 쳐들어가 때려눕히고 싶었다.

하지만 나는 그리하지 않았다.

누워서 침 뱉는 격일 뿐이니까.

모름지기 가장은 가정의 얼굴이자 기둥이다. 그 기둥이 시원치 않아서 저리되었다고 광고를 하는 셈이나 마찬가지가 된다. 또한, 벌거벗은 채 있는 내 아내의 체면 또한 시궁창에 빠뜨리는 것과 진배없었다.

그 때문에 화를 억눌렀다. 분노를 가라앉혔다.

조용히 문을 닫고 나왔다.

재미없는 남편에 비해 '저 남자'는 그녀를 여자로 보고 행복하게 했을 것이다. 이를 잘 이해한다.

그러나.

'모두 이해하지만.'

굴욕스러운 감정은 어쩔 수 없었다.

줄담배를 피웠다. 담배를 태우며 아파트 현관에서 계속 기다렸다. 이윽고 1시간이 지나고 2시간여에 접어들 때쯤, 나는 문 앞에서 나를 보며 당황하는 옆집 남자에게 담배 연기를 뿜어 주고는 나직하게 경고했다.

이후 들어가서는 어찌할 줄 모르는 아내에게 '조용히 생각할 시간을 갖자'고 말한 것. 그것이 어제의 사건이었다.

그러니 아침에 직접 깨우지 않고 알람 시계를 둔 것을 나는 이해했다.

'기분은 거지 같지만.'

탁!

괜스레 구닥다리 시계를 때려서 껐다.

"자업자득이지."

우리 두 사람은 정반대의 사람이었다. 부모를 일찍 잃은 나와 알코올중독 아버지 덕에 가정 형편이 어렵다는 그녀. 그 연민의 합치점을 제외하고는 모든 것이 달랐다.

아내는 가정적인 여자였다. 아기자기하며 따스한 마음. 행운보다는 행복과 온기를 바라는 그런 여자.

하지만 나는 달랐다.

책, 영화, 음악, 취미, 취향도 모조리 달랐고, 입맛도 맞지 않으며 돈도 잘 벌어 주지 못하는 데다가 재미도 없는 남편. 월말마다 대출 이자를 막기 위해 이리저리 돈을 찾아다니고, 마이너스 통장을 만드는 일이 허다한 남자. 노력은 하지만 늘 성과는 미진했던 녀석. 자존심은 있어서 집 안에서나마 큰 척, 센 척하고 싶어 하는 못난 사내.

그러니 바람이 난다 해도 나는 이해할 수 있었다.

'빌어먹을!'

안다. 잘 안다.

내가 고작 그 정도라는 것을.

하지만!

지금은 법적으로나 함께해 온 세월로 보나 엄연히 부부이고, 아내는 한 아이의 어머니가 아니던가. 가정에 대한 최소한의 예의라면 서로에 대해 매듭을 지은 뒤, 이혼한 뒤 사귀었어야 옳지 않겠는가.

그 작은 원망이 숨죽인 가슴을 쿡쿡 쑤셔 왔다.

술 한잔이 너무도 하고 싶었다. 그래서 부담 없이 만날 친구를 찾아갔다. 혼자 가상에서 줄창 살아가는 부담 없는 친구를. 내가 뭐라고 떠들어도 웃어넘기는 죽마고우를.

하지만 친구의 집에서 내가 본 것은 녀석의 시체였다.

'아내는 바람피우고 친구는 죽고.'

실소가 절로 나온다. 그야말로 운수 좋은 날이다.

나는 엎드려서 가만히 주먹을 쥐었다. 눈을 감고 뜨거워진 눈가가 식을 때까지 기다렸다.

'사니까 사는 것이다. 숨을 쉬니까 살고 있다. 죽지 않으니 사는 거다.'

되뇌며 스스로 위로했다. 삶은 살아지는 것이라고. 그 뒤 짜증과 공허함을 뒤로한 채 몸을 일으켰다.

"……어?"

눈을 비볐다.

수차례 눈을 다시 감았다가 떴다.

천장의 벽지부터 주위의 모든 물건이 달랐다.

'분명히 지금은 10월인데?'

벽에는 봄철 3월임을 알려 주는 달력이 걸려 있었다. 9일에는 무슨 일이라도 있었는지 달력에 가위표가 쳐져 있다. 수없이 볼펜으로 낙서해서 9라는 숫자가 보이지 않을 지경이다.

나는 머리맡에 놓여 있는 구닥다리 폴더형의 휴대전화를 열었다.

오늘의 날짜는.

[3월 23일]

'……뭐지? 날짜 설정이 잘못됐나?'

꿈에서 아직 덜 깼나 싶었다. 10월이 분명한데 오늘이 3월 23일이라니.

"가만."

그러고 보니 바닥이 너무도 딱딱했다. 침대 매트리스의 느낌이 아니었다. 둘러보니 한 장의 전기장판과 방바닥에 깔린 이불이 보였다.

침대가 아니었다.

혹시, 납치라도 당한 걸까?

나는 순간 잠이 싹 달아났다. 황급히 주위를 돌아보았다.

난장판이 된 방의 전경이 눈에 들어온다.

먹다 남은 과자봉지.

캔 음료수가 돌아다니고 학습지와 교과서가 널브러져 있다. 그리고 나의 눈은 학습지 겉면에 쓰여 있는 주소와 이름을 보고 크게 떠지고 말았다.

– 수학능력시험 모의고사 문제집. 고3 보충 자료집. 집 주

소……

"설마!"

달력을 다시 보았다.

[3월 9일]

황급히 일어난 나는 화장실로 달려가 거울을 보았다. 전등을 켜자 갑작스러운 빛으로 눈이 부셨지만, 실눈을 뜨고 거울을 노려보았다.

거울 속에서는 짧은 머리 모양의 청년이 눈살을 찌푸리고 있었다.

꿀꺽.

침을 삼켰다. 바로 차가운 물을 틀어 세면대에 받아 얼굴을 처박았다가 들었다. 머리를 좌우로 세차게 흔들어 어지럽다 못해 아플 정도까지 만들었다.

실눈을 뜨고 어질어질함을 이겨 내며 기괴한 표정을 짓고 있는 청년이 다시 보였다. 낯설지만 놀라우리만큼 익숙한 얼굴.

그것은 다름 아닌 과거의 나!

"내가 미쳤나?"

어처구니가 없을 따름이다. 그런데 지독하게 현실적인 이 상황은 뭐란 말인가.

데자뷰? 예지몽? 자각몽?

'도대체 뭐지?'

황당하기만 한 판국에 실소가 나왔다. 그때 언뜻 자살한 친구의 일기장이 떠올랐다.

[나는 간다. 이제 간다. 모두 처음부터 다시 시작할 것이다.]

"하하…… 말도 안 돼……."

멍청하게 거울 속의 청년이 읊조렸다.

하지만 충격과 고민도 잠시일 뿐. 몇 차례 꼬집고 나를 다시 보노라니 이것이 '현실'이라는 사실이 피부로 와 닿기 시작했다.

꿈치고는 모든 감각이 너무나도 몸서리치게 제대로인 까닭이다.

'진짜일까? 정말?'

시간을 거스른다니. 과거로 돌아왔다니.

차라리 내가 지독하게도 실감 나는 꿈을 꿨다는 것이 더 바람직할 수 있을 것이다. 깨고 나면 언뜻 생각나지만 채 30분도 되기 전에 어른어른해져 버리는 한바탕의 꿈을.

하지만 꿈이건 현실이건 무슨 상관이랴. 이미 내 현실은 최악이었다.

지금이 꿈이면 잠시 즐길 뿐이고 현실이면…… 그 역시도 나쁘지 않았다.

"정말 좋은 일이겠지."

얼토당토않음에 킥킥 웃으며 나는 망상을 한 번 이어 보기로 했다. 미래를 경험했고 이를 모두 알고 있는 상태로 회귀했다. 만일 그러하다면 어떻게 내 인생이 달라질까?

시험 성적이 올라가는 것은 물론 복권과 부동산, 주식투자로 쏠쏠한 돈을 벌어들일 수 있을 것이다. 학생 때는 평범했지만 10년 뒤 정말 성공하는 친구나 아름다워지는 여자 친구에게 미리 호감을 살 수도 있고, 도움 준 이들에게 감사를 전할 수도 있다.

한마디로 '멋들어지게 살 수 있는' 것이다.

'게다가 알고 있는 미래를 이용해 성공해서 행복하게 가족과 살아갈 수도…… 아!'

그때 달력의 의미가 떠올랐다.

가족! 그래, 가족이다.

내가 부모님을 잃은 날. 혼자가 된 날.

황급히 달력을 보았다.

그날은 3월 9일. 그리고 오늘은!

'23일.'

그 순간, 즐겁기만 했던 망상이 냉정하게 어긋나 버렸다.

내가 바꾸고 싶은 과거는 9일이다. 그러나 오늘은,

"23일!"

허탈함으로 힘이 쭉 빠졌다. 이어, 나에게 이런 꿈을 꾸게 해 준 누군가가 원망스러워졌다.

'며칠만 더 돌려주었다면 좋았을 텐데.'

내가 진정으로 바꾸고 싶은 것은 딱 하나였다. 바로, 부모님의 사고. 그것을 바꾸고 싶었다.

그러나 그럴 수 없었다. 기회가 없다. 망상조차도 허락하지 않았다. 부모님께서 사고로 돌아가신 때는 보다 이전이었으니까.

"딱 보름이면 됐는데……."

3월.

혼자라는 공허함에 몸부림치던 달이 이때였다.

만일 부모님께서 살아 계셨다면, 계실 때 잘해 드렸더라면, 그랬다면 어땠을까. 뒤늦은 두 분의 사랑을 깨닫고 후회하던 시기.

그러나 말도 안 되는 일이 일어난 시점은 그마저도 어긋나 있었다.

✖　　　✖　　　✖

멍하니 시간을 보냈다. 그러나 외로움으로 감각이 곤두설 지라도 나는 꿈에서 깨지 못했다. 여전히 보이는 것은 과거의 집이고 옛날의 나였던 것이다.

내가 미쳤는지 아닌지는 아직도 확신할 수 없다. 하지만 인 정할 건 인정하기로 했다.

'39살의 패배자, 이상현은 없어졌다.'

실패한 나의 삶들. 과연 이 기억들이 진실일지는 조금 더 지나면 알게 될 것이다. 그러니 여부는 그때 가서 가늠해도 될 일.

현재 내게 중요하고 반드시 선행해야 할 일은 바로……

원인 파악.

내가 이런 개꿈을 꾸게 된 이유, 혹은 미래를 경험하게 된 까닭을 알아야 했다.

나는 기억을 곱씹어 보았다.

'신의 장난이라든가 SF영화에서처럼 내 기억이 조작됐다든가 세상 전체가 가상의 게임 공간일 수도 있겠지만.'

이런 부분들은 내가 안다 해도 어찌할 수가 없고 이해도 버겁다. 그러니 내가 인식할 수 있는 범주에서 찾는 편이 최선이리라.

왜 느닷없이 과거로 돌아온 걸까. 혹은, 미래를 알게 된 걸까.

그 이유나 계기가 대관절 뭘까.

내가 직면하고 겪은 단서들만으로 한정해서 추렸다.

'자살한 태진이. 녀석의 일기. 악마의 문장.'

정말이지 어린아이 동화와도 같은 우스꽝스러운 가설이 툭 튀어나왔다.

그것은 바로 '게임 폐인 태진이가 악마와 계약하고 게임에서 성공하고자 과거 회귀를 이루었는데, 녀석의 피와 문신을 접했던 내가 곁가지로 딸려 왔다.' 라는 것이다.

'설마.'

웃기는 생각이다. 그런데 이 어처구니없는 추론 외에는 내가 감당하고 이해할 수 있는 가설이 없었다. 저 유치찬란한 기도가 이루어졌다는 이야기가 역설적으로 가장 현실성 있다는 궤변이다.

'……백번 양보해 이걸 진짜라고 생각해 보자.'

이 가설에 힘을 실어 주면 어떤 선택지가 나올까.

나는 생각을 이어 보았다. 회귀한 내게 펼쳐질 삶이 어떠할지를.

첫째.

'곁가지로 딸려 온 것도 행운이니 지식을 이용해서 이번에
는 성공하자.'

속물적이기는 하지만 나름 합리적인 판단이었다.

나는 도전보다 포기의 의미를 아는 어른이다. 적당히 타협
할 줄 알고 부끄러움보다는 이익을, 꿈과 낭만보다는 현실을
우선시하는 속물이다. 내일보다는 오늘이 중요하고, 굶어 죽
는 먼 나라 이웃 나라 사람들에 대한 걱정보다 한 끼 굶은 내
몸, 한 달 누진세 붙은 전기료를 더욱 생각하는 평범한 남자
였다.

그러니 이번엔 성공해서 잘 살아 본다.

이것이 첫 번째였다.

둘째.

'태진이와 계약 맺은 존재를 찾아. '재계약을 맺자' 하고
소원으로 빈다.'

보름만 더 과거로 돌려 달라고 요청해 본다. 어차피 말도
안 되는 상황이 일어났으니 그 기적에 조금 더 기대 보는 거
다. 기왕 성공하는 거, 잃었던 가족도 되찾으면 실로 금상첨
화이지 않겠는가.

태진이의 일기장을 읽은 덕에 계약 내용도 제법 알고 그 수
단 역시도 확실하게 알았다. 일기장에 적힌 32개의 조항을
간단하게 축약하면

(1) 절대적인 비밀 엄수.

(2) 좌절하고 포기하지 않는다.

(3) 3개월 안에 성륜의 주인 3명을 죽여야 한다.

(4) 대적자로부터 승리를 쟁취하라.

- 이를 어길 시 육신과 영혼이 모두 강탈당하며 영원히 노예가 된다.

가 된다. 후자가 조금 찝찝하고 선뜻 이해도 되지 않았지만, 만나서 얘기해 보면 어찌어찌 해결될 일 아니겠는가. 게다가 악마라는 존재를 부르는 방법은 복잡하지도 않았다.

피로서 악마의 문장을 그리고 간절히 기도하면 되니까.

"해 보자."

결단을 내렸다.

나는 부엌으로 달려가 과도를 들고 손바닥을 베었다. 깊이 베어 주르륵 쏟아지는 피. 섬뜩한 통증을 억누르며 친구가 미친 듯이 그렸던 그 문양. 악마의 문신이라 여겼던 것을 그리고자 했다.

그러나

"……뭐였지?"

이상했다. 떠오르지가 않았다. 녀석이 수도 없이 그려 대던 문양이라 눈을 감고도 따라 그릴 수 있었다. 더군다나 그 문양은 복잡하지도 않았다. 아주 단순한 도형 몇 개에 불과하다.

그런데 그려지지가 않았다. 전혀 떠오르지가 않는 것이다. 너무나도 간단하다는 것을 아는데 나는 그것을 떠올릴 수가 없었다.

주르륵 피만 바닥에 흐를 뿐.

"아프다."

말 그대로 살을 에는 통증이다. 나는 손을 움켜쥐고 심장보다 높게 올렸다.

"정말로…… 아파."

밀려드는 공허함에 고개를 숙였다.

⊠　　⊠　　⊠

욕조에 냉수를 가득 받고 심호흡한 뒤 몸을 담근다.

피부로 파고든 냉기가 뇌리를 한 단어로 가득 메웠다.

'춥다!'

정말 추웠다. 시리고 아릴 만큼 추웠다. 스며드는 냉기 탓에 몸이 저절로 떨려 왔다. 치아가 딱딱 부딪치고 몸이 덜덜 떨렸다. 그러다 미친 듯이 숨죽여 웃었다.

다시 생각해도 내 모습이 정신병자 같았기 때문이다.

'자고 일어나서 바로 하는 짓이 이따위라니.'

아직 3월.

찬물에 몸을 담그기에는 너무도 이른 시기였다.

그러나 나는 계속 버티고 있었다. 꿈이라면 깨기를 바라는 마음으로. 현실이라면 자각하고 제대로 몰입하기 위해서.

'거지 같아도 내 인생이잖아.'

39살의 실패한 삶이었지만 그래도 그것이 '나'였다. 지금에 와서 이를 전면 부인하고 그냥 사는 것은 마약에 취해 환각 속에서 죽는 것과 다를 바가 없다. 누군가에게 조종당하고 농락당하는 것만큼 최악은 없을 터.

나는 거짓된 행복보다는 진실을 알고자 했다.

욕조에 머리까지 처박았다.

춥다. 몸이 떨리는 만큼 손바닥의 통증이 줄어들었다. 몸부림치던 감각이 둔해질 즈음 복잡하던 머리가 진정됐다.

'이래도 안 깬다 이거지?'

이렇게까지 추워 본 적은 내 인생에서 전무후무한 일이다. 그뿐만 아니라 내가 알고 있는 나의 미래들도 너무나도 또렷하게 떠올려졌다.

어른거리고 사라질 꿈결이 아니라 확실한 경험으로 자리하고 있는 것.

'인정하자.'

추위에 떠는 나의 모습. 이것은 진실이었다.

나는 고개를 들어 가쁘게 숨을 몰아쉬었다.

머릿속이 팽팽 돌았다.

인제 어찌할까? 나는 어떻게 하면 좋을까? 모든 일의 원흉을 찾아갈까?

'태진이한테 가서 악마를 부르라 하고 시간을 보름만 더 역행하자고 말해 볼까?'

만약 그럴 수 있다면 정말로 좋을 것이다. 깨끗하게 새로 시작하는 삶일 테니까.

하지만 태진이의 일기장이 생각에 고삐를 채웠다.

'위험해.'

가장 최근의 일까지 적혀 있던 일기장에는 녀석이 게임을 하며 겪었던 이러저러한 일들, 바로 게임 속 NPC를 사랑하게 되었다는 것과 영혼을 저당 잡겠다는 악마를 만났다는 이야기들이 있었다.

'잘 떠올려 보자.'

이맛살 찌푸려 가며 꼼꼼하게 되새겨 보았다. 32개나 되는 그것들은 비밀을 발설하거나 배반하지 말고 열심히 일하라는 내용의 다른 표현들이다.

그런즉.

― 위반할 시 노예가 되니 복종해라.

이게 핵심이 된다. 구태의연하기 그지없는 악마의 계약인 셈이다.

악마가 '갑'이고 태진이가 '을'이다. 아울러 나는 '을'인 태진이의 곁다리로 회귀했다. 그러니 태진이에게 가해진 제약들이 내게도 공통적으로 발휘된다고 추리할 수 있을 것이다.

― 계약 위반 시 육체와 영혼을 강탈당한다.

그 의미가 무엇인지 실감 나지는 않았다. 그러나 섣불리 다가갔다가는 나 역시 악마의 노예가 되어 종사하게 된다는 것은 분명하게 알 수 있었다.

'비밀 누설이 됐건 다른 이유건 간에 나 같은 것쯤은 한 방에 죽을 수도 있지.'

그러니 숨어야 했다. 내가 회귀했다는 사실도 숨겨야 했다.

지금 움켜쥔 기회마저 송두리째 날아갈 수 있으니까.

'이 중요한 내용을 일기장에 대놓고 적다니.'

새삼 태진이의 부주의함에 한숨이 나왔다.

나는 욕조에서 몸을 일으켰다.

"흐으으."

신음이 절로 나온다. 나는 물기를 닦지도 않고 이불 속으로 몸을 날렸다. 전기장판이 켜져 있는 터라 이불 속은 따뜻했다.

'이제 좀 살 것 같다.'

이불에 누워 곰곰이 앞으로의 일을 떠올렸다.

행동 방침은 정했다.

나의 회귀를 그 누구도 눈치채지 못하게 조용히 산다. 이 방침을 1조 1항으로 두고 모든 사태에 대비하는 거다. 하지만 과거와 똑같은 미래를 산다면 나는 또 실패한 삶을 살아야만 하니, 티 안 나게, 태진이가 이해할 수 있게끔 성공도 거머쥐고자 했다.

고로 '생존하고 성공한다' 가 된다.

'외줄 타기가 바로 관건이지.'

균형을 잘 잡아야 했다.

이를 위해 가장 필요한 것. 그것은 바로 돈이다.

"빈곤한 건 전생에서면 충분해."

일자리 고민하지 않으며 굶지 않을 정도는 되어야 낭만을 찾을 수 있는 법. 사랑과 행복도 모두 다 돈이 있어야 할 수 있다.

'우선 그걸 목적으로 하자.'

나는 앞으로의 일을 차근차근 정리했다.

그때.

― 딩동!

초인종이 울렸다.

✠　　　✠　　　✠

평범하기 그지없는 초인종 소리가 나에게는 천둥처럼 느껴졌다.

과거 회귀라는 믿지 못할 일을 겪은 상황이라 순간 오만 생각이 다 든 것이다.

달력을 노려보았다.

3월 23일.

과연 이날에 무슨 일이 일어났을까. 그러나 아무리 생각해도 선뜻 떠오르는 기억이 없었다.

'난 덤으로 딸려 왔으니까.'

그랬다. 이날은 내게 있어 별 의미가 없는 날이다. 나보다는 녀석, 자살한 친구에게 있어 무언가 의미가 있는 날일 터다. 그렇다면 밖에서 초인종을 누르는 사람은 이 사태와는 전혀 관계없는 이일 수 있게 된다.

하지만 한 가닥 의구심을 어찌할 수는 없었다.

'만약.'

계약도 안 했는데 딸려 왔다고 호통치는 악마가 있지는 않을까?

있을 수 없는 일이 일어났다며 처단하러 온 퇴마사라도 있지 않을까?

불안한 마음에 별의별 생각이 다 들었다.

'그 성륜의 주인이란 자들일 수도 있어.'

잘 알지는 못하지만, 분명히 일기장에 쓰인 기록 중 하나였다. 석 달 안에 성륜의 주인 3명을 죽일 것이라고 말이다.

'썩을. 그러고 보니 그들을 못 찾으면 나 역시 끝나는 거로군.'

쓸데없는 상념이 점차 이상하게 비약되고 있었다. 무엇 하나 정리되는 것 없이 실타래가 점점 꼬여 가며 엉켜 간다. 그와 더불어 초인종 소리가 악마의 웃음소리처럼 들리고 문 자체가 두렵게 느껴졌다.

그때였다.

"크윽!"

나도 모르게 움켜쥔 손 탓에 베었던 상처가 쓰라려 왔다. 간신히 지혈된 손과 그 통증을 느끼며 나는 비로소 정신을 차렸다.

겁내고 어찌할 줄 모르는 바보스러운 내 모습이라니.

일부러 손을 더욱 움켜쥐었다. 아릿한 통증으로 마음을 수습했다.

'피한다고 될 일이 아니야.'

이불을 박차고 일어났다.

그랬다.

집 안에서 웅크린다고 해결될 일이 아니었다. 이성적으로 생각해 보자. 만약 문 앞에 있는 이가 악마나 퇴마사 같은 초인적인 능력자라면 저렇게 오래도록 초인종을 누르고 있었겠는가? 말 그대로 귀신처럼 들어와서 말을 걸지 않겠는가.

백번 양보해서 실제로 악마가 정중하게 초인종을 눌렀다손 치자.

어쩌겠는가?

평생 이 안에서 웅크리고 살 것인가?

초자연적인 존재라면 한낱 인간으로서, 이깟 아픔에 몸부림치는 나로서는 해결할 방법이 없었다. 해결할 수 없는 고민을 끌어안고 나는 불필요하게 괴로워하고 있던 것이었다.

지금은 불가능한 일을 겸허하게 받아들이고 가능한 일에만 집중해야 할 때다.

나는 심호흡을 마치고 벗어 두었던 옷을 다시 입었다. 잠옷 삼아 입는 회색 면바지에 흰 면 티셔츠를 입고는 핏자국 난 상처를 감추고자 휴지로 둘둘 손을 감쌌다.

시계를 보았다. 지금은 오전 7시 14분.

긴장을 풀어 보고자 제법 실없는 생각을 해 보았다.

'굉장히 부지런한데?'

이 정도면 매우 근면 성실한 악마가 아니던가. 악마들 사이에도 성실성으로 평가하여 직급을 올리는 제도가 있는 것은 아닐까? 나중에 평가 전화라도 오면 '매우 만족'이라고 높이 점수를 줘야겠다.

그리고 아직도 초인종을 누르고 있는 누군가를 당당하게

불렀다.

"누구시죠!"

어떤 존재라 할지라도 나는 피하지 않을 것이다. 내 손으로
문을 열어 맞이하겠다. 그리 결심하고 들려오는 대답에 귀를
기울였다.

「고모부다. 잘 있었냐?」

"……나 이거야."

나는 허탈함에 피식 웃을 수밖에 없었다. 초인간적인 대상
을 떠올리며 두려워한 내가 참으로 우스꽝스럽지 않은가.

긴장이 확 풀리자 굳었던 생각이 술술 풀려 나갔다.

'아아. 그랬지, 그랬어.'

그래. 이제 생각난다. 열심히 집에 출근 도장을 찍던 고모
부가 말이다. 아마 내 삶 중 이때가 가장 많이, 또 자주 친척
들을 보아 왔던 때였던 것 같다. 부모님께서 사망하시고 난
이때에 분에 넘치도록 많은 관심과 사랑을 받았다.

아아. 정정한다. 나보다는 더욱 능력 있는 친구에게 관심을
두었었다.

'돈 말이지.'

하긴 액수가 꽤 크긴 했다.

부모님은 교통사고로 사망하셨다.

과실은?

상대에게 있다. 상대측의 중앙선 침범으로 말미암은 정면
충돌로 사망한 것이니 말이다. 사고 후 사망한 부모님과는 달
리 상대측 운전자는 살아 있었는데, 그에게서 결정적인 증거

가 또 나온 것이다.

그것은 바로 혈중알코올농도 0.136%.

신호 대기 중인 차량을 들이받은 교통사고 사망사고였다.

그렇다고 상대방이 무보험 상태이거나 가계가 힘들어 쫄딱 망하거나 하게 된 것은 아니었다. 정말이지 다행스럽게도 그들 역시 알차게 보험 가입을 해 놓았었고, 꽤 상층에 속하는 경제력을 가지고 있었으니 말이다.

100퍼센트의 과실에다가 부모님께서는 작은 마트를 운영하고 계신 바, 사업자 보험은 물론 당연하게도 운전자 종신보험에도 가입하셨다. 여타 기본적인 보험 등에도 가입되어 있었고, 이 모든 것의 수혜자는 나였다.

'기억이 나.'

아무래도 예지몽과 과거 회귀 중에서 회귀에 더 무게가 실리게 되었다.

이때의 나는 어땠었나.

부모를 잃고 외로움에 몸부림치는, 엉겁결에 돈만 많아진 사회 초년생이었다.

'내가 생각해도 참 철부지 얼간이였어.'

나는 그렇게 웃고 있다가 잠긴 문을 열어 주었다. 그러자 말쑥한 차림의 고모부가 보였다. 그 얼굴을 보니 작은 DVD 방을 운영하고 있다는 부가적인 정보까지도 새록새록 떠올랐다.

"이러고 있을 줄 알고 찾아왔다, 녀석아."

그런 그의 옆으로 고모가 함께 있었다. 그녀는 반찬거리를 가져왔었다.

"이럴 때일수록 더욱 기운 내야지. 이러다 등교 시간에 늦으면 어쩌려고 그러니."

다정하게 타이르며 안으로 들어와서는 신발을 정리한다. 뎅구는 쓰레기며 이불을 정리했다.

"자자, 기운 내라."

고모부는 나의 어깨를 듬직하게 두드리며 힘을 불어넣어 주었다. 그런 위로를 받으며 나는 입술을 질끈 깨물었다.

이 사람, 돈 빌리고 연을 끊었던 친척이지 않던가.

"아직은 힘들겠지만 언제나 너는 혼자가 아니라는 사실을 잊지 말고. 알았지?"

부드럽게 타이르는 목소리.

어쩜 저리도 말을 잘했을까. 저런 사람이 나중에 단물 쏙 빨아먹고 돌아설 줄 어찌 짐작이나 할쏜가. 심금을 울리는 대사에 위로, 손짓까지 완벽하게 하는 그들이었다.

한 가족이라는 이유만으로, 외로웠던 때에 매일같이 방문하며 도움을 주었다는 이유만으로 신뢰했던 과거가 떠올랐다.

'웃기는 것들.'

나는 어깨를 들썩이며 더욱 고개를 숙였다.

그뿐이랴. 앞으로도 찾아올 온갖 친척들의 작태를 떠올리자니 미치도록 재미났다.

아침마다 출근 도장 찍느라 얼마나 귀찮았을까.

이런 헌신적인 노력과 관심을 받은 나는 이후로 저들에게, 또 친척들에게 '가족'이라는 이유로 적잖은 도움을 주었었다.

대출 이자 몇 천만 원, 보증금 몇 천만 원, 병원비 몇 백만 원 등등을 말이다.

하나같이 구구절절한 사연으로 무장한 그들의 간곡한 부탁을 어찌 가족으로서 거절하겠는가. 더군다나 가족끼리 차용증을 쓴다?

어찌 가족끼리 그런 일을.

'우리가 남이냐?'라는 그들의 말에, 안타깝기 그지없는 사연에 나는 그렇게 부모님의 피 값으로 받은 소중한 돈을 마구 퍼 주었었다. 사실 십 수억의 돈이 쌓여 있는 상황인지라 제대로 개념이 잡히지 않은 탓이 컸다.

더군다나 부모님의 빈자리를 저들로 채우고 싶다는 작은 소망도 한몫했을 것이다.

그리고 그 결과는, 실패한 나의 삶으로 귀결됐다.

'변변치 않은 벌이 탓에 아내가 바람이나 피우고 나는 근근이 입에 풀칠하며 사는 신세가 되었지.'

어설프게 쌓인 돈으로 고3, 그리고 대학 생활을 윤택하게 보낸 나는 그만큼 공부를 시원찮게 했었다. 그리고 매우 낮은 성적으로 졸업했다. 이후 쌓여 있던 돈마저 친척들에게 주고, 헤프게 쓰는 습관으로 모든 것이 거덜 나는 상황에 이르러서야 일자리를 찾게 되었다.

하지만 사회는 나에게 학벌이라는 이름의 만만치 않은 벽을 떡하니 보여 줬다.

그리고 그들은 나를 외면했다.

'정말 혼자가 됐어.'

돈이 떨어진 지 넉 달도 채 안 된 시점이었다. 더는 짜내도 떨어뜨릴 단물이 없다고 인식된 지 딱 넉 달째였었다. 사회의 벽을 실감한 지 두 달째 되는 시점이었다.

바로 그 두 달 만에 돈이 없어진 나는 다시 버려졌다.

그 많던 친구에게서도. 애정 어린 가족들에게서도.

그렇기에 지금의 상황이 내게는 웃기기만 했다.

돈을 목적으로 온 이들. 사랑이 없음을 나는 잘 안다. 나 역시도 직장 생활을 하며 그리 움직였으니까.

그러니 마찬가지로 대우해 주면 될 일.

그렇게 통쾌하게 그들을 비웃으려는 순간이었다.

"윽!"

주먹을 움켜쥔 탓일까. 통증이 엄습해 온다. 섬뜩하고 생생한 통증을 느끼자 머리끝까지 불태우던 흥분이 다소 가라앉았다.

고통은 어떤 감정보다도 강렬했다.

"아니, 손이 왜 이래? 여보! 약 상자 어디 있어? 얼른 찾아봐."

"네? 아이고. 가만…… 내가 지금 옷을 다릴 때가 아니지."

고모부는 격려하던 것을 거두고 걱정스럽게 내 손을 보았다. 고모 역시 황급히 바르는 약을 찾기 위해 동분서주한다. 그런 그들의 모습에서는 말 그대로 안쓰러움과 연민만이 보일 따름이다.

허둥지둥하는 그들의 모습에서 가식은 보이지 않았다.

'······내가 지나친 억측을 한 건가?'

조금은 침착할 필요가 있었다. 순간순간 화를 내고 주먹다짐하는 것은 어렸을 때면 충분하니까.

"아니에요. 과일 좀 깎다가 베인 것뿐인걸요. 잠시 화장실 좀 다녀올게요."

나는 그렇게 말하고는 화장실로 들어갔다. 문을 잠근 뒤 세면대에 물을 틀어 수건을 가져다 댔다. 이어 차갑게 적신 물수건을 얼굴에 덮어 열기를 식혔다.

뜨겁게 달아오른 눈두덩이 서늘해지니 비로소 머리가 제대로 돌아가기 시작했다. 악마를 떠올리며 긴장하던 차에 그들을 봐서인가 너무 흥분했던 것 같다.

'침착하자. 침착하자.'

주문처럼 되뇌며 숨을 골랐다. 그리고 오래전에 내렸던 결론을 다시금 되새겼다.

저들이 범죄자들이고 위선자들일까. 불구대천의 원수인가.

'상현아, 너는 이미 알고 있지 않더냐.'

성숙한 자아가 젊은 몸뚱이를 차분하게 가라앉힌다.

"······저들 잘못이 아니다."

술에 취하여 쓸쓸히 퇴근하던 날 문득 내린 결론을 반추했다.

그렇다. 저들은 속에 시커먼 흉계를 가지고 온 희대의 사기꾼들이 아니었다. 그저 평범하게 볼 수 있는 그저 그런 사람들. 명절 때 한 번 보고 어려울 때 작은 도움을 주며 자식 자랑을 하는 일반적인 부모에 불과했다.

저들이 그런 흉계를 갖고 나를 속이기 위해 대사와 연기를 기가 막히게 하고 있다는 것은 너무도 과한 억측이었다. 다만 피치 못 하고 어쩔 수 없는 사정이 저마다 있을 뿐이다. 내 가족을 위해 이기적으로 일해야만 했던 지난 미래의 나처럼.

"멍청했던 게 잘못이지."

자조적으로 웃었다. 학교를 벗어나 겪은 현실이 나를 성숙하게 한 까닭이다.

내 탓이었다.

돈이란 것이 모으기보다는 쓰기 쉽다는 사실을 알지 못하고 분수에 맞지 않게 씀씀이가 컸던 나의 잘못이었다.

사실 친구끼리, 가족끼리 모여서 저마다의 사정을 얘기하는 것은 당연한 일이다. 이 중에 '요즘 경기가 어때?' '제수씨는?' '아파트 융자는 어떻게, 잘되니?' '처남이 사고로 다쳤는데 불쌍해서 어쩌지!' '조카가 생일인데 말이야.' 등등의 이야기는 숱하게 나온다.

단지 돈 없고, 자기 주제를 아는 사람은 그런 일에 쉽게 나서지 않는다. 막말로, 당장 내가 먹고살기 바쁜데 감히 누구에게 신경을 쓰겠는가? 또한, 도와야만 하는 상황이라면 자기 분수에 맞는 선물을 준다.

그러나 나는 엉겁결에 갖게 된 어마어마한 돈이 있었다. 내 것이지만 내 노력이 아닌 그 돈들. 그렇기에 나는 착한 사람이 되어 그런 이야기 하나하나에 능력 있는 사람으로서 오지랖 넓게 끼어들었다.

'내 잘못은 맺고 끊는 것이 명확하지 않았고 빈틈을 너무 보였다는 거였어.'

저들이 무조건 옳고 내가 무조건 어리석었다는 것은 아니었다. 단지 저들의 탓을 하기에는 내 부족함이 너무 컸다는 자각일 뿐.

소매치기가 지나가는 경찰의 지갑을 터는 일 따위 일어날 리 없다. 그러나 만취하고 가로수 아래에서 잠들어 버린 취객의 지갑을 터는 일은 자주 있다. 그 이유는 바로 상대가 그러게끔 충분한 빈틈을 보였다는 것에 있다.

빈털터리가 된 나를 그들이 거부한 것 역시 마찬가지의 이유. 내게서 너무도 큰돈을 받았기에, 자신들의 능력으로는 갚기 곤란할 정도의 돈이었기에 그들은 나를 외면하는 길을 선택한 것.

나나 그들이나 그저 그런 사람이며 삶이었다는 사실.

그것이 전부였다.

회귀 전. 결혼하고 가장이 돼 나도 그리 살았었다.

저들을 이해했다. 용서한다.

하지만

'잊지는 않겠다.'

나는 한숨과 함께 마음속 찌꺼기를 토해 냈다.

"봐요. 멀쩡하죠?"

걱정스레 보는 그들에게 웃으며 말했다.

"별것도 아닌 걸로 걱정 끼쳐 드려 외려 죄송하네요."

"그래도 인석아, 약은 발라야지. 이리 손 다오."

고모는 그렇게 말하고는 연고를 바르고 붕대를 감았다.

"아, 그런데 고모부. 교복은 어디 있죠? 이거 더 늦으면 지각일 거 같은데요."

"여기 있다. 네 고모가 대충 다려 놨지."

"여보, 아직 바지를 덜 다렸는데……."

"이 사람하고는. 애가 학교에 늦는다잖아."

티격태격하는 그들을 뒤로하고 나는 서둘러 방으로 들어가 옷을 갈아입었다. 와이셔츠에 단추를 채우고, 바지를 입어 허리띠를 감은 뒤 겉옷을 입는다. 그러다가 나는 놓여 있는 넥타이를 보고는 웃었다. 은근히 있을 거는 다 있는 교복이 재미났던 것이다.

가방에 아무런 교과서나 적당히 넣어 멨다. 머리칼은 짤막하여 빗질할 필요조차 없었다.

모든 준비를 마치고, 나는 그들에게 고개를 숙였다.

'인연을 맺고 끊는 것.'

그것은 최악을 피하고 최선을 위한 현명한 결단이다.

"그간 감사했습니다."

더없이 진지하게. 이전의 내가 보인 바 없던 표정과 목소리로 말했다.

"이렇게 아침마다 신경 써 주셔서 감사합니다. 그리고 부탁할게요. 내일부터는 찾아오지 말아 주십시오."

어투를 바꾸면 친하던 사이도 서먹하게 느껴지는 법.

바뀐 나의 모습과 난데없는 말에 그들이 당황해했다. 나는 그들이 말할 틈을 주지 않았다. 외려 손으로 제지하며 내 할 말을 이어 갔다.

"충분히 생각했고 스스로 이겨 내고자 합니다. 더불어, 이제는 제 일로 다른 사람에게 폐를 끼치고 싶지 않네요. 이것이 그동안 고민하며 제가 내린 결론입니다. 예의가 아니지만 제 뜻을 존중해 주시기를 부탁합니다."

"하, 하지만……."

너무도 당황했는지 횡설수설하는 그들이다. 그나마 정신을 수습한 고모부가 내게 말했다.

"그래도 우린 가족이란다. 아침에 오는 것 정도는 별것도 아니니 걱정할 필요 없어."

"그래. 어차피 찬거리 만든 거에서 조금 덜어 오면 되는 거란다."

"제가 성인으로서 내린 첫 결정입니다."

길게 말하지 않았다. 그리 말하고는 가만히 서 있을 뿐.

잠시 정적이 머물렀다.

"흠. 흠."

헛기침하고 머리를 긁적이는 소리가 들렸다. 낯설어하는 기색이 역력했다.

침묵의 시간 이후 그는 고개를 저으며 말했다.

"언제라도 힘들면 찾아오너라."

그녀도 붕대를 들고 있는 채로 서둘러 반찬거리를 냉장고에 넣었다.

"건강 조심하고, 밥도 꼭 챙겨 먹고. 알았지?"

그들은 걱정과 당부의 말을 몇 마디 더 하고는 나갔다.

나는 배웅했다. 아파트 엘리베이터 안에 들어가는 모습에서 저 밑에서 걸어가는 모습까지 내려다보았다.

'이제 첫발이다.'

과거와 다른 나의 하루. 그리고 인생의 시작이었다.

✠   ✠   ✠

아릿한 통증을 벗 삼아 정신을 가다듬는다. 이제 어떻게 내 삶을 고칠지 더욱더 진지해질 필요가 있었다.

어떤 삶이 성공일까? 나는 어떤 성공을 바라고 어떠한 행복을 갈망하는가?

하나씩 정리하고 찾아간다.

'내게 많은 친구는 필요 없다.'

말이 많으면 영혼이 빈곤해진다.

지난날, 짧게나마 흥청망청 돈을 쓸 때 내 주위에는 많은 사람이 있었다. 하지만 그들 중 그 누구도 '나'라는 인간에게 관심을 두고, 언제고 내 곁에 있어 준 이는 없었다.

그 때문에 나는 원한다. 간절히 바란다.

'언제라도 내 곁에 있어 줄 사람을.'

기쁨을 함께 즐길 수 있는 친구가 아닌, 슬픔을 나누어 짊어질 수 있는 진짜 벗. 그것이면 충분했다. 그런 면으로 보건대, 지난 내 삶에서 나는 친구도, 진실된 사랑도 없었다. 그나마 근접한 것이 캡슐에서 죽은 친구였지만 '그 역시 아니다.'라는 것을 깨달았다.

3월 23일이 무슨 날인지 생각난 덕분이다.

진짜 친구.

"이번 삶에선 찾을 수 있을까."

알 수 없다. 하지만 한 가지는 확신할 수 있었다.

그것은 지금의 삶이 이전의 삶보다 현명할 것이라는 사실이었다.

"가자."

이제 진실을 확인하기 위해, 녀석의 의미를 보기 위해 학교에 갈 시간이다.

아파트 13층에서부터 엘리베이터를 타고 내려갔다. 등교 시간은 7시 50분까지. 출발 시각은 7시 30분. 20분 남짓밖에 안 남아 있지만, 등교에 대한 부담은 없다.

아파트 단지에서 불과 200m 떨어진 곳에 자리한 탓에 지각한 일이 없는 까닭이다.

사거리 건널목에 서서 녹색 등이 들어오기를 기다렸다. 아파트와 길 어귀에서부터 삼삼오오 모여드는 학생들로 인도가 가득가득 메워졌다. 편의점에서 빵과 음료를 사 먹고 있는 학생, 교문 통과용으로 서둘러 명찰을 다는 이도 있었다.

같은 교복을 입고 있지만 다른 모습들. 그들의 일부가 되어 도로를 걷고 있자니 기분이 묘했다.

'어려지다니. 거참.'

교복 입은 학생들을 보며 웃었다. 그리고 주위를 둘러보던 중 그들을 볼 수 있었다.

23일의 의미가 될 그녀.

나의 절친한 친구. 아니, 절친하다 착각했던 태진이와 녀석의 여동생 현화였다.

"역시."

찾는 일은 어렵지 않았다. 그만큼 그녀는 빼어난 미모를 자랑하고 있었으니까.

그야말로 꽃 중의 꽃이라 해야 할까. 무의식중에 고개를 돌리다가 자기도 모르게 두 번, 세 번을 더 돌아볼 정도의 이목을 집중시키는 미모의 여학생 김현화. 평범한 교복이 맞춤복인 양 느껴진다. 서울의 한 고등학교가 아닌 영국에 있다는 유서 깊은 학교의 것처럼 기품까지 느껴질 정도다.

다른 여학생들의 머리칼이 어깨선을 넘기지 못하는 것에 반해, 찰랑거리는 머리칼을 매력적으로 뽐냈다. 현재 대형 연예기획사의 연습생이자 유명 잡지의 표지 모델이며 학생들 사이에서도 많은 팬을 가지고 있는 매력적인 학생이 그녀였다.

'자랑스러운 내 친구의 아름다운 여동생.'

중학교 때 친구와 노래방에서 찍은 동영상을 올려 단숨에 인터넷 스타가 되고, TV 프로그램에 출연. 놀라운 기타 솜씨와 깜찍한 매력을 선보인 화제의 주인공이다.

'고등학교까지는 졸업해야 한다. 소중한 학창 시절을 버릴 수는 없다'는 부모의 강경한 의지 덕에 저렇게 학교에 다니고 있기는 하지만, 사실상 모델 활동도 겸하고 있기에 현화는 누가 봐도 아이돌이며 스타였다.

"23일의 주인공."

손바닥의 고통을 느끼며 떠올릴 수 있었던 사실이다. 고통과 연관되는 작은 기억이었다. 허공에 괜스레 추임새를 넣고 키득키득 웃으니 주변의 학생들이 나를 이상하게 본다.

개의치 않았다. 내가 그들에게 무관심하듯 저들도 나를 곧 잊을 테니까.

'오는군.'

저 너머에서 오는 한 뚱뚱한 학생이 보였다.

힐끔 그를 보고 날카롭게 시선을 돌리는 태진이를 확인했다.

단단히 벼르고 있는 것이다.

내 기억과는 분명하게 다른 과거의 너다. 실성한 듯 웃는 내가 과거에는 없었듯이, 투지에 찬 태진이도 과거에는 없었다.

역시, 회귀의 주인공은 녀석이었다.

그렇다면 앞으로 펼쳐질 장면도 눈에 선했다.

'한편의 삼류 드라마.'

태진이의 매서운 두 눈에 인파를 헤치며 달려드는 이가 포착되었다.

"현화야! 내 사랑을 받아 줘!"

유치찬란한 대사를 외치며 달려드는 그를 보고 현화가 소스라치게 놀랐다. 그 순간, 주먹을 꽉 쥐며 준비 중이던 태진이가 성큼 나섰다. 뚱보의 손을 쥐어 뒤로 꺾는다. 영화 속의 경호원이 그런 것처럼 능숙하게 제압했다.

육중한 몸이 쿵 소리를 내며 쓰러진다.

"으그그극! 아파. 아프다고! 넌 뭐야!"

"나? 얘 오빠다. 그러는 넌 뭐냐?"

"나…… 난…… 난…….."

말을 뭐라 잇지 못하던 녀석이 현화를 보더니 반색하며 말했다.

"현화 친구라고! 진짜 친한 친구. 오늘 고백하려고 했을 뿐이야!"

헤벌쭉 웃으며 하는 말에 누런 치아 사이에서 침이 산탄총처럼 튀었다.

오물을 피해 태진이가 물러났다. 근처에 있던 학생들이 다급히 피했고, 그것은 정면에 있던 현화 역시 마찬가지였다.

"아는 사람이니? 혹시 사귀던 사람?"

"오빠! 절대 아냐!"

황당하다는 표정의 현화가 세차게 고개를 가로저었다. 뚱보는 엎드린 채로 소리쳤다.

"마, 말도 안 돼! 분명히 반갑다고, 잘 지냈느냐고! 다음에 또 보자고 했었잖아!"

절대로 아니라고 부정하는 모습에 뚱보가 작은 눈을 동그랗게 뜨고 그녀에게 달려들었다.

태진은 슬쩍 그의 발을 걸어 나자빠진 녀석을 제압한다.

"말도 안 되긴. 인마, '안녕하세요, 반가워요, 나중에 또 봐요.'가 넌 사랑 고백으로 들려?"

혹여 유언비어라도 퍼질까 주위를 보며 또렷하고 웃음기까지 섞으며 배우처럼.

"그, 그건 아니지만, 현화는 분명히 달라! 다르다고!"

"아하~ 그래?"

태진은 '후' 웃더니만 제압한 손에 힘을 주었다.

"아으으읔. 아파! 놔! 으아악!"

구슬픈 비명이 더욱 커졌다.

관람하고 있는 내 입에서는 절로 웃음이 나올 일.

맞다. 이것은 지독하리만큼 유치한 이야깃거리다. 애정 결핍인 남학생이 꿈꾸던 이상형에게 인사를 받았다. '안녕하세요?' '또 뵙네요.' 평범하지만 너무도 달콤하게 들리는 인사와 관심. 이에 흥분한 남학생은 이상형에게 깊이 빠져들고 집착하게 된다.

그 친절함. 그 관심이 그에게는 '유일' 했기에 그런 것이다.

'누구에겐 일상이지만 누구에겐 처음이자 전부인 추억이지.'

여기서 중요한 것은 절대 '정상인이 아니다.' 라는 점이다. 감정적으로 심각하게 결핍한 상태일 때 이런 과대망상적인 행동이 일어나게 된다. 왜, 물에 빠져서 허우적거리는 사람이 지푸라기라도 잡는다고 하지 않던가.

쥐어 봐야 똑같이 빠져 죽을 지푸라기를 말이다.

"좋구나."

회귀 전에는 그랬었다.

스토커가 열렬하게 사랑하는 여자 앞에 나섰다. 내 사랑을 받아 달라며 온갖 유치한 짓거리를 하다가 안으려 들고, 주위에 있는 태진이와 학생들과 마찰을 빚었다. 종국에는 커터 칼로 자기 사랑을 증명하겠다며 자해하는 소동을 벌이게 된다.

이는 유머 게시판에서 읽었을 법한 사건이다.

'이게 3월 23일의 전부지.'

오늘은 그녀가 스토커의 난동으로 마음의 상처를 입는 날이었다.

오전의 사건 이후, 현화는 학교에서 태연함을 가장하며 불안하게 지내다가 점심 식사 때 뜨거운 국그릇을 쏟아 다리에 화상을 입게 된다.

이로써 트라우마(trauma)가 생기는 것.

그녀는 다리의 상처를 볼 때마다 스토커의 광란을 떠올리게 되고 활달하던 성격이 내성적으로 바뀌게 된다. 소심해진 것이 아니라, 예전처럼 타인의 시선을 즐기지 못하게 된 것이다.

예민한 여고 시절을 그렇게 보낸 그녀는 결국 화려한 데뷔를 할 것이라는 예상과는 다르게 그렇게 평범하게, 스타가 아닌 아름다운 학생으로서 생활하게 된다. 이후 직장을 갖고 보통의 연애를 하며 상처도 받았다가 극복하여 결혼한다.

즉, 23일의 오늘은 한 여인의 인생에서 그런 분기점이 되는 날이었다.

짝짝짝……

손뼉 칠 일이다. 오늘은 그런 날이니까.

녀석의 가족이 상처받는 날. 제대로 보호해 주지 못한 태진이가 자신에게 실망한 날.

사랑하는 동생의 삶이 송두리째 바뀌게 되는 역사적인 날이 오늘이었다.

"이야! 멋있다!"

내가 대중 속에서 소리치자 구경하던 다른 학생이 휘파람을 휘익 불었다. 웅성웅성하던 것이 왁자지껄해졌다.

멋쩍었는지 주위를 보던 태진이가 이내 환하게 웃었다. 발악하는 똥보에게 준엄하게 말하자 환호성이 더욱 커졌다. 이를 본 나는 고개 돌려 교문으로 향했다. '저 오빠 누구야?' '야, 무슨 일 있었냐?' '그게 뭐냐면…….' 시시덕거리는 이들과 함께 웃었다.

하지만 마음은 차갑게 식어만 갔다.

'보름이다.'

딱 그만큼만 더 과거면 됐다. 여동생뿐이 아니라 30년을 알아 온 친구의 부모까지 구해 줄 수 있었던 시간이.

"겨우 보름이었다."

교문을 지났다. 입가에 짓고 있던 미소가 딱딱하게 굳었다. '네 녀석에게 있어 나의 비중은 그 정도도 되지 않았더냐.'

참으로 쓰디쓴 웃음이었다.

✖   ✖   ✖

나비효과라는 말이 있다.

브라질에 있는 갈매기의 날갯짓이 미국 텍사스에 토네이도를 부를 수도 있다는 말에서 출발하여 시적인 표현, 나비의 날갯짓으로 변천하게 된 원리다. 물리학의 카오스 이론의 원리가 되기도 한 이 이론은 초기 조건에 대한 민감성 때문에 도출되는 결과물의 변화를 말한다.

'일기장에 적혀 있었지.'

회귀를 준비하며 태진이가 알아본 이론인 듯했다.

나비효과는 어렵게 풀어놓자면 한없이 어렵지만, 간단히 말하면 정말 쉽다.

인생의 작은 갈림길. 예를 들어, 오늘 본 것을 따르면 현화와 태진이에게 있어 저 스토커는 사건이다. 이를 어떻게 받아들이느냐에 따라 미래의 그들의 모습이 달라진다.

가정주부 김현화와 연예계의 스타 김현화로.

'고맙다.'

걱정 많이 했었다. 회귀했다는 것을 들키면 어쩌나 하고.

회귀 사실을 숨기는 것은 내가 '과거와 똑같은 행동'을 하는 것이다. 하지만 나는 준비되지 못한 채 과거로 와 버렸다. 만약 태진이가 나조차도 모르는 내 습관을 안다면, 예전에 하지 않았던 행동을 내가 해 버리면 빼도 박도 못 하고 잡히는 것이다.

그런데 회귀를 대비하며 나비효과를 일기장에까지 적은 녀석이 오늘 아침에 저런 변수를 만들다니.

"진심으로 고맙다, 이 새끼야."

삶을 변화시킬 핑계거리를 간절히 바라는 이 마당에 울고 싶은 아이 아주 제대로 뺨을 후려쳐 준 격이다.

웃자. 얻어맞고 풀 죽어 있어야 할 녀석이 영웅적인 행보를 걸었다.

그래서 녀석은 내가 돌발적인 행동. 과거와는 다른 행보를 걷는다 할지라도 '나 때문에 미래가 바뀌고 있구나. 조심해야겠어.' 라고 생각하지, '설마 저 녀석도 과거로 온 것일까?' 라는 생각 따위는 하지 않을 것이다.

왜? 녀석이 '다른 짓' 을 이미 벌였으니까.

'말도 안 되는 이야기지만.'

사실 그럴듯해 보이는 소재인 나비효과는 써먹기 좋은 핑계에 불과하다. 세상만사 원인에 따른 결과가 있으며 미처 알지 못한 원인이 그에 따른 결과를 불러올 때, 인간의 무지함은 이를 '신비' 라 부른다. 작용한 만큼의 반작용이 존재하며 변화된 원인 분자가 변형된 결과를 불러올 뿐인 당연한 일을 말이다.

그러나 게임 폐인이자 나비효과를 맹신하는 태진이는 이러한 현실적인 원리에 무지하다. 고작해야 영화나 게임을 통해서 본 '과학' 이 전부일 테니까.

그렇기에 안심할 수 있었다.

'오늘 일을 핑계로 엄한 짓을 해도 돼.'

생각을 정리한 나는 나의 삶을 바꾸기 위해 움직였다.

정문을 넘어서 내가 향한 곳은 교무실이었다.

"상현이구나. 담임선생님을 찾아온 거니?"

교무실에 들어서자 한 여선생이 내게 먼저 말을 걸었다.

'누구더라?'

티 나지 않게 위아래를 훑었다. 키는 160cm 정도에 둥근

안경을 쓴 귀여운 스타일의 젊은 여성인데…… 가만히 보노라니 그녀가 누구인지 어렴풋이 떠올랐다.

이름은 이미란. 영어 선생이며 나이는 20대 중반쯤이다.

'더는 모르겠군.'

그녀에 대한 정보는 이 정도가 전부였다. 지난 내 삶을 통틀어서도 그다지 추억할 것이 없었던 탓이다. 하지만 장담컨대, 그녀 역시도 나에 대해 이름 정도만 알고 있을 것이다.

내가 평범한 학생인 까닭이다. 원래, 어중간한 애들은 이렇다. 특별히 사고를 치지도, 사건을 저지르지도 않는 대한민국의 평범한 학생은 평범함으로 인해 잊힌다.

이는 선생 역시 마찬가지다. 과거의 스승과 현재의 선생은 그 의미가 차이가 난다. 지금의 선생은 직업이다. 더 비하할 이유도, 더 가치를 부여할 어떤 이유도 없다.

"네. 자퇴 절차에 대해 알고 싶어서요."

"아, 자퇴…… 응?"

멈칫했다 되묻는 이미란에게 고개를 숙여 보이고는 담임선생이 있는 자리로 향했다. 그래도 담임이었다고 얼추 생각이 나기는 했다. 나이 42살에 남자 선생인 공영호. 고3 학생을 압도하기 충분한 그는 투박했고 뚱뚱하며 키가 177cm에 달한다. 현재 내 키가 168cm니 차이가 상당히 나는 셈이다.

그는 출근한 지 오래지 않은 듯, 이제야 서랍을 열어 시간표 따위가 있는 종이를 꺼내고 있었다.

"선생님, 자퇴 절차에 대해 알고 싶습니다."

"뭐라고?"

심드렁하게 그가 되물었다.

다시 똑똑히 발음하여 말했다.

"자퇴하고 싶어서 왔습니다."

이번에는 조금 큰 목소리였다. 교무실은 제법 넓기는 하지만 목소리가 차단될 정도로 장애물이 있지는 않은 곳이다. 넓은 공간에 책상과 의자 여러 개가 있는 것이 전부이니 내 목소리는 구석구석 울렸다. 일과를 준비하던 선생들과 다른 볼일로 왔던 학생들마저도 나를 보았다.

학생의 관점에서 선생을 보면 높아 보이고, 또 어른이라는 생각 때문에 주눅이 들기 마련이다. 그러나 회귀를 겪은 나다. 지난 내 나이와 비슷한 연배를 보이는 교사에다 앳되기까지 한 신임 교사들을 보고 주눅이 들 이유가 없었다.

"자퇴한다니, 쟤 뭐야?"

"3반에 걔 아냐?"

"너 쟤 알지?"

저 한편에서 두 여학생이 소곤소곤 얘기했다.

"어. 2학년 때 같은 반이었거든. 얼마 전에 부모가 죽어서 학교도 안 나왔었어."

"둘 다 죽은 거야?"

"아마 그럴걸?"

"한 방에 갔네. 일타쌍피?"

왜 그런 목소리 있잖은가. 분명히 작게 하는 말인데 또렷하게 들리는 목소리 말이다. 아나운서 뺨치게 발음이 좋은 탓일까. 원래 목소리가 큰 탓일까. 아주아주 잘 들리는 그녀들의 대화였다.

"그래서 자퇴하는 거야? 불쌍하다."

안 그래도 적막한 교무실이다. 그곳에서 저들끼리 수군거린다고 하는 이야기가 내 귀에까지 또렷이 들리니 어쩌겠는가. 그들 옆자리에 있던 남자 선생이 버럭 소리 질렀다.

"이 녀석들이, 어디 죽었다 어쨌다 말을 막 하는 거야! 존칭할 줄 몰라? 게다가, 뭐? 한 방에 가?!"

"그게…… 저…….."

"당장 따라와!"

당황한 나머지 고개를 푹 숙이는 그녀들을 담임으로 보이는 남자가 데리고 나갔다.

보노라니 실소가 절로 나왔다.

'곧 소문이 쫙 돌겠구나.'

생각하는 그때, 인상을 확 찌푸린 공영호 선생이 내게 말했다.

"잠깐 얘기 좀 하자."

그가 일어났다.

과격하게 교사 휴게실에 들어선 그는 의자에 앉아서는 머뭇거렸다. 무슨 말을 해야 하기는 하는데 잘 정리가 되지 않는 모양이었다.

이윽고 팔짱을 끼고 생각하던 그가 말문을 열었다.

"자퇴하고 싶다고?"

"네."

"부모님께서 계시지 않다고 할지라도 네 양육권은 고모에게 있다. 동의는 구한 거냐?"

"아직입니다. 하지만 제 의지를 확실히 전하고자 하여 선생님께 처음으로 말씀드리는 겁니다. 자퇴는 고모가 아닌 제 선택이고 제가 감수해야 할 책임이니까요."

그러자 그가 피식 웃으며 빈정거렸다.

"오호. 엄마 뒤에 숨어서 이거 해 달라~ 할 나이는 아니라 이거지? 다 컸다 이거냐?"

"적어도 중심은 잡았다고 생각합니다."

"뭐?"

뜻밖의 말을 들은 탓일까. 공영호 선생은 미간을 일그러뜨렸다.

"이 자식 봐라……."

험상궂은 얼굴로 나를 보며 한참을 있다가 다시 말했다.

"공부가 싫은 거냐? 부모님께서 돌아가시니 세상 살기가 싫어졌어?"

내 눈을 보며 말하는 그였다. 나는 그의 말이 뜻밖으로 느껴졌다.

대충 말하거나 윽박지르고 끝내리라 예상했다. 그런데 저 모습은 나를 가르치고 바로잡아 주려는 전초가 아니던가.

나 역시 본심을 보이기로 했다.

시선을 피하지 않았다. 서로 눈을 마주 보고 이야기하는 것은 국외에서는 예의지만 한국에서는 결례다. 그럼에도 나는 그의 눈을 보았다. 머뭇거리며 도피하고자 자퇴를 결정한 것이 아님을, 확고한 의지가 있기 때문에 선택한 것임을 표현한 것이다.

"입장이 달라지니 다른 길이 보였습니다. 곰곰이 생각하다 보니 굳이 제가 학교에 얽매일 아무런 이유가 없더라고요."

그가 허! 웃더니 빈정거렸다.

"수중에 돈이 생기니 펑펑 쓰면서 놀고 싶더냐? 그 돈이면 뭐라도 할 수 있을 것 같아서 그래? 잘하는 짓이다. 부모님 피 값으로 돈이 생기자 아들이라는 녀석이 당장에 학교를 때려치우려 들어?"

쯧쯧, 혀를 찼다.

"나 역시 상황은 대충 알고 있다. 들어오는 돈이 못해도 17억은 된다지? 회사원이 평생을 모아 봐야 십억. 이보다 훨씬 웃도는 돈이 생겼으니 오죽 좋을까."

목소리가 점점 커진다.

"모든 할 수 있을 것 같으냐? 다 가질 수 있을 것 같아! 경험 미숙에다 졸부인 네놈이. 더군다나 부모님 소천하시고 한 달도 되기 전에 공부를 때려치우면서 처지가 바뀌었느니 하며 지껄이는 녀석이 깔아 볼 정도로 어른들이 우습게 보이냐?!"

'……이런 사람이었나.'

진심으로 소리치는 공영호 선생에게 나는 내심 탄성을 터뜨릴 수밖에 없었다.

놀라웠다.

내 기억으로 그는 분명히 평범하기 그지없는, 수능을 잘 보고 좋은 대학을 가야 인생이 편해진다는 소리나 지껄이는 그저 그런 선생이었다. 결단코 지금처럼 열의를 보이는 이가 아니다.

그 명징한 차이 때문에 나는 기분이 좋았다. 타인은 곧 자신을 보는 거울이라지 않던가.

보라. 이 얼마나 기쁜가.

같은 상황임에도 일탈을 하니 생각지도 못했던 삶이 펼쳐졌다.

"선생님께서는 자퇴한다는 것이 인생을 포기하는 거로 생각하십니까? 좋은 성적으로 졸업하고 좋은 대학을 가 좋은 직장을 구한다는 것이 행복한 삶이라고 생각하십니까? 제가 원하는 것은 성공이 아닌 행복입니다."

그가 말했다.

"말은 맞다. 성공과 행복이 직결되지는 않지. 게다가 좋은 대학과 직장이 성공을 보장한다는 것도 꼭 그렇다고 단정 지을 수는 없다. 하지만 학교에서조차 낙오된 이가 사회에서 성공할 수 없다는 것만큼은 명확하지. 이래서 피하고 저래서 도망치는 녀석들. 인내할 줄 모르는 녀석이 실패하는 삶을 산다는 것은 명약관화다."

다른 반론은 필요 없다고 한다.

"네 알량한 계획이 애송이 푸념에 불과한 이유? 자주 들었겠지? 공부에 때가 있다는 말을 말이다. 지금 이 소중한 기회를 놓치면 언제 할 수 있으랴. 현재를 소중히 하라. 이런 얘기들이 그냥 하는 말 같더냐?"

어리광 피우지 말라고 한다.

"어른이 되어서도, 학교를 벗어나서도 공부는 할 수 있다. 하지만 잊지 말아야 할 것은 어른이 되면 스스로 책임져야 한다는 거야. 지금처럼 온종일, 다른 것 신경 쓰지 않고 쉬엄쉬엄 공부만 하는 것이 아니라, 스스로 책임과 권한을 위해 일을 하고 활동도 하면서 짬짬이 공부를 해야 한다는 말이다. 그러니 기회가 있고 때가 있다는 말을 하는 거다."

쾅!

"그래, 꿈 찾아 성공하겠다는 더럽게 철든 놈아. 아무 하는 일 없이 앉아서 책만 읽어 대면서 힘들다고 징징거리고 그나마도 버겁다고 도망치는 녀석아. 대관절 그런 놈이 무슨 성공을 이룬다는 것이냐. 울타리 안에서 보장된 성공마저 잡지 못하고 스스로 실패한 녀석이 거기에 행복을 찾겠다고?"

책상을 내려친 그가 도발하고 있었다. 용기조차 없다면 꼬리를 말라고 강요하고 있는 것.

드르륵.

그때 내 뒤편에서 누군가 엿듣고 있는 듯 문이 긁히는 소리가 들렸다. 그럼에도 그는 신경을 쓰지 않았다.

모든 관심을 내게 집중하는 탓이다. 나를 설득하기 위해.

그는 참으로 신뢰가 가는 대담자였다.

"이전에는 몰랐던 행복의 의미를, 이번 사고를 겪으면서 확실하게 알았습니다. 또한, 시간이 무한하지 않다는 것 역시 말이죠. 제가 원하는 행복은 규격화된 틀 안에서, 학교와 대학을 통해서 찾을 수 없어요. 저는 시간을 더는 낭비하고 싶지 않습니다. 뒤늦게 깨닫고 시간을 낭비함으로써 후회하는 것은 부모님으로 충분합니다."

이에 나를 빤히 보던 그가 긴장한 기색이 없는 나를 확인하고는 같잖다는 투로 고개를 흔들었다.

"대체 네가 생각하는 행복이 뭔데 그러냐?"

"언제고 믿고 신뢰할 수 있는 사람을 얻는 겁니다."

"그러면 더욱 학교에 다녀야지. 전 학년 때는 물론, 지금만 해도 31명이나 한 반에 있으니까 말이다. 네 나이 또래의 친구를 이보다 더 쉽게 만나고 사귈 수 있는 곳이 학교 말고 또 어디가 있겠냐?"

어깨를 으쓱거리며 대꾸했다.

"제가 아무것도 없을 때 남아 줄 수 있는 친구는 없어 보이던데요."

"그리 보이냐?"

"소중한 것을 잃은 경험, 그만한 꿈을 가진 녀석은 없어 보였습니다."

"……먹고살 계획은 있는 거냐?"

"저금해 두고 경험부터 할 생각입니다. 아직 돈을 쓰기에는 어린 나이니까요."

"허- 나 이거야, 원."

그가 벌떡 일어나 휴게실의 문을 세차게 열었다.

"꺅!"

"에고!"

짤막한 비명. 두 여학생이 복도를 나뒹군다.

무섭게 보는 공영호 선생을 본 여학생들은 '죄송합니다.' 하고 황급히 교실로 가 버렸다.

그는 거치적거리는 이들을 보낸 뒤, 문을 쾅! 닫고는 앉았다.

"거~ 자식. 이렇게 강단 있는 녀석이 아니었는데, 내가 잘못 봤던가?"

우악스럽던 어조가 풀려 있었다. 그는 휴게실에 있는 냉장고에서 음료를 하나 꺼내고는 내게 건넸다.

"말려서 통할 정도는 아니구나. 그 정도 쇠고집이면 네 고모쯤이야 쉽게 설득할 수 있겠지. 좋다. 사실 내가 떠들썩하게 말리기는 했다만 절차는 복잡하거나 오래 걸리지도 않아. 네 고모님 모시고 와서 동의서에 사인하고 대충 이틀 있으면 처리될 거다. 내 호통 따위에 쫄 것 같으면 어디 가서도 성공 못 할 텐데…… 뭐, 그런 면에서는 합격이다. 그나저나 제법 기특한 소리를 하는군. 성공이 아닌 행복이라. 거참."

그가 웃었다.

"학교는 제 행복이 뭔지도 모르는 놈들이 실패라도 안 하게 이러저러한 경험을 주는 곳이지. 그런 면에서 보면 길을 정한 놈들은 답답할 거다. 단지 신경 쓰이는 건."

200mL 용량의 작은 음료는 기별도 안 간다는 듯 단숨에 마셔 버린 선생은 입맛을 다시다가 말했다.

"눈을 보니 마음도 굳게 먹은 것 같고, 나름대로 길도 정한 것 같구나. 하지만 말이다, 상현아. 네가 찾는 것이 사람이라고 했지? 그럼 잊지 마라. 사람을 조심해야 한다. 너 혼자 착각하고 사람을 섣부르게 믿는 실수를 하면 안 된다는 거다."

고개가 절로 끄덕여지는 말이었다. 나 역시 뼈저리게 실감한 일이지 않던가. 하지만 그는 너무 쉽게 고개를 끄덕인다고 생각했는지 부연설명을 해 주었다.

"아직 실감할 수 없겠지만 정말 조심해야 해. 한국 사람은 정에 약하다. 그래서 정으로 호소하는 사람이 많아. 특히 너처럼 뜯어먹을 게 많은 경우. 과하게 돈이 있으면 더 심하지. 너, 네 친구나 친척이, 혹은 정말 죽어 가는 사람이 간절하게 돈을 빌려 달라고 부탁하면 거절할 수 있겠냐? 딱 잘라서 '당신 따위 죽든 말든 나와 상관없다.'고 말할 수 있겠느냐는 말이다."

그는 고개를 저었다.

"힘들 거다. 사실 그래서도 안 되고 말이지. 나 살자고 남한테 이기적으로 사는 거. 그렇게 사는 건 쓰레기다. 하지만 남 살리자고 나 죽는 건 바보 병신이지. 네가 찾는 것이 진짜 사람이라 하니, 넌 여러 시행착오를 겪을 거다. 그러다 보면 상처가 심해 흉터가 되어 절대 지워지지 않는 경우도 생겨. 그러니 인생 선배로서 생각하고, 학교 선생으로서 명령하마. 너, 이 숙제 다 끝내지 못하면 자퇴하는 일 절대로 막아 줄 테다. 네 고모가 제아무리 찾아와도 내가 만나서 한사코 막을 거야."

그는 A4용지를 한 장 가지고 와서는 내게 글을 써 보였다.

"대가 없이 남을 돕는 거. 좋기는 한데, 세상이라는 곳이 그런 사람을 대우해 주기보다는 더 뜯어먹으려고 안달 나는 성향이 더 크다. 그렇다고 쓰레기가 될 수는 없지 않겠냐. 그러니 도와라. 돈이 있고 능력 있는 사람은 도와야 한다. 대신 반드시 대가를 받아야 한다. 작건 크건."

그가 간략하게 만든 그것. 그것은 차용증이었다.

공영호 선생은 이것을 내게 내밀며 말했다.

"이거 천 장 쓰기다. 연습장이건 공책이건 무조건 천 장 써

라. 인터넷 보고 다른 양식도 알아봐. 그렇게 해서 서로 다른 양식으로 200장씩 다섯 개다. 알겠냐? 알았으면 그 음료수 다 먹고 나와라. 먼저 나가마."

그는 자리에서 일어나 성큼성큼 나가 버렸다.

나는 문이 닫히는 순간까지 그 뒷모습을 보았다. 손에 그가 준 종이를 들고 말이다.

억눌린 웃음이 비집고 나왔다.

"아…… 젠장."

들고 있는 종이를 반으로 접어 교복 안주머니에 넣었다.

"이거 천 장 언제 다 써. 제길."

음료수를 마시며 욕설을 내뱉었다. 동시에……

"씨벌. 확, 인쇄기로 출력해서 복사해 버릴까 보다."

가슴에 응어리진 것이 풀린 것 같다.

나쁘지 않은 기분이었다.

교실 밖 복도까지 왁자지껄한 소란이 들렸다. 다른 반의 학생까지 60명에 가까운 인원이 모여 있다. 사람들을 비집고 들어가 창가 쪽 자리에 앉았다.

저편에는 한 자리를 삥 두르고 있는 학생들과 태진이가 있었다.

"우와. 그게 정말이야?"

"맞다니까. 나는 태진이가 무술도 배운 줄 몰랐어. 단 한 번에 그 찌질이를 제압하는데……."

"어머~ 멋있다, 얘."

바로 오늘 아침의 활극에 관한 이야기였다.

정작 주인공은 가만히 있는데 근처에서 몰려오는 이들 때문에 이야기가 반복되고 있었다. 멋들어지게 제압하는 녀석과 그 이후 내뱉는 호통. 그리고 북새통을 이루는 현장 속에서 동생을 에스코트하여 빠져나오는 모습까지였다.

'그때는 혼자 엎드려 있었는데 말이지.'

씩씩 분을 삭이지 못했던 회귀 전과는 하늘과 땅 차이였다.

여기에 정말 잘난 척 꼴불견을 보이는 일 없이. '별거 아니야.' 하며 우아한 겸손을 떠는 태진이의 모습은 정말 잘 어울렸다.

"브라보, 김태진."

사실 저 녀석이 동생을 지키지 못했다는 죄책감으로 괴로운 그때. 도피처로 게임이 나타나지 않았다면, 미친 듯이 게임에 빠져들지만 않았다면, 캡슐 안에서 죽어 나자빠지는 대신 멋들어진 삶을 살았을 것이다. 녀석의 원판은 연예인급인 현화의 친오빠답게 나무랄 데 없었던 까닭이다.

'가만있자, 그러고 보니 그 게임 말이지.'

나는 [new century]에 대해 생각했다.

그것은 두 달 뒤, 급작스럽게 출시되는 게임으로서 기사와 마법의 시대를 구현한 세계 최초의 가상현실이기도 하다.

미스터리한 게임.

인간의 오감을 모두 충족시키는 것은 물론 그 세계 속에서는 통역기조차 필요 없는 공통어가 자동으로 사용된다. 지구보다 더욱 큰 세계가 있고 NPC들은 지나가는 강아지까지 저마다의 삶이 있을 정도로 완벽하게 구현되어 있었다. 플레이어들은 그들의 세상에 들어가 일부가 되어 다양한 임무를 완수하며 살아간다.

운영 방식 역시 독특했는데, 바로 현실의 시간으로 5년이 흐르게 되면 게이머의 모든 기록이 초기화되어 역사가 된다. 준비된 시나리오를 게이머들이 달성하건 말건 관계없이 시간이 되면 초기화됐다. 그리고 회사에서 게이머들이 대륙의 역사에 미친 공헌도에 따라 '현금보상'을 해 준다.

몇 백 원에서 몇 십억 원까지.

업데이트와 함께 게임 속 시간은 100년이 흐르게 된다. 이후 게이머들은 또다시 new century를 시작하는 방식이었다.

다만, 이 어마어마한 게임이 갑작스럽게 출시되었다는 점과 대단찮은 소프트웨어를 만드는 Z&F 중소기업에서 개발했다는 점, 화수분처럼 끝없는 그들의 자금력, 순식간에 언론의 조명을 받으며 놀라울 정도의 천재성과 카리스마로 회사를 그룹으로 만들어 낸 신진권이라는 인물, 이 모두는 그 누구도 풀지 못한 미스터리였다.

하지만 지금의 나는 가늠할 수 있었다. 바로 인간이 아닌 무언가가 개입했다는 것을.

'과거 회귀가 가능할 정도의 악마가 있는데 그 정도, 혹은 비견되는 존재라면 가상현실쯤이야 가능했겠지.'

과학이 아닌 기적이라는 추측의 증거는, 바로 그토록 놀라운 가상현실이라는 기술이 '게임'을 벗어나지 못했다는 부분이었다. 그리고 new century 이외의 어떤 가상현실 게임도 이후에 만들어지지 않았다는 사실이 그를 뒷받침해 준다.

인간은 불을 발견했다. 이로써 문명이 시작되었다.

고기를 익혀 먹는다는 것에서부터 음식 문화가 발달했고 물질을 녹인다는 것에서부터 문명의 싹이 발아했다. 이 모든 것은 불을 이용할 수 있게 된 까닭이다. 그런데 가상현실을 사용하면서 그 누구도 기술을 이용하지 못했다?

상식적으로는 있을 수 없는 일이지만 실제로는 그러했다.

게임 속 세상에서는 언어가 통합되었지만, 현실에서는 통역기가 나오지 않았다. 외려 외국인과 소통하기 위해 게임 속으로 들어오는 번거로움을 감수해야 했다.

인류 전체를 감당할 정도로 어마어마한 세계가 구현되어 있건만, 정작 현실의 인간을 위한 취미 공간조차도 만들어지지 않았다. 마법과 검을 들 수 있지만, 골프나 스카이다이빙 같은 취미는 즐길 수 없었다. 이 때문에 그들은 작은 공간이나마 얻기 위해 나름대로 세력을 구축하며 원주민과 머리싸움을 해내야만 했다.

전 세계 수많은 이들이 그 비밀을 탐하며 개발자인 신진권 회장을 구속하려 했지만, 그 누구도, 하물며 국가조차도 그를 어찌하지 못했다.

고로.

'상식 밖의 존재가 개입한 거다.'

아울러, 그들 사이에 모종의 일이 있음이 분명했다.

시간 역행은 미래를 바꾸겠다는 의도에서 나오는 일이다.

'녀석이 계약한 악마의 요구 중 하나인 성륜의 주인들 사이에는 반목이 있다. 더불어 신진권 회장 역시 그 존재들과 밀접한 관련이 있을 거야.'

여기서 선택지가 생긴다.

하나. 과거 회귀한 태진이의 일거수일투족을 감시한다. 이로써 과거 회귀 때문에 생기는 파문과 악마의 본 의도를 유추한다.

둘. new century를 만들어 낸 신진권 회장에게 접근한다. 그의 이상 징후를 포착하여 정보를 얻는다. 그리고 이를 이용하여 초월자들의 진실에 접근한다.

이상의 두 가지는 외줄 타기와도 같은 아슬아슬함이 있어야 한다. 말 그대로 한 번만 실수한다면 상식 밖의 존재들에 의해 처벌을 당할 수 있는 것.

그렇기에 나는 결정했다.

마지막 방법.

'전혀 상관하지 않는 것.'

나는 현실을 잘 알고 내 주제를 잘 파악한다. 꿈과 열정보다는 세파에 찌든 어른이다. 그렇기에 내린 결론은 이거다.

신경 쓰지 말자.

"후후. 고래 싸움에 새우 등 터지는 거지."

내가 무슨 대단한 녀석이라도 된다고 그들 간의 다툼에 낀단 말인가. 악마가 태진이 녀석한테 어떤 가능성을 보고 계약을 맺었는지 모르지만, 그건 녀석에게 있는 것이고 나는 덤일 따름이다.

초월자들의 세상과 반목은 초월한 자들끼리 해 먹으라고 해라. 나는 나대로 현실적인 삶을 살 테니까. 모두를 신경 쓰기엔 내 삶만 해도 너무 팍팍했다.

그렇게 자리에 앉아 생각을 정리할 때였다.

"뭐? 그게 사실이야!?"

웅성웅성거리는 소리에 이어 태진이의 당혹한 소리가 들렸다.

일순간 내게로 시선이 몰려들었다.

'자퇴한다고?' '에이, 설마……'

하는 회의적인 물음.

'보험금이 17억이 넘어? 부러운 새끼 같으니.' '우와. 뭐냐, 그 현실감 없는 액수는?'

질시의 말들.

'체. 썩은 새끼. 돈 생겼다고 자퇴냐?' '하긴, 똥줄 타게 공부해 봐야 대학이지. 나 같아도 애인 만나고 오토바이 사겠다.' '그게 보험금으로 할 짓이냐?'

경멸의 소리까지 들렸다.

교무실에서 휴게실까지 마주했던 여학생들이 이곳저곳에 소문을 뿌리고 있는 까닭에 생긴 일이었다.

"야, 진짜야? 너 자퇴 신청했다는 거?"

옆자리에 앉는 찬상이라는 녀석이 잽싸게 다가와 말을 걸었다. 아직은 3학년이 되면서 몇 차례 대화를 나눈 것에 불과한 사이다. 안경을 까딱이고 눈을 땡글땡글 굴리며 묻는 녀석에게 간단명료하게 답해 주었다.

"어."

"진짜라니!"

"뭐야?"

태진이에게 몰려 있던 학생들이 우르르 내 주위를 감쌌다. 여기저기서 이유를 묻는 등 아우성이다. 그리고 그들 사이로 인상을 잔뜩 찌푸린 태진이 녀석이 나타났다. 더할 나위 없이 굳은 안색으로 온 녀석이 내게 물었다.

"너, 왜 그래? 넌 그러지 않았잖아!"

같이 과거 회귀한 나이기에 알 수 있는 질문이었다.

맞다. 난 확실히 이전에 이렇게 행동하지 않았었다.

'어휴. 아무리 급해도 그렇지 그렇게 티를 내면 어떻게 하냐. 잘하다 너 때문에 나까지 골로 가는 수가 있다?'

누구도 과거 회귀에 대해 알아서는 안 된다는 조항. 극도로 조심해야 할 사항이지 않던가. 덤에 불과한 나조차도 이리 조심스러운데 녀석은 왜 이리도 격분하는 걸까.

우선 흥분을 가라앉힐 필요가 있었다.

"그러지 않다니? 뭘? 나 자퇴 때문에 면담하고 온 거 맞아."

그러자 녀석이 내 멱살을 움켜쥐며 다급히 물었다.

"말해! 너 왜 이러는 거야!"

나는 속으로 한숨을 내쉬었다. 어쩔 수 없었다. 나는 녀석이 만든 빈틈을 메우기로 하고 겁먹은 표정을 지었다.

"야. 왜, 왜 그래? 이거 좀 노, 놓고 얘기하자."

잔뜩 겁먹은 표정이 호소력 있게 보인 탓일까.

"야, 좀 심하다."

말하며 남학생들이 말리고.

"태진아, 네가 참아."

하며 여학생들이 진정시켰다. 그제야 자신의 행태를 깨달은 녀석이 뒤늦게 수습했다.

"미안하다. 상현이가 나랑 절친이잖냐. 그런데 아무런 얘기도 없이 저랬다고 하니까 걱정도 되고, 화도 나서 나도 모르게 그만…… 어휴. 나 때문에 분위기가 엉망이 됐네. 정말 미안하다."

그러며 고개를 숙여 보인다. 자신을 말렸던 이들에게는 외려 말려 줘서 고맙다고 하고, 여학생들에게도 일일이 사과하니 일순간 어색하던 분위기가 반전된다.

"뭐, 그럴 수도 있지."

"나 같아도 그랬을 거야."

"하긴, 부모님도 돌아가셨잖아. 걱정될 만도 해."

"친구 일에 저렇게까지 화내는 모습 처음 봤어."

일일이 사과를 마친 태진이는 다정한 어투지만 반드시 대답을 듣고 말겠다는 확고한 눈으로 내게 말했다.

"상현아. 자퇴라니…… 갑자기 왜 그러는 거야?"

"아까, 오다가 봤거든. 너 멋있더라. 빛이 난다랄까. 덕분에 나도 내 적성에 맞는 일을 찾아보고 싶어졌어."

곧 웅성웅성거리는 학생들 사이로 '나비효과.' 라 중얼거리며 입술을 질끈 깨무는 태진이가 보였다. 웃음이 절로 나온다. 나비효과라는 녀석의 가당찮은 합리화가 내게 큰 도움을 주는 덕분이었다.

"그래서 뭐 할 생각이야?"

그 물음에 나는 가만히 웃을 뿐, 더는 말을 않았다. 이윽고 수업 시간이 되어 선생이 들어왔고 학생들은 모두 자신의 자리로 갔다.

생각보다 수월하게 하루가 흘러갔다.

예상했던 대로 태진이는 현화의 트라우마를 막아 주기 위해 움직였다. 점심시간에 동생에게로 향한 태진이는 그곳에서 다시 한 번, 떨어지는 식판을 돌려 차 내고 동생을 멋들어진 동작으로 구하는 명장면을 연출해 낸다.

그 모습은 우연하게 태진과 현화를 찍던 폰카에 그대로 담겼고, 이 때문에 1학년 여학생들의 인기를 끌어모았다.

그동안 별반 대단치 않은 나의 자퇴는 곧 잊혔다.

❈　　　　❈　　　　❈

사건 사고 없이 이틀이 지났다.

나는 수업 시간에는 수업을 듣고 밤잠을 줄여 가며 차용증을 썼다. 그사이 고모가 다녀가고 공영호 선생에게 면담을 빙자한 법률 강의를 들었으며 점차 소외되는 경험. 학생들 사이에서 속칭 '왕따'와 '은따'라 불리는 것을 경험할 수 있었다.

돈과 관련된 소문으로 나를 부정적으로 보는 시각이 늘어난 이유였다. 하지만 그런 와중에도 따돌림과 무관하게 말 거는 이가 있었으니, 그가 태진이었다.

녀석은 마지막 날, 형식적인 인사를 하고 교문을 나가는 내게 말했다.

"우리 우정 변치 말자."

녀석의 우정은 이미 과거 회귀를 통해 충분히 안 마당이다. 나는 그가 보여 준 우정의 무게만큼 그를 대할 것이다.

"물론이지."

마주 웃어 보였다.

참고로, 녀석은 내 미래를 알고 있다. 그럼에도 내게 돈에 대해 어떤 조언도 해 주지 않았다. 하다못해 차용증에 대한 언급조차 없었다.

'알아. 아주 잘 알지.'

이유는 간단했다. 두 달 뒤, 내게 돈을 빌리러 오는 최초의 친구가 그인 까닭. 최초의 가상현실 게임인 new century 를 즐기기 위해서는 전용 캡슐이 필요하다. 그리고 캡슐의 가격과 계정비는 평범한 고등학생이 감당하기에는 매우 부담스럽다. 지난 삶에서 녀석은 그 모든 돈을 내게서 충당했었다.

'친구라니.'

비틀린 웃음이 나왔다.

"우리 우정은 절대로 변치 않을 거야."

그렇게 나는 내 학창 시절을 마감하였다.

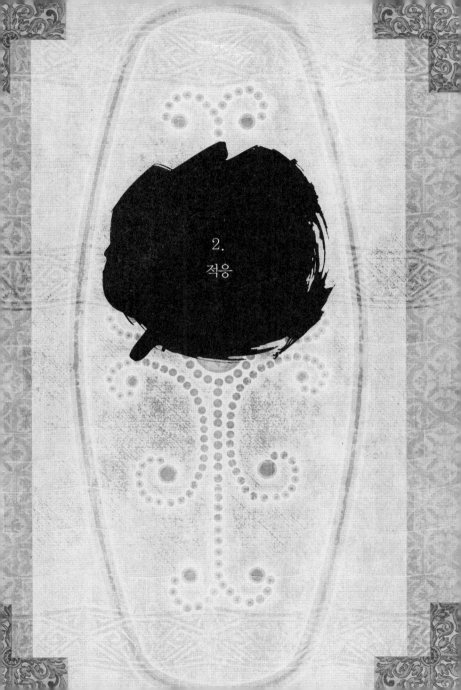

2.
적응

　낡고 허름한 산동네의 집. 플라스틱으로 만들어진 작은 욕
조에 찬물을 받아 몸을 담갔다.

　이는 매일 아침 나 자신을 스스로 다잡는 행위 하나.

　정신이 번쩍 들 정도의 물에 와드드드 이를 떨며 앉아 있노
라면 풀어졌던 긴장의 끈이 다시금 팽팽해지는 것을 느끼게
된다. 과거 회귀라는 허무맹랑함을 체감하기 위한 의식이라
하겠다.

　그리고 이어지는 행위 둘.

　입술을 질끈 깨물고는 과도로 손바닥에 칼자국을 냈다.

　"큭!"

　날 선 것이 살을 가르는 이 느낌은 실로 적응하기 어려웠
다. 영화에서처럼 팔이 잘리는 것도 아니고 몸이 꿰뚫리는 것
은 더더욱 아니다. 그저 아주 얇게, 피부를 벨 뿐이었다. 상
처의 크기는 주먹을 쥐었을 때 '통증'이 느껴지는 정도가 전

부다.

　하지만 겨우 그 상처만으로도.

　"흑. 후."

　호흡이 절로 가빠졌다. 차갑게 식은 몸에 땀이 날 지경. 확실히, 나는 창칼을 이겨 내며 고문을 받으면서도 지조와 절개를 지키는 대단한 인물은 못 될 것 같다.

　그러나 그렇기에 이 작은 상처를 꼭 간직해야 했다.

　주먹을 꽉 쥘 때마다 느껴지는 이 아픔으로 내 지난 삶을 반추하는 거다. 실패한 가장이었던 내가 또다시 후회하는 인생을 살지 않기 위해.

　이 두 가지 의식을 마치면 비로소 하루가 시작된다.

　지금 내게 필요한 것은 무엇일까.

　바로 자유다.

　먹고살기 위해 일하지 않고 돈을 목적으로 살지 않으며 이상을 위해 살 수 있는 선택의 자유. 이상적인 삶은 각박한 현실에서는 영원히 꿈으로만 존재한다. 그 때문에 현실에서의 선택지를 마구 늘려 주는 '돈'이 자유의 필요조건이 된다.

　즉, 꿈을 위해 돈이 필요하다.

　'그것은 현악기와 같다. 적절히 사용할 줄 모르는 사람은 불협화음을 듣게 되니까.'

　칼릴 지브란의 말에 따르자면 과거의 나는 지독하게도 실력 없는 연주자였다. 연주는커녕 있는 악기마저 모조리 때려 부쉈으니 난봉꾼에 불과했다.

하지만 이제는 달라질 예정이다. 더 좋은 악기를 준비하여 진정한 친구를 찾는 일에 쓰고, 그 악기를 훌륭하게 연주할 좋은 이들에게 선사하겠다. 그러자면 목돈이 필요했다. 좁쌀 제아무리 굴려 봐야 좁쌀 크기로 불어날 뿐, 눈덩어리로 만들어 불려야 이게 큰돈이 된다.

하여, 목돈 마련을 위해 나는 아파트를 정리했다. 그리고 학교에서 7km 떨어진, 소위 산동네라고 말하는 곳으로 집을 옮겼다.

남자 혼자서 먹고 자는 것에는 많은 것이 필요치 않았다. 좋은 옷은 계절별로 한 벌씩이면 충분, 자는 것은 깔고 덮을 이불이면 된다. 먹는 것은 냄비와 전자레인지로 끝이다. 마트를 돌면 맛깔스럽게 잘 만들어 놓은 포장요리들이 있다. 가벼운 죽에서부터 해물찜은 물론 반찬에서 국까지 없는 게 없다.

한편, 나는 계약으로 얽힌 친구. 태진이가 무엇을 준비하는지도 간혹 살폈다.

녀석도 바쁘게 움직이고 있었다. 그리고 녀석의 모든 준비와 안배는 게임에서 성공하기 위함이라는 것을 곧 눈치챌 수 있었다.

'명상원에 검도 도장, 태권도를 배운다 이거지?'

녀석은 지난 삶에서 게임에 푹 빠져 살다가 죽은 사람답게 게임의, 게임에 의한, 게임을 위한 삶을 살고 있었다.

살기 바빠 게임을 하지는 않았지만, 태진이가 하는 말을 많이 들어 나는 제법 게임에 대해 알고 있었다. 기억에 따르면 가상현실 게임 new century는 현실에서의 능력을 일정 부분 적용하여 캐릭터의 능력치에 반영한다고 한다. 이 가산 능력치를 '잠재력'이라는 말로 표현하는데 이 수치는 게임 속에서 사용하는 스킬의 숙련도에 영향을 준다. 이는 공공연한 히든피스로서 new century가 상용화된 지 2년이 지날 즈음에 공개적으로 밝혀졌다.

'명상이 집중이라는 능력치였고, 검도와 태권도로 정확한 동작을 구사하면 패시브 스킬 상승에 영향을 준다고 했었지.'

확실히 녀석답다. 동생을 구한 뒤 하는 모든 행동은 게임과 연관되어 있으니까. 녀석은 new century라는 세상의 지존이 되려고 하는 것이다.

반면 함께 회귀한 내가 준비하는 것은 사뭇 달랐다.

틱. 틱.

차트를 보고 값을 입력한다. 마우스를 까딱이자 스피커에서 여성의 목소리가 흘러나왔다.

ㅡ 매수 주문입니다.

작은 창에 매수 주문가와 수량이 뜨고 이를 확인한다. 확인 버튼을 누른 뒤 다시 움직였다. 전일 대비 112.4%의 가격. 회귀 전의 기억과 대조하고 이만해서 손을 떼기로 했다.

ㅡ 매도 주문입니다.

작은 창이 뜨고 확인 버튼을 누르자 곧 체결되었다는 메시지가 떴다.

"OK. 오늘은 여기까지."

나는 컴퓨터를 종료한 뒤 기지개를 쫙 켰다.

그랬다. 내가 하고 있는 것은 주식이었다.

모니터를 보느라 뻑뻑해진 눈의 피로를 풀 겸 나는 푹신한 이불에 누웠다. 팔과 다리를 쭉 펴고는 가만히 쉬노라니 긴장이 스르르 풀어졌다.

'편안하구나.'

산동네의 작은 집. 작은 옷장 하나와 컴퓨터 하나가 세간의 전부.

보험금과 집을 판 돈 19억으로 주식을 한 결과, 현재 나의 재산은 70억이 되어 있었다. 그러나 이는 결단코 내가 뛰어나서 그러한 것이 아니다. 오히려 나라서 이것밖에 벌지 못한 것이었다.

지난 삶에서 나는 한 가정의 가장으로서 부단히도 노력했다. 주식 관련 공부도 당연히 하였다. 물론 돈을 모조리 날려 버렸지만 말이다. 내게는 엄청난 수익을 창출해 낼 재능이 없었다.

나는 흔하디흔한 실패자다. 그러나 책 사이사이에 나온 예문 몇 가지를 기억할 정도는 된다. 이는 나처럼 평범한 이라면 누구나 그럴 것이다.

책에서는 말해 준다. 지표, 차트, 추세, CCI, RSI, DMI 등 수많은 정보. 이해를 돕기 위해 지난 사례를 곁들여 준다. 하지만 어렵고 난해한 설명들은 그다지 기억에 남지 않았다. 대신 남는 것은 곤두박질쳤다가 무섭게 치솟아 오르는 자료들이었다.

'이것은 5년 전에 있었던 모 기업의 차트입니다.' 하며 곁들여지는 설명. 책은 말한다. 이론이 적용된 실용 사례라고. 그러나 나 같은 놈이 그 차트를 보며 떠오르는 생각은 이거다.

– 내가 저때 사고 그때 팔았더라면······

지난 자료를 보며 저점에 사고 고점에 팔아야 한다는 생각은 수없이 한다. 간절히 기대하며 머리를 굴리고 주식을 산다. 그리고 참패.

그 때문에 책 속의 성공 사례는 더욱 신기루처럼 각인된다.

"안전하게 가자."

나는 그 기억을 떠올렸다. 확실하지 않은 기억은 모두 지웠다. 모호한 추측성 자료도 지운다. 오로지 내가 제대로 기억하는 것만을 되새겼다.

나는 패배자였으니까. 조심하고 또 조심했다. 그렇게 주식을 사고판 결과가 지금이다. 분명하게 오를 것을 사고 오르면 파는 것.

이것이 보름 뒤 마무리될 나의 준비다.

'녀석이 게임할 준비를 한다면, 나는 그 회사의 주식을 사고팔겠다.'

태진이에게 게임은 곧 삶이다. 녀석은 게임 속에서의 실패를 만회하기 위해, 더 나아가 자신의 삶을 바꾸기 위해 과거로의 회귀를 갈망했다. 그리고 지금 돌아와 있다.

나에게 있어서 녀석과 게임은 이렇다.

'계륵(鷄肋).'

확실치는 않으나, 나는 태진이와 같은 조건으로 계약된 입장이라 볼 수 있다. 확인하고자 목숨을 걸 수는 없기에 그리 단정하고 움직이고 있는 마당이다.

그 때문에 녀석의 근황에 대해서 알아야 했다.

무섭다고 도망치는 일은 한 치 앞만 내다본 얕은 생각일 뿐. 만일 국외로 나가서 태진이나 신진권 회장과 부딪치지 않는다손 쳐도, 태진이가 계약 조건을 어겨 죽게 된다면?

'나 역시도 그리될 수 있어.'

그렇기에 너무 멀어져서는 안 된다.

반대로 녀석의 삶에 큰 간섭을 해서도 곤란하다. 과거 회귀를 알리지 말아야 한다는 계약 조건을 위반할 가능성이 높아지기도 하거니와, 내가 덤으로 딸려 왔다는 사실을 악마가 알게 된다면 어떤 조치를 할지 모르는 탓이다.

즉, 답은 간결해진다.

'불가근불가원(不可近不可遠).'

위태로운 줄타기.

나는 이번 주까지 돈을 모을 예정이다. Z&F의 주식을 적당히 살 것이다. 그런 뒤 게임이 출시되어 어마어마한 반향을 일으킬 때, 고공 행진을 기록할 그 주식을 모조리 팔 계획이다.

자칫 주주가 되어 버리면 여러 골치 아픈 일이 생길 수도 있다. 예를 들자면, 어린 나이에 자사의 주식을 대량 보유한 내게 신진권 회장이 관심을 보이는 것이 될 터.

그렇다고 다른 사람의 명의를 사용하기에는 믿을 사람이

어디에도 없는 상황인 데다가, 불필요한 소문을 스스로 일으키는 격이 된다.

그러니 전 재산을 다 퍼부어 사는 것이 아니라 일부러 적당한 이익을 볼 생각이다.

여기까지가 일단락.

남는 돈은 지금으로서 확실하게 저평가되어 있지만 20년 후 확실하게 보장해 줄 주식에 묻어 둘 예정이다. 큰 기업의 주식이니 중간마다 배당금도 나올 터. 이 정도면 생활에 지장이 없게 된다. 그뿐만 아니라 몇 년 단위로 기억나는 큰 건수들. 부동산 경매 따위의 것에 돈을 쓴다.

계획대로만 잘 마무리하면 나는 충분한 자산가가 되니 '돈'과 '일'로부터 해방된다.

"제대로 살아 보자."

진정한 내 삶의 목표를 위해 움직여야 함도 잊지 말자.

돈은 수단이지 목표가 아님을.

스트레칭을 이리저리한 나는 자리에서 일어나 나갈 채비를 마쳤다.

예전에는 몰랐지만 구불구불한 판자촌을 다니노라면 사회에 다른 모습들을 알게 된다. 그리고 항상 욕했던 정부에 대해서도 뜻밖에 나쁘지 않은 점이 있음을 본다.

한 예를 들자면, 한국의 복지정책은 매우 잘되어 있었다. 생활보장 대상자들은 보조금은 물론이거니와 주기적으로 사회복지사가 관리하며 편의를 보아 준다.

작게는 반찬이나 우유, 쌀과 같은 먹을거리 지원, 크게는 교육, 거주지에 관한 지원이 있다. 영세민 주택이라는 편견 어린 시선이 있으나 이는 살 만해지니 하는 말에 불과한 일.

먹고살 곳을 저렴한 금액으로 지원해 주며 마련해 준다는 것은 그야말로 고마운 제도가 아닐 수 없다.

이런 정부 보조금이나 지원을 노리고 일부러 이혼한 이들도 있고, 부모를 잃은 아이를 데려와서는 아이 보육비로 나오는 돈을 가로채는 일도 있다. 허위로 등록하여 혜택을 받는 일도 더러 있었다.

그러나 이런 잔머리를 쓴다는 것은 그만큼 정부에서 지원해 주는 돈이 적지 않다는 의미다. 말 그대로 이익이 있으니 이런저런 편법을 사용한다는 것이다.

반대로 부모에게 무자비한 대우를 받는 자식의 경우, 자식이 있으나 부양을 받지 못하는 노인의 경우가 있다. 그들은 호적상 가족이 있기 때문에 정부의 지원을 받지 못하게 된다.

노부모는 그렇게 잊힌다.

'사람 사는 모습이야 제각각이지.'

아무리 애써서 제도를 만든다 할지라도 완벽할 수는 없다. 제도를 개선하지 않고 부정에 올바르게 대처하지 못하는 모습은 분명히 정부의 잘못이다.

그래서 이들을 돕는 사람들이 있다.

자신의 것을 나누고 베풀 줄 아는 이들. 그들은 반찬가게 주인이나 슈퍼마켓의 주인과도 같은 소상인이자 평범한 사람들이다.

    지역 사람이기에 서로의 사정을 누구보다 잘 알았다. 속속들이 아는 탓에 김장철이면 김치를, 명절이면 떡을 나눈다. 큰 것은 되지 않을지언정 십시일반으로 나눔을 실천한다.

    내가 산동네로 와서 한 일은 바로 그들과 안면을 트는 것이었다.

    "좋은 사람들."

    동사무소에 가서 작게나마 이웃사랑을 실천하는 이들에 대해 알아보았다. 저마다 가진 것으로 후원해 주는 이들을. 그리고 그들에게 찾아가 작은 일손이나마 도우며 안면을 텄다. 이후, 대화하며 정말로 안타까운 사연이 있는 사람. 어려운 사람들의 이야기를 들었다.

    여기에 그치지 않고 직접 방문하여 사정을 재삼 확인했다.

    이타적인 마음으로 하는 순결한 봉사?

    결단코 아니다.

    이 모든 것은 내 삶을 위한 것이니까.

    '나는, 사람을 얻고 싶다.'

    믿고 신뢰할 수 있는 친구를 바란다. 그러나 그런 사람을 내가 한눈에 찾을 수 있겠는가.

    그런 안목이 있다면 과거 내 삶이 그렇지는 않았을 것이다. 그리고 그것은 과거 회귀라는 기적을 경험한 지금조차 마찬가지였다.

    한눈에 친구를 알아보는 안목 같은 것은 내게 없었다. 그렇기에 나는 믿고 신뢰할 만한 사람을 구하는 것에 원칙을 세웠다.

그 잣대로 사람을 찾고자 한다.

'자신의 길을 찾고 그 길을 걷고자 노력하는 사람.'

그러나 현실적인 어려움 때문에 힘겨워하는 이들이 더러 있다. 재능을 가지고 있고, 그를 위해 노력하고자 하지만 어떻게 해야 할지를 모르는 이들. 넘치는 열정이 있지만, 생활고 때문에, 부양할 가족 때문에 자신의 꿈을 접어 둬야 하는 사람.

나는 그들을 찾았다.

지금의 나는 도움을 줄 수 있으니까.

부자가 계속해서 부자일 수밖에 없는 이유. 그것은 돈이 돈을 부르는 까닭이다. 수십 억이라는 큰돈을 굴리면 떨어지는 가루는 수백만 원에 이른다. 그 돈은 쓰기에 따라서 하룻밤의 유흥비가 될 수도, 지치고 힘든 이에게 서광이 되어 줄 수도 있다.

바라는 바, 꿈과 희망이 있는 사람은 노력한다. 더불어 다른 이의 열정을 인정해 줄 줄 안다. 이유는 바로 그 자신이 그러한 열정을 품고 있기에 그렇다.

그들을 도우며 지켜볼 것이다.

만약 사정이 나아졌다고 하여 사람이 바뀌게 된다면 나 역시 관심을 끊겠다. 반면, 초심을 잃지 않고 외려 타인에게 나눌 수 있는 마음을 유지한다면 나는 그의 친구가 되고자 할 것이다.

설혹, 친구가 되지 못한다 할지라도 그런 이들을 바라보며 살고 싶다.

순수하지 못한 나이기에 저들의 순수함을 지켜 주고, 보고
싶다.

이것이 나의 바람이다.

❇   ❇   ❇

5월 22일 오후.

사회복지사 아주머니를 만나 돕고 있던 때였다. 여름을 대
비하여 구멍 난 방충망을 새것으로 교체해 주던 도중 한 목소
리가 나를 불렀다.

"하하. 오랜만이지? 너 찾기 어렵더라."

돌아보니 교복 차림의 태진이가 서 있었다. 가파른 길을 오
르느라 더웠던 탓인지 셔츠 단추를 몇 개 푼 모습.

녀석이 나를 보며 웃었다.

나 역시 이즈음 보게 되리라 짐작하고 있던 참이니, 놀라는
기색 없이 답했다.

"오랜만인데? 무슨 일이야?"

"에이~ 야아. 친구끼리 이유가 있냐? 그냥 보고 싶어서
온 거지. 하하하."

손부채질을 하며 주위를 둘러본다. 한창 방충망을 교체하
며 떨어진 흙먼지를 치우던 사회복지사 아주머니가 내게 고개
를 끄덕여 보였다.

"상현 군 덕에 수월하게 끝냈어. 나머지는 내가 정리할 테
니까 친구랑 가 봐."

"그래도 기왕 돕던 건데, 마저 끝내야죠."

"나야 월급받는 거니까 당연하지만, 상현 군은 아니잖아."

"에이~ 그러시면 섭섭하죠~"

계속 일을 하여 얼추 마무리되어 갈 즈음, 안에 있던 할머니가 나오셨다.

"응? 상현이 친구라고?"

보청기를 끼지 않은 탓에 거듭 내게 묻는 할머니였다. 크게 고개를 끄덕이자 할머니는 '어디 보자.' 하며 두리번거리시더니 부엌으로 들어가 봉지를 꺼내 오셨다.

안에는 살구가 담겨 있었다.

"상현이 친구는 처음 보는구마. 이거 맛있응께 노나 먹거라. 우리 밭 옆에서 내가 직접 딴 거여."

"우와. 이거 너무 많이 주시는 거 아니에요?"

"그려. 경찬이 애미한테도 반찬 고맙다고 전해 주고."

동문서답하는 할머니에게 나는 함박웃음을 보였다.

"예, 그렇게 할게요."

아주머니 역시 손을 흔들어 보이셨다. 할머니가 무슨 말을 어떻게 들으실지 모르니 그냥 행동으로 보이는 것이다. 나 역시 크게 인사하는 것으로 마무리 지은 뒤 태진이를 데리고 나왔다.

봉지 속에서 살구 두 개를 꺼낸 뒤 남은 것은 아주머니의 경차 안, 조수석에 두었다.

"저녁 먹었냐?"

하나를 태진이에게 던지자 녀석이 이를 받는다. 예상 밖의 모습을 본 탓인지 약간 어색한 얼굴이다.

"그럴 리가. 어휴. 여기 찾느라 한참 걸었더니 엄청나게 배고프다. 도 닦는 것도 아니고 왜 이런 데 사는 거냐?"

"글쎄. 아무튼, 잘됐어. 나도 안 먹었으니까 같이 먹자. 웬만한 건 종류별로 다 있거든."

골목길을 돌아 삐걱거리는 문을 열고 들어갔다. 컴퓨터 한 대, 이불과 옷장이 전부인 방을 둘러보는 녀석.

"자, 종류별로 있으니 골라봐."

음식들을 꺼내 보였다.

"헐~ 뭐야, 너. 코너 하나를 다 털었냐?"

쌀밥, 현미밥부터 시작해서 돼지고기볶음, 치킨 카레, 짜장, 오삼불고기, 쇠고기볶음, 크림 스파게티 등등 동서양을 넘나드는 50여 가지의 식품들이 좌르르 깔리자 녀석이 웃었다.

"내가 요리해서 먹는 것보다 이게 백배는 더 맛있더라."

"흐흐. 말 그대로 고르는 재미가 있는데? 난 이거랑 이거."

한 번에 5가지를 고르는 태진이었다.

"역시 한창 성장기라 그런지 무지하게 먹으려는구나. 좋아. 질 수 없지. 난 6개다."

"대신 너저분해진 건 내가 정리해 주마."

"그럼 안 하려고 그랬냐?"

장난스럽게 대꾸하며 포장요리들을 탑처럼 쌓아 부엌으로 향했다. 큰 냄비에 물을 하나 가득 받아 놓고 가스레인지에 불을 점화한다.

딱딱거리는 그 소리를 들으며 녀석의 표정을 힐끔 보았다.

'안심되나 보지?'

평상복 차림으로 방충망을 갈던 모습. 허름한 집과 볼품없는 내부를 보며 슬쩍 찌푸려졌던 인상이 지금은 풀려 있었다.

속내가 충분히 짐작되는 나로서는 웃음이 절로 나올 뿐이다.

'내가 빈털터리가 아니라는 사실을 보다 어필해 줄까.'

끓는 물에 포장요리를 넣고 작은 상을 꺼냈다. 그리고 그 위에 놋그릇이 아닌, 고급음식점에서 쓰일 화려한 접시와 그릇을 꺼내어 배치했다.

밥을 담고 짜장 소스를 부었다. 다른 그릇에 보기 좋게 오삼불고기를 담으며 김치 역시 작은 그릇에 옮겼다. 그리고 그 상을 들고 안으로 들어가자 녀석이 신기하다는 듯 물었다.

"이 그릇들은 뭐냐?"

"어때, 이러니까 나름 폼 나지 않아? 역시 음식 세팅은 그릇이 중요하다니까."

"진짜 그럴듯한데? 하하."

비로소 녀석이 완전히 안심했다.

나는 한 숟갈 크게 먹으며 녀석을 보았다. 딱 봐도 단단해진 몸. 셔츠 너머로 근육의 굴곡이 보이고 얼굴선 역시 갸름해져 있었다. 지방은 빠지고 근육은 늘어난 것이다.

웃음소리의 크기는 물론 손과 몸을 움직이는 행동 역시 선이 매우 굵었다. 이는 스스로 자신감이 있음을 알려 준다.

"가끔 이거 먹다 보면 음식점이랑 맛이 똑같아서 궁금해져. 혹시 음식점에서도 나처럼 이거 사서 밑반찬만 추가해서 주는 건 아닐까 말이지."

"오홀~ 하긴, 여기저기서 똑같은 고향의 맛이 나긴 하더라."

"농담이야, 농담. 그런데 너 몸 보니까, 전보다 엄청나게 좋아진 것 같은데? 운동이라도 하냐?"

껄렁한 물음에 태진이가 신나서 답했다.

"말도 마. 너 자퇴하기 전에 현화한테 이상한 놈이 달려들었던 거 기억나지?"

"물론이지. 히어로~ 태진이."

"그 일 겪고 나서 제대로 호신술이라도 배워 두면 좋을 것 같아서 말이야. 요즘 검도에 태권도 배우고 있거든. 그런데 생각보다 이게 힘들더라고."

나는 우물우물 씹고 있던 것을 꿀꺽 삼키며 물었다.

"고3이 두 가지 무술을 배운다고?"

"어. 오전에는 공부. 오후에는 도장에 나가는 거지. 담임한테 가서 '오빠로서 동생을 지켜 주고 싶습니다!' 하며 말했거든. 이번 모의고사 성적 나오면 야자에 끌려갈지 계속 도장에 나갈 수 있을지가 결정되겠지만. 뭐, 지금은 그렇게 지내고 있어. 하하하!"

이에, 엄지손가락을 추어올려 주자 녀석이 별것 아니라며 손사래를 친다.

"그런데, 넌 어떻게 된 거야? 안 그래도 너 이사했다고 온 갖 소문이 다 돌았었거든. 크크. 이제 진실을 밝혀 봐."

"무슨 소문?"

"별의별 소문이 다 돌았었지. 세계 일주를 갔을 거다, 카지노에 가서 도박하고 있다더라, 깡패한테 걸려서 다 뜯겼을 거다 등등."

어깨를 으쓱거리며 말하는 녀석에게 내가 크게 웃어 보였다.

"무슨 영화 얘기 같은데?"

"반면 자신의 꿈을 위해 열심히 노력하고 있을 거다, 라는 소문도 있었지."

"그 소문은 조금 전에 급조된 거 같다."

"믿든지 말든지~ 아무튼 어떻게 지냈냐?"

"나? 별거 없어. 너도 내가 갑자기 돈이 많이 생긴 거 알지?"

녀석이 고개를 끄덕였다.

"내가 자퇴할 때 선생님께서 내준 과제가 있었거든. 그게 바로 차용증 천 장 쓰기다."

"차, 차용증?"

"어. 팔 빠지는 줄 알았다니까. 아무튼, 그런 일도 있다 보니 내가 가진 돈을 잘 써야겠다는 생각이 들더라고. 그래서 우선은 돈에 대해서 제대로 느껴 보고 싶어졌어."

"그래서 이사한 거냐?"

"어. 몰랐는데 아파트라는 게 관리비가 필요하더라구. 게

다가 이것저것 불필요한 것이 나가서 말이야. 어차피 학교도 그만둔 거. 그 집에 있을 필요가 없잖냐. 더군다나 나 혼자 살기에는 좀 크기도 하고. 그래서 집부터 아담한 곳으로 옮긴 거지."

소박한 세간을 보는 녀석의 표정이 썩 좋지는 않았다.

"돈들은 통장에 그냥 넣어 뒀어. 그리고 여기서 하나씩 몸으로 부딪쳐 가며 겪어 보는 중이야. 덕분에 안 게 꽤 있지. 학교 다니면서 스쳐보던 거 중 하나. 너, 폐휴지 1kg 모아 봐야 100원밖에 안 된다는 거 알고 있었어?"

돼지고기볶음을 한 입 집어 먹었다.

"100원이 뜻밖에 큰돈이더라. 매점 빵값조차도 안 되지만, 그 100원이면 방글라데시 같은 곳에서는 한 끼 값도 된다던데? 뭐, 그런 걸 알고 나니까 내가 가진 돈이 참 크구나 싶더라고. 그리고는 신문 배달하는 형 도와주기도 하고 사회복지사 아주머니를 돕기도 했어."

"아아~ 조금 전에 봤던 것처럼?"

"아는 사람 오면 제대로 대접하고 싶어서 이 정도 돈은 썼지. 접대비용, 예상외로 꽤 나가는데 이렇게 하면 싸게 먹히거든."

내가 웃으며 물을 마실 때였다. 한참을 가만히 있던 녀석의 표정이 묘했다. 자신의 예상과는 사뭇 다른 이유라 짐작해 본다.

"후유. 이거 오래간만에 포식할 겸 해서 6개 골랐더니 먹어도, 먹어도 끝이 없네."

무어라 혼자 중얼거리던 녀석이 웃으며 대꾸했다.

"걱정 붙들어 매둬. 운동 시작하니까 내가 10인분도 먹더라. 그런데……."

크게 밥숟갈을 뜬 녀석이 한참을 우물우물거리다 결심한 듯 꿀꺽 삼키며 물었다.

"만약에 말이야. 이런 일이 있으면 어떻게 해야 좋을 거 같냐?"

"뭔데?"

"어떤 게임에서 나온 퀴즈거든. 그런데 너라면 왠지 다른 답을 알고 있을 것 같아서 말이지."

자신도 모르게 슬쩍 좌우를 살피는 태진이였다.

※   ※   ※

"어떤 남자가 큰돈을 주면서 누군가를 죽여 달라는 부탁을 했어. 빚에 쪼들리던 한 사람은 그 남자에게서 우선 돈을 받아서 빚을 갚는 데 써 버렸지. 그런데 돈을 쓰고 나서 사람을 죽이려고 하니까 왠지 무서워진 거야. 그 사람은 어떻게 해야 할까? 약속대로 죽이는 수밖에 없을까?"

그 물음에 나는 숟가락을 멈추고 녀석을 보았다. 태진이는 나를 보지 않고 음식을 보고 있었다. 이리저리 눈동자를 굴리는 모습.

'이 얼간이가…….'

태진이가 과거 회귀를 하는 것에는 여러 조건이 있었다. 그

중 하나가 '과거 회귀 후 3개월 안에 성륜의 주인 3명을 죽일 것'이다. 추측하건대 녀석이 계약한 악마와 대립하는 존재에게 속한 이들이 '성륜의 주인'일 것이다.

게임답게 생각하면 선악의 대립 구도인 셈.

성륜이 무엇인지, 그것의 주인이 누구인지 알 수 없는 나로서는 해결해 주고 싶어도 해결해 줄 수 없는 상황이었다. 그렇기에 간간이 태진이의 행보를 살피며 관찰해 왔다.

그런데 내게 저런 물음을 한다는 건.

'아직 하나도 해결하지 못했다는 거로군.'

우회적으로 하는 물음. 불안과 초조를 보이는 행동으로 능히 알 수 있는 상황이었다. 아마 모르긴 몰라도 녀석은 많이 고민했음이 틀림없었다. 누군가에게 묻기도 어렵겠거니와 조금이라도 악마라는 단어가 나오지 않게끔 가볍게 물어야 했을 터. 그러니 진지하게 대꾸해 준 이가 없었을 것이다.

그뿐만 아니라 질문 자체가 답이 한정되어 있기도 하고 말이다.

'계약을 맺은 뒤 돈은 다 썼다. 이후의 선택은 계약 이행 혹은 파기뿐이지.'

갚아 줄 여력이 없다면 살인 혹은 계약 파기뿐이 답이 없다. 그러나 살인이라는 금기를 침범할 용기가 빠져 있었다.

이대로 둔다면 녀석이 어떻게 행동할지는 뻔하다. 기한이 다 되는 시점까지 어떻게든 회피하다가 일을 저질러 버리는 것.

하긴, 내 이런 일이 생길 줄 진작 알았다. 죽기 전까지 현실이 아닌 가상현실 게임에 목매달았던 지난 과거를 보면 여실히 드러난다.

진정한 어려움을 외면하고 꿈만을 갈망한 삶. 지금 그가 보이는 용기와 자신감은 미래를 알고 있다는 여유 속에서 피어나오는 것이 분명하리라.

"그거 간단하잖아."

별것 아니라는 듯 어깨를 으쓱거렸다.

"……진짜?!"

반색하는 태진이를 보노라니 입맛이 참으로 쓰다.

나는 너에 대해 잘 안다.

하지만

'너는 나에 대해 정말 모르는구나.'

절친하다 착각했던 친구에게 나는 웃어 보였다.

"그런데 그전에 확인할 게 있는데, 그 사람은 남자가 죽이고 싶어 하는 이가 어디에 있는지 잘 알고 있는 거야?"

"후후. 물론이지. 마음만 먹으면 실시간으로 파악할 수 있어."

"그럼 잘됐네. 생각해 봐. 남자가 누구랑 원한이 생겨서 죽이고 싶어졌단 말이지. 하지만 남자는 직접 나서지 않고 한 사람을 시켰어. 그리고 그 사람은 갈등하고 있다~ 그러면 우선 알아야 할 것. 그건 바로, 원한을 맺은 이유를 찾을 것."

숟가락을 들어 보였다.

"예를 들어서 이게 내 보물이야. 이걸 누가 훔쳐 간 상황이란 말이지. 찾다 찾다가 짜증이 나서 도둑을 죽이고 싶어진 거야. 하지만 냉정하게 보았을 때, 그 남자는 이 보물을 찾고 싶은 마음이 먼저일까, 도둑을 죽이고 싶은 마음이 먼저일까?"

"당연히 보물을 찾고 싶겠지."

"마찬가지야. 누군가를 죽여 달라고 했다면 무슨 원한을 맺을 만한 사건이 있었다는 거야. 절대 아무 이유 없이 사람이 증오스럽거나 한 건 아니라는 거지. 묻지 마 살인이라는 것도 우선 죽일 사람과 마주했다는 사건이 있기 때문에 가능한 거 아니겠어?"

'잘 생각해.'

"그 남자가 얽히게 된 사건이 뭔지는 잘 모르지만, 내가 예로 든 이 보물 같은 거라면 굳이 죽일 것 없이 이것만 훔쳐 오면 되는 거 아닐까?"

'악마가 내건 조건은 성륜의 주인을 죽이는 거야.'

"핵심은 사람이 아닌 보물이라는 거지."

상황을 알 수는 없으나 '성륜'의 '주인'을 죽이는 것이 조건이라 했다. 그렇다면 성륜이라는 것은 어떤 물건이라는 의미가 된다. 혹, 최악으론 신체 일부일 수도 있다.

만일 그렇지 않았다면 '성륜의 주인'이라 표현할 이유가 없으니까.

즉, 악마가 바라는 것은 '성륜이 다시금 활동하지 않게끔 한다.'는 것이 나의 추론이었다.

물론

'악마가 약간의 융통성을 너그럽게 보아 줄 정도여야 한다

는 소망이 있기는 하지만.'

녀석이 어설프게 살인을 하는 것에 비한다면 이 방법이 더욱 성공 확률이 높으리라.

'만약 아니라면?'

……어쩔 수 없다. 나는 현 상황에서 최고의 선택을 한 것이니까. 빗나간다면 노력의 부족이 아닌 능력의 한계일 테니 받아들일 수밖에 없다.

나는 태진이의 표정을 살폈다.

혹시 내 말을 못 알아들은 건 아닐까.

'만일 이조차 알아듣지 못한다면 넌…… 죽어도 싸다.'

다행히 그 정도는 아니었나 보다.

"맞아!"

한고비를 넘겼음에 내심 안도의 숨을 내쉰 나는 손뼉을 짝 쳤다. 이제 멍해 있는 녀석에게 준비된 도움을 줄 차례.

"우스갯소리는 그만하고 이제 본론으로 들어가자."

그리고는 상을 한편으로 쭉 밀어 버리고는 서랍에서 A4용지를 꺼내며 말했다.

"내가 어르신들이랑 있으면서 늘어난 눈치가 9단이야. 너 돈 필요해서 온 거 맞지?"

"어? 그, 그걸 어떻게 알았냐?"

녀석이 엉겁결에 대답했다. 나는 능숙하게 백지에 '차용증'이라 쓰며 말을 이었다.

"이 외진 곳까지 나를 찾아오는 사람들이 다 같은 이유였으니까."

녀석이 겸연쩍은 표정을 지었다. 그러건 말건 내 할 말을 했다.

"'돈은 빌려 주지도 말고 빌리지도 말라. 빌린 사람은 기가 죽고, 빌려 준 사람도 자칫하면 그 본전은 물론, 그 친구까지도 잃게 된다.' 라고 셰익스피어가 말했다지. 그동안 찾아오는 친척들에게 이런 얘기를 하면서 돌려보내곤 했어. 하지만 너한테까지 그럴 순 없지. 우리 우정은 변치 않는 우정이니까."

"짜식, 고맙다!"

나는 그렇게 웃어 보였다. 그리고 안도의 표정을 짓고 있는 녀석에게 다른 A4용지를 건네주었다.

"브리핑해 봐."

"뭐? 그게 무슨 말이냐?"

종이를 받아 들고는 뜬금없이 무슨 말이냐는 듯 반문한다. 나는 팔짱을 껴 보이며 답했다.

"여기까지 찾아와서 나한테 돈을 빌린다는 건 몇 만 원 수준이 아니라는 거겠지. 꽤 많은 액수니까 여기까지 왔을 거야. 그러니 그 돈을 어디에 쓸 것인지, 어떻게 쓸 것인지. 그리고 반환 기간은 언제까지 할 것인지 등에 대해서 말해 봐."

"……."

그러자 입을 떡 벌리고는 나를 멍하니 보는 태진이었다. 한참을 그렇게 보던 녀석은 이내 헛웃음을 흘렸다. 고개를 설레설레 흔들며 웃더니 자신의 계획을 말했다.

그것은 익히 알고 있는 new century에 관한 이야기였다.

"가상현실 게임? 헛소리하냐?"

"진짜 거짓말 아니고, 가상현실 게임이 곧 나온다고. 국내는 물론 세계를 석권할 초대작 게임이."

"그래서 게임하게 돈 달라는 거야?"

"정말 나온다니까! 나, 그 게임에서 일인자가 되고 성공할 거다."

"……밥 먹었지? 잘 가라."

"야. 진짜라니까! 나 못 믿냐? 이거 진짜로 되는 게임이야!"

허황스럽게 들리지만, 체계가 잡힌 그의 게임 라이프와 계획이 이어졌다. 핵심을 빼고 가상현실 게임으로 성공하겠다고만 반복하는 녀석. 그리고 우정만 강조하는 태진이에게 나는 어쩔 수 없다는 기색으로 져 주었다.

"징한 놈. 딱 한 번만 져 주마. 우정으로 믿어 본다."

"후회하지 않을 거야. 너도 이참에 같이 하는 건 어때?"

"나중에 너 성공하는 거 보고."

"후후. 그때는 늦을 텐데?"

"친구 덕 보면 되지, 뭐."

객쩍은 소리를 하며 돈을 빌려 주었다. 이어, 쓸데없는 잡담들을 더 나눈 뒤 녀석을 배웅했다.

이후, 모자를 쓰고 안경을 쓴 뒤 조용히 녀석의 뒤를 쫓았다. 먼발치에서 아주아주 조심히.

그리고 새벽녘에 돌아오는 내 손에는 타고 남은 재 뭉치가 들려 있었다.

태진이가 제거한 성륜의 흔적이었다.

⊗   ⊗   ⊗

생각만 해도 식은땀이 절로 났다. 과연 녀석의 뒤를 쫓으며 내가 본 것이 사실이기는 한 걸까.

언제고 마음만 먹으면 해결할 수 있던 일이었는지, 태진이는 밤새 세 사람의 뒤를 쫓아 그들에게서 무언가를 훔쳐 버렸다. 그리고 이를 아무도 없는 골목 어둠 속에서 불태웠다.

중요한 것은 녀석의 움직임이다. 사람들이 있는 곳에서는 조금 빠른 속도로 걷던 녀석이었지만, 단둘이 된 상황에는 순식간에 상대를 기절시켜 버렸다. 그뿐만 아니라 단독주택 안으로 들어간 목표를 쫓기 위해 2m가 넘는 담장을 훌쩍 넘기까지 했다.

그것은 평범한 인간의 움직임이 아니었다.

"위험했어."

동선만 파악하고 성륜의 주인이 어떤 이들인지 구경한다는 개념으로 뒤쫓았기에 망정이지 어설피 따라붙었다가는 어떤 일을 겪었을지, 그저 모골이 송연할 따름이다.

게다가.

'막상 다가가서 본 성륜의 주인들도 평범했고.'

기절했던 이를 깨웠더니만 멀뚱히 '왜 자는 걸 방해하느냐' 던 이들이고, 딱히 놀라운 능력이 있어 보이지도 않았다.

악마를 방해하는 퇴마사들이라기보다는 소매치기나 퍽치기를 당한 행인에 불과했으니까.

……제길.

'뭔가 더 혼란스러워졌다.'

아무튼, 모든 일을 마친 태진이가 성륜이라 '짐작되는 것'을 태워 버렸고, 그 남은 재라도 긁어 집에 온 것이 지금이다.

'어쨌건 다행이다.'

믿어 본 바 없는 신에게 처음으로 감사의 기도를 올렸다.

덕분에 알아낸 사실.

태진이는 정도 이상으로 '강화된' 몸을 갖고 있다. '정신'은 내가 알고 있는 그대로의 수준이다. 끝으로 녀석이 '성륜 3개를 제거한 것' 같다.

계약으로부터 안전하면, 함께 묶여 있을지 모르는 나 역시 안전해진다.

이제 비로소 한고비를 넘긴 것이다.

"휘유."

긴장이 탁 풀리니 기분 좋은 피로가 몰려왔다. 나는 재 뭉치를 의자 위에 올려놓았다. 이어 이불 위로 쓰러져 그대로 잠들었다.

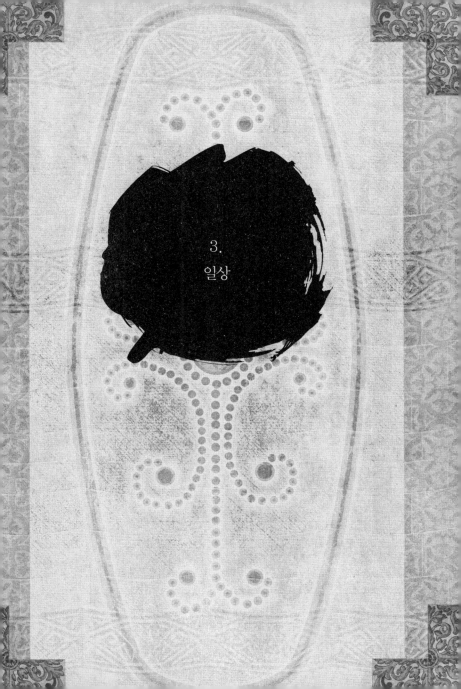

3.
일상

6월 1일.

세상이 뒤집혔다. 대통령 당선일이 이럴까. 뉴스며 신문이
며 온갖 방송에서 떠들썩하게 하나의 영상을 보여 주고 있었
다. 그것은 소리 없던 Z&F의 큰 도약. 세계 최초이자 불가
능하리라 여겼던 가상현실의 상용화에 관한 것이었다.

대문짝만하게 실린 신진권 사장. 머지않아 회장이 될 그의
얼굴에 이어 방송 매체에서는 그의 과거를 다큐멘터리로 만들
어 알려 주고 있었다.

뿐만이랴. 온갖 유명한 학자들이 나와 이 엄청난 기술의 파
급효과에 대하여 '새 시대가 도래' 했음을 말하고 있었다. 또
불가능한 기적임을 역설하며 갑론을박 다투는 일이 허다했다.

하지만

'막상 현실은 그다지 큰 변화가 없지.'

지난 삶에서 겪었듯이 가상현실 기술은 단지 가상공간으로

만 국한될 것이다. 그 기술이 현실의 삶에 다양하게 적용되어 패러다임의 혁신을 부를 것이라는 상식적인 발상은 묻히게 된다.

단순한 도형에 불과한 악마의 문장을 내가 떠올리지 못하듯, 인류는 캡슐의 비밀과 가상현실 기술을 보아도 알지 못하기 때문이다.

그런즉, 지금 내게 가치 있는 것은 고공 행진을 하는 Z&F의 주식이 된다.

'이쯤에서 손을 털어 보고.'

270원짜리 주식이 18만 원이 된 상황이다. 물론 이 주식은 더 뜰 것이나 나는 이쯤에서 매도하였다. 이익은 충분하다 못해 넘치도록 얻은 상황이니까.

이후, 계획했던 기업의 주식을 매수하는 것으로 오전 일과를 마무리한 나는 하프 미튼(Half Mitten)형의 패션 장갑을 낀 뒤 작은 교자상 위에 놓인 컴퓨터 선을 하나씩 정리했다.

약속을 잘 지켜 준 답례로 컴퓨터를 선물할 요량이었다.

스티로폼에 넣어 준비해 둔 상자에 담는다. 골목 너머까지 한 번에 들기는 어렵기에 우선 모니터를 나르고 본체를 들어 대문 앞에 가져다 놓았다.

똑똑…….

"아저씨, 저 상현입니다. 안에 계시죠?"

"그랴. 열려 있으니 들어와!"

문을 열고 상자를 들었다. 계단을 내려가자 내 키 정도 되는 낮은 지붕으로 이어진 굴속 같은 작은 방이 보인다. 부엌을 지나 방과 방으로 이어지는 그 집은 지었다기보다는 필요에 따라 얼기설기 시멘트로 만든 방 같았다.

그 한편에는 낡은 러닝을 입은 중년의 남자가 한 손으로 머리를 감고 있었다. 하얀 거품 탓에 눈을 희미하게 뜬 그는 비누칠을 마저 하며 내게 손짓했다.

"이거만 감고 들어갈 테니까 먼저 들어가 있거라."

"네. 먼저 설치하고 있을게요."

고개를 끄덕여 보인 그는 다시금 한 손을 움직이고 받아 놓은 물에 머리를 숙여 비누기를 씻어 낸다. 그의 이름은 정상호. 외팔이다. 공장에서 일용직으로 근무하다가 안전 소홀 때문에 팔이 절단되는 사고를 당한 탓이다.

잠시 그를 보던 나는 곧 방에 들어가 주위를 둘러보았다.

'어디 보자.'

여기저기 옷더미가 쌓여 있는 곳 너머로 유별나도록 휑하니 텅 빈 책상과 의자가 있었다. 그가 준비해 둔 곳이다. 나는 가져온 컴퓨터를 꺼내 선을 연결하기 시작했다.

이윽고 부팅을 완료할 즈음, 수건으로 머리칼을 닦아 내며 그가 들어왔다.

"아따. 거 좋아 보이는구나. 이게 미령이 준다는 컴퓨터인 게냐?"

"네. 애당초 약속했던 거니까요. 어때요? 그럴듯하죠?"

"좋다마다."

듬성듬성 난 수염, 주름진 얼굴로 환히 웃는다. 나는 차근

차근 알려 주기 시작했다. 부팅하는 방법. 그리고 온라인 게임에 접속하는 방법 등을 말이다. '그래, 그렇구먼.' 하며 고개를 끄덕이던 그는 종이를 꺼내 받아 적는 열의까지 보이며 하나하나 되뇌었다.

내용이 많지 않았던 터라 그가 암기하는 데에는 시간이 오래 걸리지 않았다.

"잊지 말 건요. 요즘 어지간한 건 애들이 더 잘 아니까, 슬쩍 알려 주고 나서는 그냥 뒤에서 구경하시는 거예요. 팔짱 끼고 무게 잡으면서 '알아서 해 봐.' 하는 거죠."

"그거 정말 쉽구나. 하하. 알았다 알았어. 아…… 이거 오늘 같은 날 막걸리라도 같이 해야 하는데 말이다. 마누라가 부침개를 끝내주게 잘하거든."

"전 아주머니한테 혼나기 싫거든요. 살려 주세요."

사고를 겪은 뒤 보상으로 받은 돈을 이 남자가 술값으로 모조리 탕진하지 않았던가. 덕분에 이 가정에는 생고생을 한 과거가 있었다. 내 핑계를 대면서 슬쩍 먹으려는 심산이 분명하다.

뜨악한 내 표정에 그가 웃었다.

"농담이다. 나야 먹으면 줄창 먹어 대니까 말이지. 하지만 너한테는 뭐라도 사 주고 싶구나. 고맙다."

"에이. 그런 말로 은근슬쩍 가지면 안 돼요. 이거 빌려 준 겁니다. 언제라도 미령이가 피아노 그만두면 뺏어 갈 거라니까요. 그때 안 주시면 쳐들어올 겁니다."

"고마, 걱정 말아라. 내가 고년 다리를 분질러서라도 학원에는 보낼 테니까. 하하하."

"그런데 오늘은 일 안 나가세요?"

"안 그래도 지금 나갈 채비를 하던 중이었지. 그런데 미령이 오기 전에 조금 연습을 해야 할 것 같긴 한데……."

"그러면 어차피 가는 길인데 제가 사모님께 아저씨 조금 늦는다고 말씀드릴게요."

"그려, 부탁하마."

그러며 마우스에 손을 가져가 조심스럽게 움직이기 시작하는 그였다. 나는 그를 일별한 뒤 밖으로 나왔다. 골목을 벗어나 작은 슈퍼에 들러 과자와 음료수를 산 뒤 대로와 가까운 곳에 자리한 작은 교회로 들어간다. 교회의 창 한편에는 선교원이라는 스티커가 붙어 있었고 문패 역시 '교회'와 '선교원'이 함께 붙어 있었다.

작은 쪽문을 열자 한편에서 아이들이 흘린 음식을 닦고 있던 선한 인상의 남성이 나를 반겼다. 그는 개척교회의 목사인 장필모였다.

"아. 상현이구나. 방금 아이들 간식으로 떡볶이를 한 참이거든. 어때, 생각 있니?"

"에구. 간식거리 사 왔는데, 한발 늦었네요."

그가 빙그레 웃었다.

"그 헌금은 내가 뜻깊고 좋은 일에 사용할게."

"에에? 또 이렇게 뺏기는구나! 어쩔 수 없죠. 이렇게 된 이상 남은 떡볶이 다 먹어서 본전 뽑아야지."

신발을 벗고 들어갔다.

내부는 말 그대로 정신없었다. 교회로 쓰고 있는 곳과 선교원으로 쓰는 장소가 같았던 이유로 한편에는 아이들 장난감부터 책자가 널려 있고, 다른 한편에는 예배 때 사용할 성경책과 찬송가가 가지런히 놓여 있었다. 사방의 책장에 있는 아이들 도서. 그리고 정면에는 강대상과 큼지막한 나무 십자가가 떡하니 걸려 있다.

그러나 처음에는 정신없었던 이 풍경도 익숙해지니 그럭저럭 괜찮았다.

방에는 한 여성이 플라스틱 그릇들과 작은 포크를 씻고 있었다.

"안녕하세요, 사모님. 떡볶이 먹으러 왔습니다~"

"왔니? 그런데 이거 애들용이라 케첩으로 만들어서 입맛에 맞으려나 모르겠네."

"저 가리는 거 없이 다 먹어요. 듬뿍 주세요."

"장갑은 벗고 먹지 그러니?"

"하하. 이게 요즘 패션 아니겠어요? 아, 그리고요. 상호 아저씨가 조금 늦을 것 같아요. 오늘 미령이 선물이 와서 그러니까 조금만 이해해 주세요."

담아 준 떡볶이를 앉아서 먹기 시작했다.

이들은 좋은 사람들이다. 종교를 직업 삼아 사리사욕을 위해 신을 팔고 복음을 강매하는 이들도 있지만, 눈앞에 목사 부부는 달랐다. 자신의 믿음과 신앙에 충실하다. 사모는 함께 봉사하며 선교원을 통해 외로운 아이들을 돌보았다. 장필모 목사 역시 아내의 일을 돕는 한편 간간이 인근의 홀몸노인들을 방문하여 대화를 나누고 고충을 들어 주며 기도하는 삶을 살고 있다.

그렇기에 나 역시 간간이 이들을 찾아 일손을 돕는 중이었다. 물론, 이를 통해 내가 얻는 정보 역시 있었다. 그중 하나가 조금 전에 방문했던 정상호다.

본래는 간단한 인적사항만 알고 지냈었다.

팔을 다치고 실의에 빠져 술로 돈을 탕진한 정상호. 살림을 위해 포장마차를 운영하는 그의 아내 장민주. 끝으로 초등학교 5학년인 딸 정미령이 있다는 정도 말이다.

'그냥 그렇게 지냈지만.'

가난은 왕도 구제하기 어렵다지 않던가. 내가 돈이 많기는 하지만 형편이 어려운 모든 이들을 도울 수는 없는 일이다. 사람 목숨이 달려 있다면 도왔겠지만 여간해서는 돈을 허투루 쓰지 말아야 했다.

나는 그렇게 인사만 하며 지내고 있었다.

그런데 이곳에서 일손을 돕던 중 사모에게 넌지시 '재능 있는 아이'에 대해 묻자 그녀가 미령이를 알려 준 것이다.

'그 아이가 정말 하고 싶어 했었는데 사정이 안 돼서 말이야.'

'요즘도 가끔 찾아와서는 몰래몰래 치곤 한단다.'

그녀가 말하기를, 미령이라는 아이는 어떤 소리라도 피아노로 음계를 찾아 칠 정도의 귀를 가졌고 가르쳐 주지 않았음에도 능수능란하게 피아노를 다룰 줄 안다 했다.

이건 타고난 재능이다.

단지 음악적인 그 놀라운 재능이 감춰진 이유는 산동네에서 피아노를 가진 가정이 교회 외에는 없었고, 어릴 적 만취 상태인 부친 탓에 주눅이 들어 소극적인 성격이 된 터라 학교에서도 나서지 않기 때문이라 한다. 아이들 앞에 나서는 것을 꺼리는 아이가 악기를 연주하겠다 말할 리 없으니 말이다.

여하간, 이를 들은 나는 뒤늦게 정신을 차렸지만 마땅히 일이 없어서 시간을 보내고 있는 정상호와 친해졌고, 점차 가족과 안면을 익혔다. 그리고 마침내 만난 미령이에게 장난삼아 청음을 시험, 목사 부부의 말이 전적으로 옳음을 확인할 수 있었다.

이후는 간단했다.

아무리 내가 돈이 있다고 하지만 내 나이는 아직 20살이 되지 않은 상태다. 이런 내가 어른에게 돈을 건네며 돕는다면 자존심상 쉽게 받아들이는 경우가 드물 것이 자명한 일. 나는 대리인으로 쓰고자 다시금 교회를 찾았다.

덕분에 봉사하는 '근면 성실한 젊은이' 였던 나는 '사연 있는 부자 젊은이' 로 각색되었고, 목사 부부는 포장된 내 이야기를 들은 뒤 놀라워하면서도 내 돈을 받아들였다. 돈의 사용처를 반드시 내게 알려 준다는 단서 조항을 달긴 했지만.

적은 월급으로나마 정상호가 두 사람의 선교활동을 도우며 교회 일을 한다. 이를 본 나는 슬쩍 다가가서는 친해지며 '미령이가 피아노를 즐기는지 아닌지' 확인한 뒤 핑계를 대며 선물을 준다.

"미령이는 어때요?"

매콤한 맛은 배제된 새콤달콤한 떡볶이를 먹으며 물으니 그녀는 자기 일처럼 즐겁게 말해 주었다.

"네 덕에 또래 아이들이랑 같이 학원에 다니고 있잖니. 거기서 미령이가 실력 발휘를 하니까 친구도 많이 사귀게 되었다고 하더구나. 학교에 소문도 나서 교우 관계도 굉장히 좋아졌어."

사실 대상은 미령이 하나였지만 그 아이만을 보내는 방법은 사용하지 않았다. 소극적이고 가정 형편마저 어려운 탓에 따돌림을 당하고 있는 아이가 아니던가. 고립된 상황에서 자칫 실력만을 키웠다가는 아집에 빠지기 십상이다.

그렇기에 자연스럽게 공통분모를 만들어 줄 겸, 사정이 어려운 또래 친구들을 같이 후원하는 방식으로 학원에 보냈었다.

"얼마 전에는 가요를 클래식처럼 변주시켜서 치는 걸 보여주던데, 정말 대단하더구나. 피아노 원장님도 굉장히 의욕적이시고 말이지. 피아노 경연회에서 쓸 작정으로 요즘 맹연습 중이라며 자기 일처럼 반기고 있어."

"다닌 지 한 달밖에 안 된 아이를 경연회에 내보낸다고요?"

"그렇단다. 마침, 한 달 뒤에 경연회가 있다고 하거든."

자신의 제자 중에 뛰어난 이가 배출된다면 이는 제자는 물론 스승의 명예이기도 하다. 그러니 저토록 열과 성을 다하는 것이다.

하지만 좋지 않았다.

"미령이 실력이 좋긴 한가 보네요."

"또래에서는 비할 아이가 없을 정도라던데? 이미 선생으로서 가르칠 건 없을 정도라더구나. 그저 더 넓은 세상이 있음을 보여 주고 기회를 주는 것이 전부일 정도라 하며 어찌나 즐겁게 웃으시던지 나까지 기분이 좋아졌단다."

주목받는 것도 차근차근 이어져야지 저토록 단시간에 관심을 받게 되어 버리면 경연회가 마무리되었을 때, 혹은 화젯거리가 없어졌을 때의 상대적 박탈감도 커지게 된다. 그뿐만 아니라, 뛰어난 아이에게 형식을 강요하는 것은 상상의 폭을 제한하는 의미밖에 되지 않는다.

그러다 보면 그저 학교에 가고 의미 없는 수학여행이나 다니며 사진을 찍어 대는 학생과 같이, 목표와 방향조차 상실하고 어른들의 뜻에 따라 움직이게 될 공산이 크다.

아직 재능은 있지만 자신의 주관은 없을 테니까.

"그럼 학원에 보낼 필요도 없겠군요."

"……응?"

"어차피 배울 것도 없다면서요. 잘됐어요. 이참에 교회 피아노도 좋은 거로 바꾸고 저쪽 방은 제가 방음실로 꾸며 드릴게요. 미령이는 거기서 피아노 연습시키는 거예요. 괜찮은 생각이죠?"

그러한 내 말에 그녀는 설거지를 멈추고 나를 보았다.

"글쎄, 내 생각엔 선생님 의견이 맞는 거 같은데……."

"아직 어려요. 떠밀려서 하기보다 하고 싶은 걸 하게 두는 편이 좋다고 봅니다. 언제라도 그 아이가 원하면 적극 도울

게요."

그때 바깥 청소를 마무리 지은 장필모 목사가 들어오며 말했다.

"그런데 괜찮겠니? 방음실에 피아노가…… 만만치 않은 가격일 텐데 말이다."

"인터넷으로 제가 주문해 놓을게요."

일축하며 일어났다.

"그런데 말이다."

그는 나가려는 나를 붙들고는 조용하나 힘 있는 목소리로 말했다.

"네가 생각이 깊다는 걸 아니 긴말은 않으마. 다만, 언제라도 네게 힘든 일이 생기거나 꿈이라는 것이 생긴다면 내게 꼭 알려다오. 내가 큰 도움은 되지 못하지만, 마음만큼은 함께 나누고 싶구나."

"감사합니다."

그렇게 인사를 꾸벅 한 내가 슬쩍 돌아 나올 때였다.

드르르…….

주머니에서 작은 진동음이 느껴졌다. 'Z&F 택배입니다.' 하는 메시지에 통화 버튼을 누르자 낭랑한 목소리가 들려온다.

— 예. 택배 기산데요. 이거 산 82번지 이상현 씨 댁 맞는 거죠? 방 안에 물건이 없어서 이사 간 집은 아닌가 싶어서 그럽니다.

"네, 맞아요. 어차피 물건도 없으니까 한가운데에 설치해 주시면 됩니다."

- 그런데 이거 설치 끝난 다음에 물건 수령하셨다고 서명을 해 주셔야 하는데요. 댁에 언제쯤 들어오십니까?

"5분 안에 가겠습니다."

전화를 마친 후 나는 집으로 향했다. 학원으로 찾아가 말로만 듣던 미령이의 즉흥 연주곡을 들어 볼까도 싶었지만, 그보다 이 일이 더욱 급했다.

구불구불한 골목을 지나 도착한 집.

건너편에는 택배 차량이 보였고, 문을 열자 반소매 차림에 Z&F가 크게 쓰여 있는 유니폼을 입은 남자가 나를 반겼다.

"조립식이라 다행이었습니다. 이게 일체형이었다면 들어오는 데 애 좀 먹을 뻔했어요."

"수고 많으셨습니다."

냉장고에서 음료를 꺼내 건넨 뒤 서명란에 사인했다.

"사용법은 어렵지 않을 겁니다. 저도 써 보지는 못했지만, 도우미가 내장되어 있어서 친절히 안내해 준다더군요. 아, 잘 마시겠습니다."

"주문한 사람이 많은가 봐요?"

한 차 가득 실려 있는 균일한 크기의 물건들을 보고 물은 것이다. 갈증이 심했던지 음료를 벌컥벌컥 마신 그가 답했다.

"아무래도 요즘은 이게 대세잖습니까. 저도 여유되면 자동차보다 이놈을 먼저 살 생각이니까요. 여기, 잘 마셨습니다."

설치를 마무리한 그가 빈 상자를 한 아름 들고 나갔다. 나는 문밖까지 나가 다음 배송을 위해 서두르는 뒷모습을 보았다. 그리고 들어온 뒤 가만히 물건을 확인했다.

젖혀진 의자와도 같은 크기의 길쭉한 이것이 세상을 떠들썩하게 하고 있는 캡슐이었다. 가상현실로의 접속은 물론, 일반 컴퓨터의 기능을 대신하는 컴퓨터이기도 하다.

구(球)형식으로 된 초고가형은 사용자의 모든 편의를 제공하는 최첨단 기능이 첨부되어 있다지만 내가 산 것은 보급형 접속기다. 눕다시피 되는 안락형 의자에 앉아 센서를 부착한 뒤 영화에서나 봄직한 선글라스를 쓰면 그것으로 완료된다.

고작?

맞다. 고작 이것으로 가상현실이 가능하다.

'초월자가 했으니 어련하겠느냐만.'

가상현실 접속 캡슐은 이름은 대단하지만 그렇다고 기존 컴퓨터의 수십 배의 성능을 자랑하는 물건도 아니었다. 인터넷 검색이나 기존의 게임을 즐길 수 있다는 정도에 불과하다.

그러니 여기서 미스터리가 생긴다.

이토록 평범한 성능에 어찌 가상현실 접속이 가능하겠느냐는 것.

정보유출 문제 때문에 거론만 되고 있는 클라우딩 컴퓨터가 발전된 개념일까 생각도 해 보지만, 곧 지웠다. 가상현실 게임의 온라인은 고작 그 정도로 꿈꿀 영역이 아니니까.

나는 이내 보급형 캡슐을 보며 잠시 가만히 있었다.

'게임.'

웃음이 나온다.

"해야겠지."

태진이의 게임 속 진행이 어찌 돼 가는지 파악하기 위해서. 초월자와 게임 간의 상관관계를 파악하기 위해 나는 게임을 해야 했다.

하지만 이것이 전부라면 그냥 현실에서 구경만 해도 좋았을 것이다. 내가 접속해야만 하는 이유는 따로 있었다.

'어휴. 갑자기 이 무슨 장갑 인생이냐.'

6월임에도 장갑을 사서 낀 이유. 외출 시에 이것을 벗지 못하는 이유가 여기에 있었다.

나는 오른손에 끼고 있는 장갑을 벗었다. 그러자 괴이하기 그지없는 일그러진 검은 톱니가 보였다. 3개의 모양이 너무도 일그러져 버려서 톱니가 맞물린 형태. 그러한 탓에 손을 쥐었다가 펴면 마치 날카로운 이빨을 다물었다가 여는 것 같을 지경이다.

"who are you?"

문신은 대답이 없었다.

태진이의 뒤를 쫓았던 그날 밤.

성륜이라 짐작되는 그 물건들의 재를 긁어모았다. 혹 놓치는 것이 있을까 싶어서 바닥의 흙까지 훑어서 담아 왔다. 악마와 같은 존재가 없애기를 바랐다는 것은 분명 저 물건 역시 무슨 힘이 있는 것이니, 무언가 단서가 될 수 있으리라는 생각에서였다.

그 힘이 무엇일까.

'큰 솥에 도마뱀 꼬리 따위를 넣는 일 같은 것도 불사해 볼 생각이었지.'

심적으로 너무 지쳤던 나머지 나는 씻지도 않고 잠들었었다.

그리고 다음 날.

재를 만지느라 까맣게 변해 버린 손을 닦던 나는 문신처럼 새겨진 무언가를 볼 수 있었다.

지워지지도 않는 괴이한 문신.

놀라 간밤에 놓아 둔 성륜의 잔재를 찾았다. 의자로 가 보니 재 뭉치라 여겼던 것은 흙더미에 불과했고 함께 있던 재들은 흔적도 없었다.

즉, 내 손에 새겨진 이것이 성륜의 잔재인 셈이다.

'변형된 성륜이라……'

타고 남은 재가 문신이 되다니, 대체 성륜이라는 것이 무엇일까. 어떤 쓰임이 있는 것일까.

이제는 강 건너 불구경하듯 할 수가 없었다.

조금의 정보라도 파악해 내야 했다.

'그리고 비로소 알았지.'

독하게 마음먹고 살점을 도려낼까 마음먹을 때, 문득 떠올렸다.

시간 역행이 가능할 정도의 존재. 왜 그토록 대단한 악마가 한낱 게임 폐인에 불과한 태진이를 선택했는지에 대한 의문이었다.

'태진이는 게임 빼고는 볼 게 없어.'

녀석은 현실에 대해서는 까막눈이라 해도 좋았다. 태진이가 확실하게 아는 것은 게임 속 세상이다.

그렇다면 악마가 원한 재능은 결국 가상현실 게임, new century의 전문가라는 뜻이 된다. 현실은 어수룩하지만, 게임에는 탁월한 전문가 말이다. 따라서 성륜은 new century와 관련이 있다. 초월한 존재들 간의 다툼에 new century가 핵심적인 역할을 한다는 의미였다.

즉, 손에 새겨진 문신의 단서는 가상현실 속에 있는 것이다.

그뿐만 아니라 하나 더.

'그들은 직접 나서지 못한다.'

엄청난 존재들은 시간을 뒤집었지만, 계약자에게 조건을 내세우는 등의 불편함을 보이고 있었다. 이는 그들이 직접 현신할 수 없는 무슨 제약이 있다는 의미가 된다.

이는 곧 내게 있어 기회다.

'저 존재들은 대단하긴 하지만 전지전능하지는 않아.'

내가 함께 회귀했음을 모르고 있다. 계약에 묶여 나서지 못하고 있었다. 성륜의 잔재를 얻었음에도 어떤 후속 조치가 없었다.

나는 안도했다.

저들은 신적으로 보이지만 '신'이 아니다.

"좋아."

이제 여행해 보는 거다.

아주 심각한 마음가짐으로 진지하게.

❈   ❈   ❈

세상이 들썩이건 말건 해는 뜨고 하루는 흘러갔다.

산동네의 일상 역시도 전과 같았다. 단지 아이들의 화젯거리가 성적이나 TV 프로그램에 관한 것에서 가상현실 게임으로 다소 전환된 것이 전부였다.

오늘은 동네의 우유 보급소 소장이 급한 일로 나가는 바람에 대신 우유 분류를 해 주고 오던 참이었다. 선교원이나 근처 양로원, 그리고 홀몸노인들에게 우유나 두유를 무상으로 지급해 주는 사람인지라 도와 달라는 청을 거절할 수 없었다.

뭐, 사실 내가 시간이 많은 편이기도 하고 말이다.

'어찌 보면 동네 한량 같은 입장이니까.'

계약을 맺고 정기적으로 일을 해 주는 것이라면 얽매이기 십상이다. 하지만 내 경우는 말 그대로 유유자적, 마음이 동하는 곳에 가 도움을 주고 있었다. 그렇다고 도와준다고 가서 경험 없는 티를 팍팍 내며 있다가는 외려 미움을 받겠지만, 지난 삶에서 다양한 경험을 두루두루 해 본 나이지 않던가. 필요할 때 적당히 도와주는 것이니 나를 마다할 이유가 없었다.

나로서는 마음의 만족을 얻고 그들로서는 일손을 얻으니 그야말로 상부상조하는 격이다.

꿈을 품은 사람을 찾기 위해 일손을 돕고, 그들을 바라보며 월화수목금요일을 지낸다. 주말은 도서관에 가거나 영화를 보는 식으로 여가 생활을 즐기고 있었다. 그러니 시대에 뒤떨어지거나 하는 일은 없었다.

유행은 지금 몸으로 겪고 있고 사회 흐름은 지난 삶을 통해 정신없이 공부했으니까.

이제 여기에 하나의 일과가 추가된다.

게임이다.

✵   ✵   ✵

의자형 접속기기에 앉았다.

이 기기는 보급형인지라 체온 조절과 같은 기능이 없다. 나는 선풍기를 방 한편에 두고 약하게 틀어 회전시킨 뒤 몸을 누였다.

이제 드디어 시작이다.

습관적으로 왼손을 꽉 쥐어 통증을 되새겼다. 이어 편안히 몸을 눕힌 뒤 기기의 스위치를 켰다.

기이잉…….

미세한 진동음이 울리고 감은 눈 너머로 무언가가 떠오르기 시작했다.

곧 두 개의 창이 떠오른다.

하나는 일반 컴퓨터, 둘은 new century로의 접속을 가리키는 창.

이 중 두 번째 것에 손을 들어 클릭한다. 그러자 부착해 둔

센서에서 묘한 진동이 느껴지더니 '내'가 새로운 공간에 떠올랐다.

기계적인 목소리가 나를 반겼다.

[new century의 세계로 오신 것을 환영합니다. 이상현 손님께서는 신규 접속자이십니다.]

높은 가격일수록 아름다운 목소리를 선택할 수 있다고 하는데, 확실히 저가형이라 그런 서비스는 없었다. 더불어 신체 스캔 따위도 없다. 첫 접속이고 아무런 설정 역시도 없었지만 완벽하게 닮은 내가 있었다.

나는 내 앞에 있는 몸을 보고 있었다. 접속할 때의 옷차림을 한, 내 몸이 천천히 회전한다.

'상식을 버려야지.'

태진이가 게임을 한다고 돈을 빌려 달라고 했을 때, 세상이 떠들썩하던 그때 나는 다른 일에 빠져 있었다. 바로 여자를 만나 음주가무를 즐기는 일이었다. 그 쾌락 속에 있는데 가짜 세상에서 싸우는 일 따위에 흥미가 갈 이유는 없었다. 그리고 후일 돈이 없어졌을 때는 시간적 여유가 없어서 게임에 접속하지 못했었다.

그러니 나로서는 방송으로 가끔 보기만 하던 세상에 처음으로 접한 상황이다.

[신체 5cm. 동공의 색. 머리칼의 길이. 흉터의 유무 정도의 변형이 가능합니다. 성별 전환은 불가하며 이상현 님의 고유 특성을 가리는 것 역시 불가합니다.]

외모쯤이야, 뭐.

나는 태진이가 남긴 기록들을 근거로 하여 현실과 가상현실과의 접점. 그리고 성륜의 의미와 초월자들의 의중을 추측하는 것에 목적이 있다.

더불어 168cm라는 조금은 작은 키. 날카롭게 찢어진 눈. 덕분에 냉막한 인상인 이 잘나지도 못나지도 않은 내 외모에 만족한다. 하늘을 우러러 한 점 부끄러움이 없지는 않으나, 죽는 그날 '전력을 기울였다.'고 말할 정도의 삶을 살고 있으니까.

하지만 조금은 바꾸기로 했다.

'자고로 유비무환(有備無患)이라.'

게임을 하다가 태진이라도 만나게 되면 어떻게 하랴.

나는 없던 흉터를 얼굴에 만들었고 머리칼을 치렁치렁하게 늘렸다. 이 정도만 해도 나를 알아보는 일은 쉽지 않을 것이다.

그런데 한 가지 재미있는 것은 손바닥의 문신이었다. 분명 또렷이 보이는 변형된 성륜은 흉터를 만들고 지울 수 있는 new century의 기능에도 절대 변하지가 않는 것이다.

역시 성륜은 가상현실 게임과 밀접한 관계가 있었다.

"다음."

변환에 만족한다 하자 시점이 서서히 옮겨졌다.

[현재의 몸을 기초로 하되 레벨 상승 및 직업 선택에 따라 점진적 변화가 진행될 예정입니다. 또한, 신체 스캔을 반영하여 캐릭터 변환을 하는 패키지 상품도 있으니 필요에 따라 구매, 사용하시기 바랍니다.]

관찰자 시점으로 내 몸을 보는 것이 아닌, 영혼이 비로소 몸에 안착된 그런 느낌이었다.

말 그대로 전사는 근육질의 몸으로, 도둑은 슬림형으로, 마법사나 학자는 근육이 감소하는 형태로 변화한다는 이야기다. 만일 마법사임에도 탄탄한 몸을 가지고 싶다면 현실에서 운동하여 이를 캐릭터에 반영하라는 의미다.

아울러.

'이 서비스가 유료였었지?'

태진이에게 들은 내용을 떠올렸다. 후일 체형을 바꾼 뒤 다른 직업의 복장을 갖추어 자신의 본 직업을 감추는 편법이 대전 시 꽤 유용해진다 했다. 그리고 노래 부르고 춤추는 가수가 유머까지 겸비하면 인기가 더해지는 것처럼, 똑같이 방송에 나와도 훤칠하고 몸 좋은 게이머가 더 큰 인기를 누리는지라 먼 훗날, 랭커라면 몸 관리는 필수가 된다.

그야말로 게임을 위해 몸과 정신을 가다듬는 삶이 아닐 수 없다. 하지만 이 일에 소홀히 하는 랭커는 없었다. 본래의 육체를 단련하는 것이야말로 게임 속 잠재 능력의 수치를 갱신하고 높이는 최적의 수단이었으니 말이다.

이를 실감한 탓에 녀석이 회귀하자마자 명상원에 검도에 태권도를 겸비하는 것이 아니겠는가.

[현재의 체감도는 기본 적용인 30%입니다. 이는 사용자의 선택에 따라 가감할 수 있습니다. 단, 초기 설정 후 변경을 원하시면 유료 패키지를 구매해야 하니 유념하기 바랍니다.]

이어 1~70까지 이어지는 게이지창이 생겼다. 한 손을 올려 이를 움직이나 낮아질수록 처음과 같이 내 혼이 육체를 이탈하였고, 높아질수록 반대로 오감이 또렷해지며 육신과의 동화가 더해진다.

학자들이 도무지 이해하지 못한 경악할 일 중 하나가 이것이다. 현실과 가상현실의 체감에 차이가 없을 수 있다는 사실. 그럼에도 한계 이상의 충격과 고통으로부터 철저하게 게이머를 보호한다는 것이다. 덕분에 게임을 하다가 가상현실의 충격이 현실로 이어져서 사고가 생기는 일은 전혀 없었다.

뭐, 나는 전부 이해한다.

'과거 회귀와 견주면 세상 어떤 기적과 이적도 다 용서가 되지.'

여하간 이 수치를 높여야 비로소 고수의 길이 열린다. 높은 체감도는 곧 랭커로의 입문이라 해도 과언이 아니다.

그렇기에 나는 이 수치를 선택했다.

[체감도 1%를 선택하셨습니다. 이는 가수면 상태와 같으며 피로 회복의 효과는 있으나 정교한 플레이와 스킬 시전 시 성공 확률에 악영향을 미치게 됩니다.]

나의 목적은 현실을 살며 가상현실 '도' 여행하는 것이다. 게임의 비중이 현실을 능가하는 일은 절대로 사양한다.

'최소한의 피로도로 숙면하듯 게임을 즐기겠다.'

[1%로 최종 선택하시겠습니까?]

"그래."

내가 긍정하자 다시금 세상이 바뀌기 시작했다.

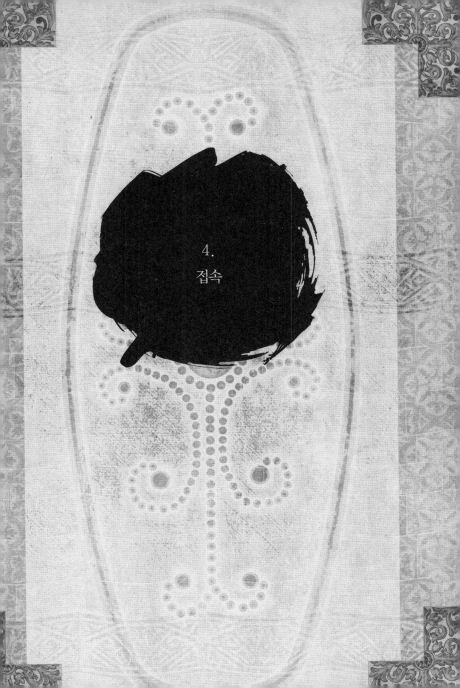

4.
접속

'몽롱하다…….'

마치 꿈을 꾸는 듯한 기분. 내 몸을 움직이고 있지만 제3자가 되어 느긋한 마음으로 바라본다. 맞아도 아프지 않고 누군가 밀어내는 느낌만 들며 꼬집어도 멀뚱멀뚱하게 쳐다본다. 음식을 먹으면 입의 움직임을 통해 '씹히는가 보다~' 싶을 따름이지 맛이 느껴지지는 않는다.

이것이 1% 가수면 접속이다.

꿈을 꾸듯이 참으로 실감 나지 않게 도우미의 안내를 받았다. 여러 가지 기본적인 창을 이용하는 방법에서부터 여행자로서 주의해야 할 점 등을 들었다.

기나긴 설명이 끝나고 도우미가 다시 말했다.

[국가를 선택해 주십시오.]

어마어마한 크기의 지도가 좌르르 펼쳐진다. 드넓은 세계 곳곳에서 별처럼 무수하게 반짝이는 시작 지점들. 나는 보는 것만으로도 압도될 정도의 엄청난 크기의 지도 속에서 익숙한 국가의 이름을 찾을 수 있었다.

란티놀 제국.

태진이 녀석이 장군의 위치에까지 오른 국가였다.

[시작 지점을 선택해 주십시오.]

시선을 그곳에 두자 조금씩 확대되며 지역을 국한해 내게 보여 주었다.

다시금 반짝이는 시작 지점들. 자세히 보노라니 대도시는 없고 죄다 산간벽지의 마을이었다. 촌에서 시작해서 도시까지 가는 것 같다.

태진이에게 방해되지 않도록 기억을 곰곰이 되짚어 고민하고 있노라니 무미건조한 음성이 다시금 들려왔다.

[1분간 선택하지 않으셨습니다. 임의 선택을 하시겠습니까? 아니면 여행자의 접속률이 가장 높은 곳으로 하시겠습니까?]

세로로 창이 열렸다. 그러자 마치 주가 등락 창과도 같이 각 마을의 이름이 나열되며 순위가 매겨진다.

'하긴, 여기야말로 녀석의 주 무대지. 나 같은 놈이 설친다고 방해가 되려야 될 수가 없어.'

나는 조용히 게임을 하고자 사람이 적은 곳을 찾았다. 아래쪽의 접속률은 거기서 거기인 바, 113번째 순위인 갈렌 마을을 택했다.

[선택을 마치셨습니다. 10초 후 이동됩니다.]

건조한 소리 이후, 세상이 어두워졌다가 다시 밝아졌다.

❈　　　　　❈　　　　　❈

　세상이 이지러지더니 어느덧 낡은 침대 위에 앉아 있는 나
를 발견할 수 있었다.

　본래 입고 있던 옷과는 전혀 다른 옷.

　소매가 넉넉한 평상복을 입은 모양새였다. 장소는 여관쯤
으로 짐작된다. 질감이 느껴지지는 않으나 낡고 허름한 상태
로 보아 거친 질감 같았다.

　그때 가만히 반짝이고 있는 손잡이가 눈에 들어왔다.

　'밖으로 나가라는 뜻인가?'

　저가의 보급형 캡슐이라 그런지 친절하게 설명해 주는 도
우미는 없었다.

　'하긴, 게이머에게 굉장히 불친절한 게임이었다 했지.'

　초창기 이용자들이 난항에 부딪혔던 이유는 이 세계가 게
이머를 위한 세계가 아니라는 것에 있었다. 더불어 보통은 마
왕의 부활을 막거나 대륙을 혼란에 빠뜨리는 반역자를 처단하
는 것이 메인 스토리다. 하지만 new century는 어마어마
하게 넓은 땅덩이에 각 국가가 공존하고 있으며 팽팽하게 힘
을 겨루는 형태가 전부였다.

　즉, 게이머는 유구하게 흐르는 역사의 소용돌이에 그저 잠
시 머물렀다 가는 여행자일 뿐. 막말로, 알아서 잘 굴러가는
체계에 끼여 적응해야 하는 사회 부적합자와도 같았다. 그토
록 불편한 게임이 바로 new century다.

그러나 세계 유일의 가상현실 게임과 무한한 자유도.

이 두 가지가 사람들을 매료시켰다.

세 차례의 초기화를 겪어 '역사에 도전하는 여행자'라는 부제목의 의미를 확실하게 안 게이머들은 이후 직접 역사를 만들어 나가기 시작했다. 이를테면 반골의 상이 있는 귀족이나 왕족에게는 조금씩 간언하여 반역을 일으키게 하였고, 마법사는 키메라를 만들거나 직접 마족을 소환하여 정복에 나섰다. 고레벨의 게이머가 일을 벌이면 저레벨의 게이머들은 이에 가담하여 공격하는 자, 혹은 막는 자가 되어 역사를 써 나갔다.

new century는 여행자가 어떤 분탕질을 쳐도 끄떡없는 장소를 제공하는 것으로 역할을 다하는 셈이었다.

'기행을 한다면 공헌도를 높일 수 있기도 했었지.'

검과 마법이 존재하는 판타지의 세계에서 비무행을 벌이거나 가만히 앉아 도를 닦는 등의 행각을 벌여 이름을 알리는 방법도 있긴 했다. 일례로 그렇게 무예 대결을 하여 만 번을 패배한 전사가 공헌도로 받은 돈이 700만 원이고, 여기에 초보전용 매직 아이템인 만패전사의 갑주라는 세트 아이템으로 사용되며 가십거리가 되기도 하였다.

"움직여 볼까."

짧은 단상을 마친 내가 문손잡이를 잡을 때였다.

스륵.

쪽지창이 떠올랐다.

[이 방을 벗어나면 다시는 도우미의 조언을 듣지 못합니다.

모든 기본 정보를 습득하셨습니까?]

　나는 손을 뗐다.

　'기본사용방법 외에 더 들을 것이 있다는 건가?'

　게다가 도우미가 여기 어디에 있다는 말인지 알 수가 없었다. 혹시나 하는 마음으로 불러 보았다.

　"도우미?"

　[질문하십시오.]

　부르자 처음 들었던 무미건조한 음성이 답해 온다. 나는 보이지도 않는 도우미를 이리저리 찾다가 다시 침대에 걸터앉았다. 아무래도 이 삭막한 녀석이 내게 배정된 도우미인 듯하다.

　"내 눈에 보이는 모습으로 나타나 줄 수 있나?"

　[접속 중인 캡슐에서는 지원하지 않는 서비스입니다. 시각 효과를 원하신다면 기기 업그레이드, 혹은 유료 컨텐츠 구매를 권합니다.]

　"그렇다면 목소리 정도는 바꿀 수 있겠지?"

　[접속 중인 캡슐에서는 지원하지 않는 서비스입니다. 기기 업그레이드 혹은 유료 콘텐츠 구매를 권합니다.]

　'……치사하긴.'

　자고로 싼 데는 다 이유가 있는 법이다.

　"내가 들어야 할 정보를 알려 주겠어?"

　[초기 설정 시 1%의 체감도. 힘을 중시하는 전사 유형의 몸을 선택하셨습니다. 상태창이 변화되었으니 확인하시고 분배하지 않은 포인트를 적용하시기를 권합니다.]

도우미의 안내에 따라 상태창을 열어 보았다. 그러자 작은 창이 열리며 몇 안 되는 수치가 나타났다. 그것은 힘과 민첩, 지혜 그리고 공헌도였다.

이 수치는 간단하기는 하나 무척이나 많은 변수를 가진 복잡한 수치이기도 하다. new century에서 제공하는 여행자의 유형과 직업은 단 세 가지. 힘과 민첩, 지혜의 유형과 전사와 도둑, 마법사라는 세 개의 직업이 전부다.

그러나 유형의 선택은 자유이고 마법사라 하여도 타 직업군의 스킬을 익히는 것 역시 가능했다. 그렇기에 조합하여 나오는 수는 무한하다는 표현이 절로 나올 정도다.

'랭커들은 이러한 조합에 대하여 고유의 비밀을 가진 이들이라 했지.'

현재 나의 체감도는 1.

상태창을 보자면 내 수치는 그야말로 간단하게 표기되어 있다.

힘5. 민첩5. 지혜5. 공헌도0. 추가 포인트10.

그러나 체감도를 높였다면 저런 간략한 창이 아닌 인체 해부도가 뜨게 되며 근육 부위별로 각각의 수치가 소수점까지 세밀하게 표기되게 된다. 이를 통해 어떤 부위의 근육을 어떻게 적용해 강화하느냐에 대한 것 역시 캐릭터 육성의 비결이 될 정도다. 이런 실정을 모르고 높은 체감도를 선택한 이들을 위한 자동분배기능도 있긴 하지만 말이다.

과거, 태진이가 말했었다. 초보와 중수를 가르는 것이 체감도이고 중수와 고수를 가르는 것이 스킬 이해도이며 고수와 랭커를 가리는 것이 잠재력이라고.

'내 알 바 아니지만.'

그래도 대략 개념은 잡힌다.

여하간.

1%의 체감도는 어떤 무기, 어떤 스킬을 써도 최저수치만큼을 보이게 된다. 그뿐만 아니라 급소의 개념 역시 사라지기에 '그냥 가서 때리고 맞는다.'라는 개념만이 적용하게 된다.

보라, 이 얼마나 간단명료하고 좋은가?

가상현실 게임이지만 보통의 컴퓨터 게임의 개념처럼 적용되는 것이다.

'이게 소위 말하는 포인트란 말이지?'

기본 능력치.

힘이 상승할수록 체력이 많아지며 체력회복속도가 빨라지고 소지량 역시 증가한다. 그뿐만 아니라 이는 나중에 전사 계열의 스킬을 사용할 수 있는 붉은빛의 힘, 혈력(血力) 수치에 가산된다.

힘10당 혈력은 1의 비율.

민첩이 상승할수록 이동속도와 공격속도가 증가한다. 여기에 접속 시간과 밀접하게 연관되는 원기의 회복률이 휴식을 취할 때 증가하며 지구력의 상승은 물론 회복속도 역시 증가하게 된다. 그리고 도둑계열의 스킬을 사용할 수 있는 푸른빛의 힘, 기력(氣力)수치에 가산된다.

민첩10당 기력의 비율 역시 1이다.

끝으로 지혜가 상승할수록 전사나 도둑이 열람하지 못하는 책을 볼 수 있고 문자를 해독할 수 있게 되는 이점이 있다. 원기의 감소가 둔화함과 동시에 회복률 역시 소폭 상승한다. 또한, 마법사 계열의 스킬을 사용할 수 있는 보랏빛의 힘, 마력(魔力) 수치에 가산된다.

얼핏 보면 힘과 민첩에 비해 다소 부족해 보이는 수치가 지혜일 수 있으나 지혜에는 한 가지가 더해진다. 그 능력은 바로 위엄(威嚴)이다.

위엄은 지혜15에 1씩 증가하는 수치인데 이것이 증가하게 되면 비록 공헌도가 없다 할지라도 현지민들이 함부로 대우할 수 없게 된다. 지극히 높아지면 귀족과 비견되는 예우를 받게 되며 동물이나 괴물, 혹은 현지민들을 설득하여 자신의 세력으로 거두거나 이용하는 일이 가능하게 된다.

'고위 귀족에게 간언하는 일은 공헌도 수치와 위엄 수치가 어느 정도 되어야 가능한 일.'

여기까지가 기본적으로 제공하는 능력치였다. 물론 삭막하게 저 정도가 전부이지는 않다. 내가 알다시피 명상을 통해 얻을 수 있는 '집중' 처럼 특정 행동을 반복하거나 퀘스트를 통해 얻을 수 있는 여러 능력치가 있으니까.

'물론 그런 건 랭커들의 비결이지.'

레벨 상승 시 추가로 부여되는 포인트는 항상 10이었다. 이 포인트를 어떻게 나누어 어떤 능력치에 적용하는가는 본인의 자유가 된다. 그리고 이 미묘한 차이는 곧 게이머 간의 다양성으로 이어지게 된다.

나는 여행을 위하여 단순하게 가기로 했다.

'힘과 민첩에 각각 5의 수치를 적용하자.'

이를 마치고 도우미를 부르자 다시금 건조한 음성이 들려왔다.

[마을 내에서는 공복도의 개념이 없습니다. 다양한 일거리를 통해 돈을 모으고 적응하시기 바랍니다.]

이건 알고 있었다. new century에서 게이머가 음식을 먹을 때는 사냥을 할 때이거나 소모된 수치를 회복하고 다른 부가능력치를 받고 싶을 때라는 것 말이다.

[new century의 세계에서 여행자의 신분임을 명심하십시오. 세계관과 맞지 않는 용어 및 행동을 하면 이는 현지민들에게 모욕으로 받아들여집니다. 그로 말미암은 피해에 대하여 Z&F는 어떤 보상도 하지 않습니다. 끝으로, 쪽지창을 유념하기 바랍니다. 임무 선택 및 임무 달성, 해당 국가의 법을 어겼을 시 등에 대한 모든 조치에 앞서 메시지로 1차 통보가 됩니다. 1차 통보 후 즉각 조치에 들어가며 이에 관한 책임은 플레이어 본인이 감수해야 합니다.]

"수고했다."

[즐거운 여행이 되기를 바랍니다.]

나는 나가기에 앞서 이불보를 이빨로 뜯어 오른 손바닥을 감아 문신을 감추었다.

그리고 문을 열어젖혔다.

허름한 여관의 정경이 보인다. 그리고 저 밑에서 고함을 치는 소리가 들려왔다.

"아, 진짜. 뭐, 이런 게임이 다 있어? 이봐, 시작했으니까 퀘스트를 달라고 퀘스트! 이 NPC영감탱이야!"

"뭣이? 이 버르장머리 없는 놈 같으니! 다 죽어 가는 놈 기껏 데려와서 재워 줬더니 뭐가 어쩌고 어째? 꺼져라, 이놈아!"

"아, 씨발. 상태창부터 머리통 빠개지게 하더니만 이제 와선 별 늙다리가 지랄이네."

계단 밑에서는 계산대에 있는 노인과 빨간 스포츠형의 머리를 한 사내가 말다툼을 벌이고 있었다. 그리고 내려가는 계단 중간에는 한 여성이 서 있었다. 붉은 머리칼을 한 그녀는 도도한 시선으로 아래의 상황을 보고 있었다.

나와 그녀, 밑에 있는 사내까지 모두 회색의 평상복을 한 것으로 보아 모두 게이머인 듯했다. 반대로 노인을 가만히 보고 있노라니 환영처럼 그의 머리 위로 이름이 떠오르고 곧 사라졌다.

노인은 현지민인 '짐'. 소위 말하는 NPC였다.

'구경이라도 해야 하나.'

앞을 막고 있는 그녀 탓에 내가 내려가기가 곤란한 상황이었다. 현실이라면 몸을 틀어서 슬쩍 지나가겠지만, 지금의 나로서는 감각이 둔한 터라 밀어 버릴 것 같았기 때문이다.

그때 참다못한 노인이 계산대를 쾅 내려쳤다.

"이런 싹수없는 놈을 봤나! 마을에서 당장 꺼져!"

그리고는 사내의 뺨을 철썩 후려치자 욕설을 내뱉던 사내
의 몸이 빛으로 둘러싸여서 사라져 버리고 말았다.

이를 본 여자가 고개를 끄덕이며 중얼거렸다.

"이방인이라?"

그녀는 곧 나를 돌아보며 말했다.

"내려갈 건가요?"

"네."

"먼저 가세요."

그리곤 슬쩍 비켜 준다. 나는 고맙다 답하다가 속으로 웃었
다.

'실험군 A가 된 거 같은데.'

상황 파악을 위한 본보기 말이다. 체감도가 낮아서 그럴까.
꿈꾸는 듯 몽환적인 세상과 감각 속에서 번쩍이는 미녀가 보
이니 내 기분도 모호해졌다.

나는 장난스럽게 물어보았다. 곡예사와도 같이 묻노라니

"이름을 물어도 되겠습니까?"

미녀께서 답해 주신다.

"스칼렛이라고 해요. 그쪽은?"

그녀의 머리 위로 이름이 투영되었다가 사라진다.

행동과 목소리에서 풍기는 느낌은 단 하나. 바로 당당함이
었다.

나 역시 초기 설정 시에 만든 이름을 대답했다.

"제임스라고 부르시면 됩니다."

지극히 무난한 이름.

"그럼 먼저 가 보지요."

나는 그녀를 스쳐 내려갔다. 그렇게 삐걱거리는 계단을 내려가는데 1층에 있던 방에서 한 청년이 나와 짐에게 다가갔다. '말세다, 말세야.' 하며 고개를 내젓는 짐에게 다가간 청년은 뒷머리를 긁적이며 물었다.

"저기, 이제 앞으로 뭘 해야 하는 겁니까? 인벤토리에 보니까 목검 같은 것도 없던데 토끼라든가, 허수아비는 맨손으로 치는 건가요?"

"허허. 요즘 여행자들은 죄다 이 모양인 건가? 아니면 내가 구해 온 녀석들만 이런 놈들인 건가."

그러며 '그래도 앞의 녀석보다는 예의가 있군.' 하며 고개를 주억거린 짐이 손으로 문을 가리켰다.

"이보게, 젊은이. 괜히 나한테 토끼 고기가 필요하지 않으냐는 둥 물약을 달라는 둥 헛소리하지 말고 어서 나가시게. 사지 육신 멀쩡히 달려 있으니 직접 일을 찾아서 해 나가라는 말일세. 알겠는가?"

"예? 아…… 그게, 그래도 좀……."

머리를 연신 긁적이는 그였다. 그러자 짐이 소매를 걷었다.

"맞아 볼 텐가?"

"아, 아닙니다!"

황급히 사내가 밖으로 나가 버렸다.

'아무래도 알아서 일자리를 찾아야 하는가 보군.'

원래 저 짐이라는 노인이 저렇게 언성을 높이고 건성으로 대하지는 않았을 것이다. 단지 그를 처음 대한 게이머가 보통의 게임을 생각하여 막 대한 것. 거기서부터 일이 이렇게 틀어졌음이 분명했다.

이곳을 하나의 세계가 아닌 게임으로 여겨서 생긴 웃음거리야말로 new century 초기에 가장 많이 나온 가십 기사였으니까.

가만있자.

'여행자가 구함을 받은 상태가 바로 초기 설정이라면.'

대략 어찌 행동해야 할지 감이 잡힌다.

나는 노인에게 정중하게 인사했다.

"구해 주셔서 감사합니다."

그러자 인상을 쓰고 있던 짐이 나를 보며 관심을 보였다.

"아, 일어났는가? 다행이로군. 쯧쯧. 안 그래도 걱정이 되던 참이었다네, 젊은이."

같은 여행자임에도 내게는 반색해 보이는 그.

이유는 간단했다. 내가 정중하게 말했고 또 체감도 1%일 경우 현지민들에게 높은 배려를 받게 되는 장점이 있는 탓이다. 현실로 치면 버스에서 장애인에게 자리를 양보하는 배려와도 같았다.

"이 은혜는 후일 꼭 갚겠습니다."

그가 측은한 어조로 말했다.

"은혜는 무슨. 헌데, 갈 데는 정했는가?"

가만히 있노라니 짐은 주억거리며 말을 이었다.

"하긴, 혼자 숲 속에 쓰러져 있었으니 이곳에 연고가 있을 리 만무하지. 혹, 소일거리라도 괜찮다면 요 길 건너에 있는 마터에게 가 보게. 지금 아무라도 좋으니 일손을 빌리고 싶다 했었거든."

그 말과 함께 쪽지창이 반짝였다. 그리고 창을 열자 '사냥 꾼 마터에게로' 라는 기본 퀘스트가 보였다.

창을 열어 수락했다.

"배려해 주셔서 감사합니다."

"허허. 젊은이, 기운 내시게나."

미소 짓는 짐이었다. 나는 문을 열고 나가며 왼쪽 위에 작은 지도를 띄워 보였다. 아직 밝혀지지 않아 어둡기만 한 지도에 반짝이는 지점이 있었다. 내가 있는 곳에서 약 70m 떨어진 지점이다.

그렇게 걸어가는 내 뒤로 다시금 옥신각신하는 소리가 들려왔다.

"이 빌어먹을 NPC 같으니라고! 사람 차별하는 거야? 야야! 나도 그 마터한테 가는 퀘스트 달란 말이야!"

"뭐라?"

"이 병신 늙다리가 진짜!"

"이 싹수없는 놈이!"

철썩!

하얀 빛이 번쩍였다. 그리고 문득 떠오르는 태진이의 말이 있었다.

'무한한 자유도의 시작은 초기 설정에서부터 시작된다.'

초창기 게이머들을 가장 당혹스럽게 했던 그것.

초기 가상현실 게임을 접한 이용자들은 보다 현실감 있게 즐기고자 체감도를 최고치로 높여서 접속했었다 한다. 신기한 마음으로 그렇기도 하고 얼마나 가능할까 하는 호기심으로도 말이다. 더군다나 과거 조류 인플루엔자 파동이 있었을 때 '먹고 문제가 생기면 거액의 보상금을 지급한다.' 하며 소비를 촉진했던 것처럼, '가상현실 접속을 통해 현실의 상해를 입을 때 100억으로 보상하겠습니다.' 라는 광고를 한 덕에 전부라 해도 좋을 이용자들이 체감도를 최고치로 올렸다 했다.

'물론 그 돈을 받은 이는 없었지만.'

여하간 그렇게 접속한 이용자들은 놀라운 가상현실에 감탄했고 또 절망했다. 이유는 정교한 움직임만큼이나 정교하게 변하는 현지민들의 대응이 그들을 곤혹스럽게 한 탓이다. 작은 표정과 눈짓에도 반응하는 만큼 일정한 패턴이 사라지게 된 것이다.

그리고 보름 뒤 알려지는 사실이 이것이었다.

– 체감도는 곧 자유도.

무한한 자유도의 첫걸음이 바로 체감도라는 사실.

이는 그야말로 양날의 검이었다. 어설프게 소리 지르다가는 본전도 못 찾게 되고, 반대로 능숙하게 대처하게 되면 기대 이상의 보상을 받게 된다.

'고속 성장이냐 거북이 성장이냐의 갈림길.'

랭커라 불리던 자들은 저런 규정을 자신에게 맞게 잘 이용하는 자들을 일컫는다 했다. 나머지는 고생 꽤 하다 결국 포기하고 체감도를 낮추는 선택을 하지만 말이다.

이 세계에서 게이머는 여행자에 불과하다는 사실을 잘 이해해야 한다.

번쩍!

'또 하나 가는구나.'

하얀 빛을 뒤로한 채 나는 마터에게 향했다.

✦　　　✦　　　✦

반짝이는 지점에는 울타리가 쳐진 마터의 집이 있었다.

널려 있는 동물 가죽 너머로 덫을 손보고 있는 중년의 사내가 보였다. 웃옷을 벗은 상태. 탄탄한 몸의 그에게 다가가자 쪽지창이 눈앞에 생겼다.

[사냥꾼 마터에게로…… 임무를 완수하셨습니다.]

[+5펜실 획득!]

[+10경험치 획득!]

늘어나는 소지금을 뒤로하고 나는 마터에게 다가갔다.

"짐 어르신이 이곳에 오면 일거리가 있다 하여 찾아왔습니다. 저는 제임스라고 합니다."

마터는 나를 힐끗 보고는 손을 탁탁 털며 일어났다. 그리고는 다가와 내 어깨를 두드렸다.

"이거 영 상태가 부실한데? 아무라도 보내 달라 했더니 진짜 아무나 보내 주셨군."

영 못마땅한 표정을 짓는 그.

"그래도 불쌍하니 일은 시켜 봐야겠지. 아들 녀석이 말을 안 들어서 혼냈더니 단단히 심통이 난 것 같아. 제임스라고 했나? 네가 나 대신 녀석을 좀 달래 봐라. 녀석은 토끼를 좋아하니까 어린놈으로 잡아 오면 될 거야."

그의 말과 동시에 창이 반짝였다.

> **마터의 고민(1)**
> 토끼 포획
> 마터는 아들, 리드의 마음을 달래고 싶어 합니다.
> 그를 위해 흰 토끼를 잡아 오세요.
> 보상 : 10펜실 마터와의 호감도 상승. 경험치20. 장난감 목검
> 실패 : 마터와의 호감도 하락

고민(1)이라는 제목으로 보아 완료할 때에 다른 퀘스트로 이어지는 듯했다.

"토끼는 어디 있습니까?"

"저쪽 길로 나가면 풀숲이 나와. 거기서 잡으면 된다."

그리고는 자리로 돌아가는 것이었다. 그가 자리에 앉자 지도에 반짝이는 지점이 생겼다.

'토끼잡이 퀘스트.'

척 들어도 강해 보이는 동물은 아니다. 초심자에겐 그에 걸맞은 난이도가 주어지는가 보다.

그렇게 토끼 출몰 지역을 가리키는 그 지표를 따라 향하던 중이었다. 가만히 앞을 보던 나는 멈칫할 수밖에 없었다.

저 앞에서 여관에서 보았던 도도한 미녀, 스칼렛이 보인 까

닭이다. 그녀 옆에는 똘똘한 눈의 소년이 있었다. 그녀의 옷 소매는 찢어져 있었고 소년 역시 여기저기 흙먼지가 묻은 상태였다.

스칼렛은 힐끗 나를 보더니만 마터에게로 향했다.

"안녕하세요, 마터 씨."

"누구요? 초면인 듯한데…… 어? 리드야!"

"아빠~!"

호기심에 돌아보니 빙긋이 미소 짓고 있는 스칼렛과 마터에게 안겨 있는 소년이 눈에 들어왔다. 포근하고 환한 웃음이 참으로 인상적이었다.

"이 녀석, 어디서 이렇게 다치고 온 거야!"

"그게…… 으아앙!"

마터의 고함에 리드가 울음을 터뜨렸다. 이에, 그녀가 나서서 손을 허공에서 움직였다.

툭…… 툭…… 떨어지는 3개의 덫.

게이머가 가지고 있는 보관함에서 물건을 꺼낸 것이다.

스칼렛은 다정한 목소리로 말했다.

"마을 주변을 돌던 중 리드가 풀숲에 있는 것을 발견했답니다. 참 기특한 아이예요. 자기가 토끼잡이용 덫을 두고 왔다며 혹시라도 다른 사람이 다치면 어찌하겠느냐고 그러더군요. 그래서 같이 덫을 가져왔어요."

마터가 놀라는 표정으로 아들을 보았다. 리드는 눈물 맺힌 눈으로 고개를 끄덕인다.

"아…… 아빠가 덫 때문에 화가 많이 난 거 같아서……."

훌쩍이며 떠듬떠듬 말하는 소년의 머리를 마터가 쥐어박았
다.

"이 녀석아, 네가 다칠까 봐 그런 거지. 으이구!"

쥐어박고는 다독이던 그는 잠시 후 일어나 스칼렛에게 답
례를 표했다.

"고맙소. 덕분에 아들 녀석이 무사했으니 이 고마움을 보
답하고 싶소만."

"아닙니다. 대가를 바라고 한 일이 아닌걸요. 저도 리드처
럼 귀여운 아이는 정말 오래간만에 보아서 외려 즐거웠답니
다."

"아니오. 보아하니 여행자 같은데 내가 도울 수 있을 것 같
구려. 호신용 검이 필요하오?"

마터가 말할 때였다. 리드가 자신의 바지 자락을 걷어 붕대
처럼 감겨 있는 것을 보았다. 그리고 손가락으로 콕콕 찌르며
마터에게 말했다.

"아빠, 저 누나, 아빠가 말했던 사냥꾼의 손이에요. 아빠
거가 안 되면 내 거라도…… 줘도 될까요?"

마터는 리드의 머리를 쓱쓱 쓰다듬었다. 그런 뒤, 안으로
들어가 활과 화살집을 가져와 그녀에게 주었다. 스칼렛은 고
마움을 표한 뒤 마터의 집에서 나왔다.

울타리 밖에서 구경 중이던 나를 본 그녀.

처음의 도도함으로 돌아간 스칼렛이 내게 말했다.

"제임스 씨 정보 덕에 좋은 무기를 얻었네요. 고마워요."

'정보?'

그제야 뒤늦게 이해하고 감탄의 손뼉을 쳤다.

참으로 놀랍지 않은가.

꿈꾸는 듯 감각이 둔해서 그런지 작금의 상황이 유쾌하게만 느껴졌다.

그녀가 말한 내 정보는 짐과의 대화였다.

'마터에 관한 이야기.'

하지만 그것이 어찌 내 덕이겠는가. 직관적으로 파악하고 우연하게 만난 소년과 마터를 연관시킨 그녀의 추리가 뛰어났던 탓이다.

"대단합니다. 정말 대단해요."

주어진 보상보다 나은 것을 얻는 방법은 높은 자유도를 통해 가능하다는 것을 나는 알고 있었다. 한 가지 의외였다면 퀘스트를 받고 갈 필요가 없이, 의뢰 물품을 가지고 의뢰인에게 찾아가는 역순의 방법이 먹힌다는 것.

하지만 이해되지 않는 것이 있었다.

"한 가지를 모르겠군요. 장비를 제한한다는 건 어떻게 예상한 겁니까?"

"암시에 대한 질문인가요?"

나는 웃으며 고개를 끄덕였다.

"마터라는 사냥꾼의 단서를 짐과 저의 대화로서 알게 되었다는 건 이해했습니다. 아마도 당신은 사냥을 위해 움직이던 중 리드라는 소년을 보고 관심을 뒀겠지요. 우는 아이와 대화하여 소년의 아버지가 마터라는 것을 알아낸 스칼렛 양은 짐의 이야기를 떠올려 이곳으로 왔으리라 짐작합니다. 그런데 어떻게 리드에게 활에 대한 암시를 주었던 거지요? 보상으로 무기를 받을 거라는 예측을 어떻게 했는지 모르겠군요."

그녀가 답했다.

"초보자 NPC. 퀘스트. 장비는 미지급 상태. 결국, 초반 퀘스트의 종국적인 보상품은 무기나 방어구일 테죠. 여기에 짐의 반응을 토대로 하여 높은 자유도를 고려했습니다. 마터를 움직이는 키워드로 플레이어가 사용할 수 있는 것은 리드일 따름이니 그 소년에게 제 특징을 알려 주었을 뿐이죠."

"오호라."

그러며 손을 펴 보인다. 여자임에도 굳은살이 박인 손. 그러나 그녀는 부끄러움 없이 내게 당당히 보여 주었다.

"확률은 50%였어요."

소매를 찢어 아이를 감싸 줌으로써 희생정신을 강조하고 동정심을 이끌었다. 여기에 자신의 손을 강조해 보였다. 이러한 우회적인 암시 끝에 '초보자용 무기'라는 보상의 범위를 필요에 맞게 압축하였다는 의미였다.

폭넓은 자유도를 아주 제대로 이용한 격.

"훌륭하시군요."

설명을 듣자 감탄의 웃음이 절로 나왔다. 나와 그녀의 차이는 스칼렛이 게임의 흐름에 대해 알고 있었고, 나는 그저 퀘스트가 무엇인지 의미만을 안 채 따라가며 진행하려 했다는 것이었다.

'아하!'

순간 불현듯 깨달아지는 사실이 있었다. 나는 더욱 기쁘게 웃으며 물어봤다.

"그 모든 것을 한 번에 파악했단 말입니까?"

"당신 정도의 안목을 가졌을 뿐이에요."

나는 그 말에 어깨를 으쓱거릴 따름이었다. 내가 저 여자의
대답을 이해할 수 있었고 간략하게 물어볼 수 있었던 이유는
태진이를 통해 들은 이런저런 상식 덕이었다. 후일에는 누구
나가 알게 되지만 지금은 누구도 모르는 new century의
세계관. 여행자의 입장에 대해 아는 까닭이었다.

그런데 스칼렛이라는 여자는 몇 되지도 않는 키워드를 통
해 최적의 동선으로 최고의 효과를 이끌어 낸 것이다.

'그저 감탄만 나오는구나.'

게임에 대해 잘 알지는 못했지만, 이 여자, 분명히 랭커 중
의 하나였을 것 같다. 굳은살이 박일 정도로 현실에서 궁을
다루며 저 정도의 파악능력을 갖춘 명철한 여자가 누구일까.

나는 모른다. 게임 세계에서는 분명히 이름을 날린 랭커였
겠지만 일반인이었던 나는 '기행을 일삼은 자들'만을 가십거
리로 접했을 따름이니까. 다만 랭커만 아니었다면, 만일 현실
에서 만났다면 어떻게든 후원해 주고 싶은 인재가 틀림없었
다.

'꿈속에서 만난 도도한 매력의 여자.'

게임 속 고수가 될 그녀이기에 관심을 접었다. 랭커와 관련
된 복안은 태진이가 치밀하게 계획해 두었을 터. 그의 계획을
망가뜨려서는 곤란하니까.

"도움이 되었다니 다행이군요. 그럼 즐거운 여행이 되기를

바랍니다."

그러자 그녀는 가만히 나를 보다가 물었다.

"처음부터 지금까지 웃고 있네요. 당신은 화를 내지 않는군요."

'당신도 1%를 하면 나처럼 될 겁니다.'

게다가 왜 기분이 나쁘다는 말인가.

"화를 낼 이유가 없으니까요."

그녀는 묘한 표정으로 계속해서 볼 따름이었다. 다시금 어깨를 으쓱거린 나는 인사하고 그녀를 지나갔다. 그리고 조용히 쪽지창을 다시 열어, 한쪽에 있는 '포기'라는 단어를 눌렀다.

[마터와의 호감도가 하락하였습니다.]

괜찮다.

그녀 덕분에 떠올릴 수 있었으니까 말이다.

'내가 퀘스트를 하며 게임을 즐기러 온 게 아니었다는 걸 말이지.'

처음 하는 게임이고 엉겁결에 주어지는 퀘스트를 따라 움직일 뻔했다. 그러나 잊지 말아야 한다. 내 목표는 게임을 즐기는 것도, 랭커를 만나는 것도, 랭커가 되는 것도 아니다.

그저 성륜의 반응을 느끼는 것. 단서를 아는 그것일 따름이다.

더불어 게임의 중요 퀘스트는 회사에서 직접 관리를 하기도 한다. 일례로 대규모 이벤트가 있지 않던가.

'만약 퀘스트를 통해 성륜을 알려고 한다면 나에 대해 신

진권 회장이 알게 될 우려가 있지.'

초고가형 캡슐을 구매하면 개별 관리가 되기에 저가형으로 샀던 나다. 현실에 지장을 주지 않으며 간접적으로 성륜에 대한 정보만 알고자 1%의 체감도로 플레이 중이었다.

그런데 주어진 퀘스트를 대놓고 따라 하다니. 천만의 말씀!

"아주 좋다."

뚜렷하게 개념이 잡혔다.

어찌 움직여야 할지 정리한 나는 이에 따라 행동 지침을 정하기 시작했다. 목표는 new century의 세계를 우회적으로 경험하는 것이었다.

이를 위해 사전 조사가 필요했다. 제대로 new century를 알기 위해서는 우선 여타의 게임이 어떤 식으로 이루어지는지를 파악할 필요가 있었다.

※   ※   ※

[휙! 퍽!]

[휙! 퍽!]

규칙적인 칼 놀림에 '꾸엑!' 하는 돼지 울음소리가 따라붙었다. 칼의 움직임 소리와 함께 들리는 비명이 잘 어우러지니 마치 내가 때리는 것 같은 느낌이 든다. 이런 것을 타격감이라 하나 보다. 초보자용 빨간 물약을 먹으며 칼질을 스무 차례 하자 드디어 오크가 '뀌익!' 하며 쓰러졌다.

징-!

경험치 98%를 가리키던 게이지가 끝까지 차오르며 하늘에 빛이 내려왔다. 감소했던 HP가 차오르며 레벨 상승을 알리는 신호음이 띠링띠링거린다.

'대동소이하군.'

떨어지는 돈과 '오크족 단검'이라는 아이템을 줍고 인벤토리창을 열었다. 그러자 퀘스트 아이템인 '떠돌이 오크 쿨락의 머리'가 들어와 있다. 이를 확인한 내가 귀환 주문서를 찢자 마을의 작은 우물이 보였다.

나는 옆에 있는 NPC, 잭에게 다가가 클릭했다.

창이 떠올랐다.

흑흑. 이것이 떠돌이 오크 쿨락의 머리군요, 용사님, 감사합니다. 이제 하늘에 간 제 아내도 조금이나마 위안을 받았을 겁니다. 감사의 보답으로 이것을 드리겠습니다.

띠링~!

새로 창이 열리며 아이템 습득을 알려 주었다. 나는 이를 끝으로 접속을 종료했다. 그러자 모니터와 마우스, 키보드 앞에 있는 내가 떠올랐다.

마지막 것은 레벨을 10까지 키웠더니 시간이 좀 더 걸린 것 같다.

"으음……."

손으로 선글라스를 벗고 센서를 떼어 냈다. 고개를 흔들다가 관자놀이를 지압한다. 밤을 새워서 게임을 했으니만큼 눈이 뻑뻑했던 탓이다.

"쉬려고 누웠다가 날밤을 새워 버렸군."

그러나 소득은 있었다.

하품하며 찬물을 받아 세수했다. 그런 뒤 다시금 과도로 왼손의 상처를 살짝 찔렀다. 섬뜩한 통증이 아교처럼 들러붙은 잠기운을 싹 몰아낸다. 아찔함으로 고개를 세차게 흔든 나는 방으로 돌아와 자리에 털썩 앉았다.

'어쩐지 허수아비니 토끼니 하더니만 그래서 그런 거였어.'

볼펜과 종이를 꺼내 지금까지의 정보를 정리했다.

어쩜 이리도 판에 박혔는지, 판타지 온라인 게임의 시작은 토끼와 허수아비로부터 시작됐다. 이제 제법 아는 터라 초반에 뺨을 맞고 쫓겨난 사내가 이해되는 나였다.

'자자. 시작해 볼까.'

하룻밤의 경험을 토대로 나는 기억을 정리하기 시작했다.

스칼렛을 통해 퀘스트의 의미를 깨달은 나는, 나 스스로 게임에 대해 잘 알지 못함을 자각할 수 있었다.

'우선 알아야지.'

new century의 접속을 종료한 나는 인터넷 접속을 하여 인기 있는 온라인 게임을 두루 경험했다. 머지않아 new century 탓에 서비스 종료될 게임들이지만 아직 출시된 지

얼마 되지 않은 터라 쉽게 접속할 수 있었다.

내려받기 하며 홈페이지를 들어가 공지를 꼼꼼하게 확인.

운영자들의 대처와 몬스터에 대한 간략한 정보, 캐릭터의 능력치, 그리고 육성 비결 따위를 본 뒤 접속하여 레벨5까지를 키웠다.

그렇게 판타지 온라인 게임 1위~5위까지의 게임을 해 본 결과, new century와의 차이점과 일치점을 확실하게 파악할 수 있었다.

이제 이를 토대로 new century에서의 행동 방침을 정할 차례.

'우선 나누어야 하는 것은 초월자와 Z&F의 역할이다.'

잘나가는 게임은 서버가 20여 개 넘게 분산되어 있었다. 같은 세계관의 세상을 나누어 놓은 이유. 그것은 수많은 접속자를 감당할 수가 없는 까닭이다. 그뿐만 아니라 공지를 보고, 또 몸으로 경험하건대 사냥터에도 제한이 있어 몬스터가 생성되는 속도와 게이머가 사냥하는 속도가 조정되고 있었다.

'좋은 아이템을 얻는 인기 사냥터는 서로 자리 때문에 싸우기까지 한다지.'

사냥터를 독식하여 이익을 독점하는 것. 이러한 탓에 여러 다툼이 있는 것이 일반적인 게임이다.

반면 new century는 다르다. 서버가 나뉘어 있지도 않을뿐더러 모든 게이머, 말 그대로 전 세계의 접속자들이 하나의 세상에서 함께 살아간다. 더 중요한 것은 new century의 세계는 지구보다 크다는 사실이다.

'게다가 가입 절차조차 없었어.'

다섯 개의 게임을 접속하면서 나는 주민등록번호와 주소를 입력해 계정을 만들었었다.

'나' 라는 신원을 증명한 뒤에야 게임에 접속할 수 있었던 것.

그러나 new century는 그런 것이 없었다. '동의하십니까.' 하며 묻지도 따지지도 않은 채 바로 접속시켜 준다. 캡슐에 누워 접속하면 자신의 캐릭터가, 하나뿐이 생성할 수 없는 캐릭터가 현실의 몸과 꼭 같은 크기로 그냥 생성된다.

이는 회사 측에서 보면 있을 수 없는 일이다. 단순하게 신체 스캔 없이 캐릭터가 형성된다는 것을 넘어서는 일이 아닐 수 없었다.

고로 알 수 있는 사실.

"게임 접속과 세계관은 초월자의 영역이다."

더불어 안심되는 것은 초월자가 변형된 성륜을 보고도 내게 아무런 조처를 하지 않았다는 사실이었다. 그 역시 재가 이렇게 변할지는 짐작하지 못했으리라 생각된다.

초월은 했지만 완벽하지는 않은 것이다.

이 외의 다른 요소들은 다른 게임들과 크게 다르지 않았다. 경악할 정도의 자유도만 제외하면 말이다.

'마치 게임 접속과 동시에 다른 세계로 이동시켜 주는 것 같을 정도야.'

완벽하게 구현된 new century의 세계에서 여타 '온라인 게임의 요소' 들을 구분하면, 초월자와 Z&F의 역할이 어떻게 나뉘는지를 파악할 수 있게 된다.

'게이머에게 갖추어진 부분들을 파악해 보자.'

하나, 계정이 없다.

그렇다면 Z&F에서 게이머들의 동향을 알아보는 방법에는 무엇이 있을까.

엄연히 상용화를 하여 손님을 상대로 하는 처지다. 그렇다면 손님 관리를 해야 하는데, 접속 때부터 누가 누구인지 정보를 얻을 수가 없는 상황이니 어쩌겠는가.

모든 게이머의 자료를 취합해 감시하고 있다?

레벨 상승 포인트는 물론 스킬 숙련도 등등에 대해?

"말도 안 되는 소리."

캐릭터 생성 자체가 회사의 영향 밖의 일이다. 60억 인구를 감당할 서버는 현실적으로 불가능하다. 그보다 많은 new century의 NPC와 각종 몬스터, 기후 등을 Z&F가 전부 통제한다는 것 역시 불가능한 일.

그렇다면 접속자 수조차 파악하기 어려운 현재 '수준' 으로 집계와 통계를 내릴 게임적인 수단. 번호표 없이 입장한 관객들에게 번호표를 부착하는 방법은?

바로 퀘스트와 이벤트, 랭킹 제도.

탐나는 미끼와 확실한 보상이다.

"분명히 이것들이야."

부와 명예.

게임 속에서 아이템을 제공하고 현실에서까지 조명을 비추며 회사가 제공하는 부와 명예를 얻을 수 있다.

이 얼마나 큰 매력이랴. 퀘스트를 통해 성장하고 이벤트로 재미를 만끽하며 랭킹에 올라 명예욕을 성취할지니 게이머들은 이 미끼를 물 수밖에 없다. 안 물면 바보다.

즉.

"이것들만 피하면 나에 대해 태진이는 물론 Z&F조차 알 수가 없게 된다."

악마나 성륜과 관계됐을 법한 그들의 눈을 피한다면 최소한 나의 회귀 사실만큼은 철저하게 보장되는 셈.

그렇다면 앞으로가 아닌, 지금까지 내가 실수한 점은 뭘까?

내가 Z&F라면 어떤 게이머들을 관리 대상으로 둘까?

'되짚어 보자.'

나는 종이에 쓰며 생각을 확실하게 정리했다.

과거 보았던 신문 기사들. 단편적으로나마 떠오르는 태진이의 말에 따라 하나하나 파헤쳤다.

첫 번째.

'초고가의 캡슐과 관련 종사자들, 그리고 회사 주식 보유자와 같은 이들이겠지.'

나는 저가형을 샀고 주식도 중간에 치고 빠졌다.

대상에 들어가지 않는다.

두 번째.

'체감도.'

Z&F의 관점으로 볼 때 낮은 체감도를 사용하는 이들은 사실 관리 대상에 속하지 않는다. 그것은 그들이 누구보다도 잘 아는 까닭이다. new century의 세계에서 고레벨이 되는

것. 그리고 역사에 영향을 끼치는 이들은 자유도가 높은 이들만이 가능하다는 것을. 혹 낮은 체감도의 게이머가 고레벨이 된다 할지라도 그들에게는 앞서 내가 겪었던 것과 같이 선택의 폭이 좁게 된다.

즉, 그들은 낮은 체감도의 유저는 논외로 친다. 경계 대상의 범주에 아예 속하지 않는 까닭이다. 그러나 나는 내가 대세를 따르지 않는 실수를 저질렀음을 인정했다.

"너무 낮췄어."

100억이라는 보상금에 혹해 모두가 높은 체감도를 하는 상황에 1%라니. 이는 영향력을 끼친다는 측면에서의 주목이 아니라 '저런 이상한 녀석도 있군.' 하는 정도의 관심을 끌 수 있었다. 조금만 생각했더라면 눈치챌 수 있었던 작은 실수다.

하지만 쉽게 바로잡을 수 있었다. 1%라는 것은 특징이다. 이 특징을 가진 내가 그들의 눈에 띄지만 않으면 모든 것은 해결된다.

역시, 관리 대상에 포함되지 않을 터.

주의한 보람이 있었다. 함정을 무사히 피해 입구에 들어선 격이다.

남은 것은 퀘스트와 이벤트, 랭킹을 피하며 안전하게 new century를 여행하면 된다.

"기본 스킬은 5레벨부터 얻고 랭킹 등록은 10레벨부터였지."

5레벨에 스킬을 익히고 그 이후부터 퀘스트와 이벤트, 랭킹에 등록되는 일을 피하면 해결되는 셈이다.

'게임을 하는 게 다소 **빡빡하기는** 하겠지만…… 걸려서 한 방에 가는 것보다는 훨씬 낫지.'

이만하면 충분했다.

"휴우."

기나긴 공부와 정리가 끝났다. 나는 만족스럽게 펜을 놓았다. 한 가지 일을 끝낸 탓일까. 노곤하고 몸이 가라앉는 느낌이다.

'하긴, 날밤을 지새웠으니 피곤한 게 당연하지.'

절로 하품이 나온다.

하지만 잘 수는 없었다.

이렇게 멍하니 낮에 잠을 자고 밤에 게임을 한다면 무슨 쓸모가 있겠는가.

낮에 잠을 자게 되면 그만큼 밤에는 덜 피곤하게 된다. 그렇게 밤잠을 뒤척이면 자연히 낮에 피곤하게 되는 악순환이 이루어진다.

더불어, 오늘은 중요한 할 일이 있는 날이다.

'매우 중요한 일이지.'

이를테면.

"속죄랄까."

주먹을 꽉 쥐어 정신을 다잡은 나는 목욕을 한 뒤 밖으로 향했다.

❊　　　❊　　　❊

내가 정말로 즐기는 일 중 하나가 바로 사람 구경이다. 저쪽 아래편 길 건너에 있는 초등학교를 가만히 보노라면, 학생들이 삼삼오오 모여 뛰고 어울리는 모습을 보고 있노라면 아련한 기억으로 가슴 한편이 아리고 기쁘면서도 서글퍼진다.

뭉클한 기억 하나는 과거 부모님과 함께했던 시절이다. 비가 오면 어머니께서는 학교 앞까지 우산을 들고 마중을 오시곤 했었다.

때로는 길이 어긋나 척척하게 젖어 들어오기도 했다. 그럴 때면 수건으로 머리칼을 닦아 주시고 목욕한 뒤 따끈한 코코아로 속을 데우게 하였다. 식사를 준비하시는 어머니, 퇴근하신 아버지는 내게 장난을 걸며 간질이곤 하셨다.

식탁에 둘러앉아 음식을 먹었다. 나는 학교에서 있었던 여러 일에 대해 두서없이 말했었다. 두 분은 나의 이야기에 크게 호응하며 들어 주셨다.

그래…….

'그랬었지.'

이제는 다시 볼 수 없는 분들이다.

미묘하게 가슴을 울리는 두 번째 기억은 말없는 아내와 아이에 관한 것이었다.

능력 없는 나 때문에 항상 빠듯했던 살림. 그러한 탓에 나는 피곤함에 절어 있었고, 재잘거리는 아이의 장난에 마주 답해 주지 못했었다.

사람이란 동물이 이렇게 이기적이다.

아내를 만나 결혼했을 때, 태어난 아이를 보며 감격해 있을 때는 세상 무엇이라도 다 해 줄 수 있는 마음이었다. 하지만 이 한 몸이 피곤하고 여유가 없다 보니 나는 내 가족에게 사랑을 주지 못했다.

'외려 무시하지 않았던가.'

사랑과 우정도 흐르는 시간에 마모되어 차갑게 식어 버린다. 탄생의 순간, 그토록 가슴을 벅차게 했던 내 아이.

그러나 당장 피곤해 죽겠는데 놀아 달라며 엉겨 붙는 아이가 어찌나 귀찮던지.

대화라고는 대출금 이자에 관한 것부터 가계에 관한 일거리가 전부인 아내의 말이 어찌나 짜증스럽던지.

그들을 이해하기보다는 '내가 이렇게 애쓰고 힘든데.' 하는 불만이 먼저 들었었다. 나만 힘든 줄 알았고 나를 이해해 주지 않는다, 여겼다. 자신의 이야기를 하며 '가장으로서 들어 주기를' 바라는 그들은 내게 더할 나위 없이 큰 '짐 덩어리' 들이었다.

나는 그들을 내버려 뒀었다.

그래서 우리 세 가족은 가족임에도 대화가 많지 않았다. 가장이 말을 않으니 함께하는 추억이 줄어들었다. 이 때문에 아내는 자신을 이해해 주는 이를 찾아 외도했고, 아이는 아비가 와도 반기지 않게 되었다.

조용한 집. 침묵하는 가장.

'내 마음이 넓지 못했던 탓이다.'

내 가슴은 나 하나만을 품기에도 버거웠던 것이다. 이해해 주기보다는 이해받기를 원했고 말을 듣기보다는 하려고만 했

었다. 교류가 아닌 일방소통만을 했음이니 참으로 어리석을
따름이다.

"……저리도 즐거울까."

가방을 메고 뛰며 대화하는 모습, 용돈으로 받은 얼마 되지
않는 돈으로 꼬치를 사서는 친구와 먹는 모습도 보인다. 쉬는
시간에 몰래 빠져나와 군것질하는 아이들의 소리, 체육 시간
에 공을 차며 환호성을 지르는 이들의 소리도 들려왔다.

학교에 가서 친구들과 경험하는 것. 그것이 어렸을 적에는
세상 전부이다. 내 아이는 그 소중한 세상에 대해 자신이 경
험해 보고 들은 것을 집에 와 자랑하고 알려 주고 싶은 것이
었을 터다.

그리고

'나는 그 세계를 유치하다며 외면했을 뿐.'

소년이 자라 성인이 되거늘, 경험해 보았다며, 들어 봐야
뻔한 이야기라며 건성으로 대꾸하고 흘려들었다.

'소박한 저 즐거움을 나누고 싶었을 따름일 텐데.'

후회라는 단어와 마찬가지로 깨달음은 아무리 빨라도 늦다.
처음 알았을 때 제대로 알았다면 이토록 씁쓸하지는 않았으리
라. 하지만 나라는 인간 자체가 평범하기 그지없으니 어쩔 수
없다. 몸으로 겪으며 아파하고 실패했다가 일어나는 삶일 따름.

다행하게도 기적 같은 회귀를 경험한 덕에 지금 이런 여유
라도 부릴 수 있지 않겠는가.

'다시 시작해 볼까…….'

불현듯 생각이 든다. 그러나 나는 이내 부정했다.

나는 나를 잘 안다.

"지금으로 좋다."

그리고 이것은 그녀 역시 마찬가지이리라.

'미련을 갖지 말자.'

스스로 다짐했다.

자리에서 일어났다. 오늘 해야 할 중요한 일을 하기 위해.

몇 안 되는 아내에 대한 기억을 떠올린다. 그녀가 하소연하듯이 내뱉던 일이 이때 일어났다.

전라도로 향하는 버스를 탄 나는 기억을 더듬어 병원을 찾았다. 그리고 입원 환자의 이름 중 그녀의 부친을 확인한 뒤 병원비를 대납해 주었다.

만취한 아버지가 2층에서 뛰어내려 자살을 기도한 일. 목돈이 없던 상황이기에 그녀의 모친은 사채로 돈을 끌어 썼고, 그 빚 덕에 아내는 학창 시절을 반납하고 직업전선에 뛰어들게 되었다 말했다.

고된 일상. 지친 나날 중 과로로 몸져누운 모친까지 잃은 시절.

이때가 바로 그녀에게 있어 분기점이다. 후일 사채라는 말만 들어도 경기를 일으킬 정도로 힘들어진 탓에 나는 이 사정에 대해 잘 알고 있었다.

'……!'

그렇게 병원을 나오는데 입구 쪽에서 걸어오는 아내가 보였다. 교복을 입은 앳된 얼굴의 그녀. 빼어난 미녀는 아니지만 젊음의 싱그러움을 볼 수 있었다.

회귀 직전, 피곤함에 절고 희망이 없던 모습과는 달리, 지금은 비록 힘들지라도 생동감이 넘친다.

'보기 좋구나.'

슬쩍 옆으로 보자니 웃음이 절로 나왔다.

나는 자연스럽게 반대쪽을 보았다.

나와는 일면식조차 없는 상황이다. 처음 보는 이가 자신을 보고 웃는다면 불쾌해할 수 있는 까닭에 나는 옆을 보며 아는 사람과 인사하는 척을 했다.

그녀가 지나간다.

그녀가 멀어졌다.

'다른 사람을 품을 마음조차 없으면서 감히 책임지겠다 말했었지.'

결혼이란 그런 것이지 않던가. 둘이 하나가 되어 같은 곳을 바라보는 삶에 대한 약속.

그러나 나는 그러하지 못했다. 배려할 줄 모르며 사랑을 주지 못했었다. 그리고 나와는 너무도 다른 너이기에 감히 행복하게 만들어 준다 말할 수 없다.

'그러니……'

나는 속으로 마지막 인사를 했다.

'미안했다.'

행복하기를 바란다.

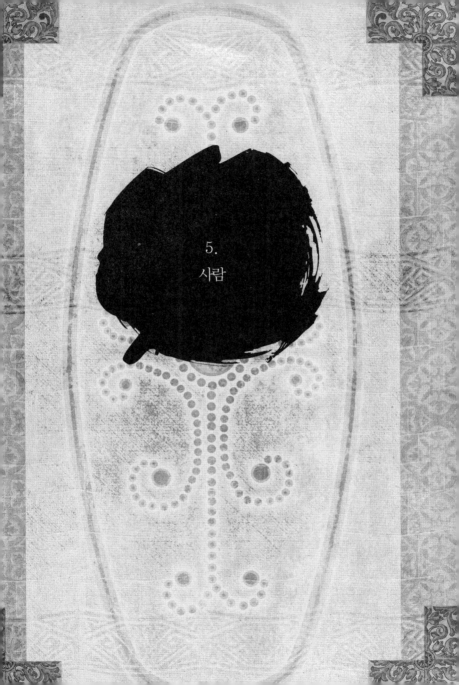

5.
사람

　두 번째로 접속한 new century에서 내가 한 일은 지도를 밝히는 일이었다.

　구석구석 마을을 걸어 다니면 어두운 지도가 밝아진다. 그렇게 돌다가 알게 된 사실은 대장장이 데닉, 마을 가운데 있는 과실수 아래에 앉아 햇살을 즐기는 촌장 게론, 일찍이 만나 본 바 있는 사냥꾼 마터가 갈렌 마을의 핵심 인물이라는 것이었다.

　실종된 남편 대신 약초 채집을 하는 여자 파렌, 가죽 상점을 운영하는 배불뚝이 중년인 갈락, 재봉을 취미로 가진 노파 피렛 등의 주민이 있으나, 저 세 명이 핵심이라는 까닭은 그들이 각기 직업 스킬을 가르쳐 주는 역할을 담당하고 있는 이유였다.

　직업 NPC.

　데닉은 혈력, 게론은 마력, 마터는 기력의 사용법과 기본기를 알려 준다.

'호감도가 오르지 않게 조심해야지.'

괜히 친해졌다가 1% 사용자이기에 불쌍히 여겨 랭킹에 일찍이라도 등록시켜 주면 낭패가 된다. 어차피 초반에는 레벨을 올리기도 쉬우니 나는 퀘스트 없이 사냥하기로 했다.

걸어가며 마을 이곳저곳을 오른손으로 만져 보았다.

변형된 성륜과 무엇 하나라도 작은 반응을 하지 않을까 싶어서 한 일. 하지만 문신은 약간의 조짐조차 보이지 않았다.

'쉽게 되면 그게 이상한 일.'

첫술에 배부르랴.

더 다양한 물건을 접하거나 new century의 서적을 보며 찾아가는 거다. 도서관이 이런 작은 마을에 있을 리 만무하니 도시로 가는 것은 필수리라.

가만.

'책을 본다?'

능력치 분배에도 변화를 주어야겠다.

'이제는 힘과 민첩에 3, 지혜에 4를 분배하기로 하자.'

생각을 마친 나는 레벨업을 위해 토끼가 있는 풀숲으로 향했다.

마을 문을 나가자 여기저기 뛰놀고 있는 토끼들을 십 수 명의 사람들이 저마다 잡고 있었다. 우두커니 서서 구경하는 내 옆으로 두 학생이 지나갔다.

"거봐. 이 방법이 더 좋지? 게론인지 멜론인지 하는 노친

네한테 퀘스트 안 받아도 된다 이거야.”

“앞에 가서는 ‘예, 예, 알겠습니다.’ 할 거면서 큰 소리
는.”

“새꺄, 너도 뺨 맞고 튕겨 봐. 짜증 제대로거든.”

말투는 영락없는 남자지만 그 둘은 여학생이었다.

남녀 성차별적인 생각은 시대착오적이랄 수 있지만, 저처
럼 입담 좋은 여학생들을 보면 나로선 그저 멋쩍을 따름이다.

‘내가 아저씨가 맞긴 맞구나.’

저 여학생들한테는 고리타분한 꼰대의 사고방식일 것이다.

[초보자 사냥터 : 토끼의 풀숲에 들어섰습니다.]

사냥터는 오픈 초기라 그런지 아직 게이머의 수가 많지 않
았다.

‘1차 목적은 5레벨.’

기본 스킬을 익히는 최소 레벨까지다.

곧 사냥을 시작했다.

꼼지락거리며 풀을 뜯는 토끼를 주먹으로 때렸다.

[-3!]

한 대 맞은 토끼가 깡충깡충 도망갔다. 1% 사용자에 맞게
참으로 심드렁한 반응이다.

다가가서 보니 풀을 뜯는 토끼의 몸 위에 체력 수치가 있었
다.

[30/33]

이번에는 발로 차 보았다. 퍽 하니 맞은 토끼는 다시금 깡

충깡충 멀어졌다.

토끼의 남은 체력은 27.

균일하게 자동 분배된 까닭에 신체 어느 부위로 공격하든 똑같았다. 퀘스트를 이행하고 무기를 사용한다면 사냥 속도가 빨라지겠지만, 그다지 욕심이 나지는 않는다.

'시간은 많아.'

10걸음을 걸어가 한 대. 도망치면 다시 걸어가 한 대.

이렇게 토끼의 체력이 12가 되었을 때.

"어?"

도망칠 줄 알았던 토끼의 귀가 쫑긋거리더니 뒷발로 내 다리를 차는 것이 아닌가.

[토끼에게 공격당했습니다.]

몸이 흔들렸다. 체력이 6만큼 줄었다.

'토끼의 공격력이 내 2배라니.'

그러나 멀리 도망치지 않으니 때리기는 더욱 쉬운 상황. 나는 요리조리 뛰어다니는 토끼의 귀를 왼손으로 잡고는 오른손으로 때렸다.

1% 체감도이기에 주먹이 토끼에게 닿지 않아도 토끼의 체력이 줄어들었다. 토끼의 발이 내게 닿지 않아도 토끼가 동작을 취하면 내 체력이 줄어들었다.

가상현실이라는 이름보다는 그냥 꿈속에서 게임을 하는 느낌.

이윽고 토끼의 체력이 바닥나자 토끼의 몸뚱이가 손아귀에서 빠져나가 버렸다.

풀썩.

떨어진 토끼.

반짝이는 무언가를 그대로 왼손으로 훑었다.

[1펜실 획득!]

[토끼 고기*1 획득!]

아이템이 보관함으로 옮겨지고 경험치가 3 올랐다.

토끼 고기 : 요리 재료

"간단명료하군."

다른 온라인 게임과 대동소이했다.

'더 효율적으로 사냥하려면, 한 손으로 붙들고 다른 손으로 사냥하는 방식이 좋겠어.'

도망치는 토끼이니 붙들고 때리면 시간이 단축될 것이다.

'주위의 사물을 이용하는 것도 좋겠지.'

생각을 마친 나는 근처 바위 위에 털썩 앉았다. 토끼와의 정면대결 때문에 체력이 8밖에 없는 까닭이다.

8······ 9······ 10······ 11······ 12······.

느릿느릿 1씩 차오르는 체력.

'시간이 꽤 걸리겠는데.'

상관없다. 시간은 충분하니까.

나는 다른 이들의 사냥을 구경했다.

누군가 어깨를 으쓱거리며 나타났다. 평상복 차림의 플레이어 속에서 돋보이는 가죽 갑옷의 흑인 남자. 그의 몽둥이가 호쾌한 선을 그렸다.

빡!

세차게 맞은 토끼가 정신을 차리지 못하는 그때 사내가 발로 후려쳤다.

퍽!

토끼의 귀가 쫑긋거렸다. 공격하겠다는 신호다.

'두 번 때렸는데 토끼 체력이 12 이하란 말이지?'

몽둥이를 든 사내에게 용감무쌍하게 달려드는 토끼. 훌쩍 뛰어올라서는 가슴에 박치기하려 했다. 하지만 흑인 사내는 슬쩍 몸을 돌려 피하더니 팔꿈치로 토끼의 등을 제대로 찍어 누르는 것이 아닌가.

끽!

외마디 소리를 내지르고는 토끼가 바닥에 쓰러져 버렸다.

"이번엔 좀 나와라. [도축]."

작은 칼을 꺼내며 하는 말에 사내의 칼이 토끼 사이를 왔다 갔다 했다.

토끼가 스르르 사라졌다.

"됐어!"

새롭게 나타난 아이템을 집은 그가 환호했다.

"세 대 이상 때리고 도축해야 토끼 간이 나온다 이거지? 어쩐지 한 방에 죽이니 안 나오더라."

그는 기분 좋게 웃으며 다른 토끼를 사냥하기 시작했다. 주위에서는 다른 게이머들이 부러운 듯이 바라보았다.

'토끼 간? 용왕님이라도 만나는 퀘스트가 있나?'

객쩍은 생각을 해 보는 그 시각, 내 체력은 아직 35를 가리키고 있었다. 나는 시간을 보낼 겸 다른 이를 보았다. 토끼 간을 다 모으고 돌아가는 그의 뒤로 회색의 평상복을 입은 게이머가 주위를 두리번거리며 오고 있었다.

"흠~ 대단해. 바람이 느껴지다니."

검은 머리칼의 동양인.

두 팔을 벌리고 흐르는 바람을 맞던 그는 앞에 있는 토끼에게 다가갔다. 이어, 토끼의 배 밑으로 발을 슬쩍 넣는가 싶더니 번쩍 들어 올린다.

붕 떠오르는 토끼.

사내의 몸이 반 회전하며 돌려차기가 토끼의 몸통을 후려쳤다.

뻐억!

맞고 날아간 토끼가 바닥을 뒹굴더니 귀를 쫑긋거리며 사내에게 달려들었다.

'한 방에 저 정도?'

초보로 보였는데 저 정도의 공격력이라니?

다리에 모든 힘을 분배했음이 분명하다. 더불어 정확한 동작으로 제대로 급소를 때렸음이 틀림없었다.

"헐~ 토끼가 덤비네?"

그의 오른발이 왼쪽으로 반원을 그리며 치솟았다. 이어 토끼가 달려드는 그 순간 그대로 내리꽂히는 것이 아닌가. 발바닥으로 쿵! 하며 토끼를 밟은 사내는 손가락을 딱 튕겼다.

"다음 레벨에는 대퇴이두근이랑 반건양근에 힘을 더 투자

해야겠어."

"……태권도라도 했나."

열 걸음씩 걸어가며 투덕거리던 나와는 너무나도 비교되는 모습이다. 그뿐만 아니라 주위의 다른 이들마저도 그 사내를 보고는 묻고 난리가 아니었다.

"형! 저랑 파티 맺어요!"

"오빠~ 어떻게 한 거예요?"

"님! 능력치 분배 좀!"

흑인 고수보다는 인상이 만만한 덕인지 게이머들이 그에게 모여들었다.

역시 될 놈들은 싹부터 다르다.

생소한 근육 명칭을 언급하는 것으로 보아 현실에서도 많은 공부를 한 무술인이 자명하다.

"웃차."

어느새 체력이 가득 찼다. 나는 자리에서 일어나 다시 사냥을 시작했다.

오른손으로 돌을 쥐고 정보를 읽어 본다.

돌 : 공격력2

'사람의 주먹이 3의 공격력인데 돌이 2라니?'

너무도 약했다. 혹시 내가 쥔 돌만이 그럴까 싶어서 조금 뾰족한 돌을 쥐어 보았다. 그러나 정보는 똑같았다.

'공격력2.'

작은 돌도 그렇고 큰 돌도 그러했다.

'하긴, 돌을 갈거나 깨뜨려서 무기로 쓸 수 있다면 퀘스트의 중요성이 떨어질 테니까.'

아이템에 목매달게 하고, 귀중해야 퀘스트에 안달할 것이다. 그렇다면 이곳의 돌뿐만이 아니라 주변 사물은 무엇이건 만들어진 아이템보다 효과가 덜하리라 예상해 본다.

여하간 맨주먹보다 무려 2가 올라가니 나로선 만족.

나는 오른손으로 돌을 쥐고 왼손으로 토끼의 귀를 잡았다. 그리고 버둥거리는 토끼의 머리를 돌로 내리찍었다.

'[28/33]'

누구처럼 강력하지도, 누구처럼 화려하지도 않았다. 그러나 꾸준하게 5씩 감소하는 체력이다.

끽!

외마디 비명을 내지르고 죽는 토끼.

'능률이 올랐군.'

남아 있는 나의 체력은 20이었다. 획득물은 1펜실.

1레벨에서 2레벨로의 필요 경험치는 20이니 두 마리만 더 잡으면 되었다.

그렇게 다시 앉아서 쉬고 두 마리를 더 잡았을 때였다.

꿀꺽!

누군가 음식을 삼키는 소리가 들렸다. 누구일까 싶어 주위를 둘러보았으나 내 곁에는 아무도 없었다.

"잘못 들었나?"

발차기가 훌륭했던 사내와는 달리 말 그대로 평범하게 사냥하는 터라 내게는 누구도 관심을 기울이지 않는 상황.

무의식중에 침이라도 삼켰나 보다.

나는 상태창을 열어 능력치를 분배했다. 이번에 받은 10의 포인트를 모두 지혜에 추가하자 새로운 능력치가 생겼다.

제임스Lv2(전사)

힘 : 10 혈력 : 1

민첩 : 10 기력 : 1

지혜 : 15 마력 : 1

위엄 : 1

다음 레벨까지의 필요 경험치는 40. 사냥할 토끼는 34마리다.

'슬근슬근 톱질하듯이~'

어차피 랭커가 될 것도 아니고 지존이 될 생각도 없다. 지금처럼 천천히 안빈낙도 유유자적 사냥하면 충분하지 않으랴.

'평범과 무난함이 젬생의 모토로다.'

보라, 인기인의 피곤함이 눈앞에 보이지 않는가.

"님! 노하우 좀!"

"좀 알려 줘요, 오빠~"

"그, 그게…… 에잇!"

주위 사람들에게 시달리다가 결국 숲 속으로 자리를 옮겨 버리는 태권 사내에게 삼가 애도를.

'레벨업하자.'

나는 다시금 오른손에 돌을 쥐었다.

왼손으로 토끼를 쥐고 돌로 때려잡는다.

퍽! 끽?!

퍽! 끽?!

거둬들이고 다시 잡고를 기계적으로 반복.

예상했던 시간이 흐르고 레벨은 3이 되었다. 예정대로 3, 3, 4의 분배를 한 뒤 토끼를 묵묵히 때려잡았다.

3레벨에서 4레벨로의 필요 경험치는 80, 4레벨에서 5레벨로의 경험치는 160이다. 근 100마리의 토끼를 잡아 5레벨이 된 나는 능력치를 분배한 뒤 자리에서 일어났다.

'계속 두 배씩 경험치가 늘어났다가는…… 나중에는 어마어마하게 요구 경험치가 늘어나겠구나.'

실로 퀘스트의 보상 경험치가 없다면 레벨업은 진작 포기해야 정신건강에 좋을 터다. 태진이가 왜 NPC와 이벤트에 안달했는지 새삼 이해가 되었다.

그때 한 꼬마가 다가와 물었다.

"형, 매크로예요?"

"그게 무슨 말이지?"

"어쩜 그렇게 한결같은 자세로 똑같이 잡는지 신기해서 그래요. 토끼 94마리를 그렇게 잡다니…… 헐. 형, 진짜 끈기 짱."

'글쎄다.'

내 생각으론 그걸 지켜보며 숫자를 센 네가 더 끈기 있다

싶다만.

"고맙구나."

"형, 잠깐만요."

꼬마는 슬쩍 달라붙더니 은근하게 말했다.

"공격력 보니까 힘 능력치를 올린 마법사 같던데, 저한테 괜찮은 생각이 있거든요. 같이 해 볼래요? 사람만 더 있으면 단숨에 랭커로 치고 들어갈 수 있는 필살 전략이 있어요."

"처음 보는 나와?"

"원래 친구랑 같이하려고 했는데 실수로 엉뚱한 왕국을 선택해서 흩어져서 그렇죠. 이 전략이 혼자선 불가능하거든요. 헤헤."

랭커라 함은 10레벨 이상의 플레이어 중 상위 30위 안에 드는 이들을 말한다. 꼬마는 그 정도의 상위 레벨에 들 수 있는 전략이라 자신하고 있는 것이다.

'요 녀석 봐라.'

나는 꼬마를 다시 보았다.

10살쯤으로 보이는 소년. 푸른 눈에 금색 머리칼을 한 할리우드 아역배우처럼 잘생긴 소년은 개구쟁이 악동과도 같은 웃음을 지었다. 내게 슬쩍 무언가를 보여 줄락 말락 하며 호기심을 자극하면서 말이다.

"그 좋은 걸 왜 나한테 제안하는 거지?"

"형처럼 미련하게 사냥하는 사람은 처음 봐서요. '딴사람은 할 테면 해라. 난 나대로 하련다~' 하는 모습이랄까. 그래서 왠지 믿음이 가요. 어때요? 밑져 봐야 본전인데 한번 같이 해 보는 건?"

대놓고 미련하다더니만 제안을 한다.

'얘도 특이하네.'

피식.

"그런데 한 가지 문제가 있단다."

"뭐가요?"

"나는 힘 능력치를 올린 마법사가 아니라 지혜를 올린 전사거든. 마법사가 아니어도 될까?"

소년이 혀를 내밀며 놀란 표정을 지었다.

"엑? 뭐예요, 무슨 전사가 지혜를?"

"지혜가 부족하면 책을 못 읽는다기에 올렸지."

"형, 게임 초짜예요? 무슨 능력치 분배를 그렇게…… 아아. 잠깐만."

갑자기 무언가 떠올랐는지 소년은 내 손을 쥐고 흔들어 보았다. 슬쩍 몸을 밀어내 움직임을 느낀 소년은 이내 손가락을 꼽으며 계산하더니 물었다.

"으메. 이거 체감도가 영 아닌데, 20? 10? 아냐, 아냐. 조금 더…… 분명 8이하."

반동으로 움직이는 내 몸을 느끼고는 체감도를 추산해 내는 소년. 그러더니 다 늙은 어른처럼 고개를 설레설레 흔들었다.

"어휴. 전사인 데다가 체감도까지 이 모양이라니, 헐~ 대박."

그 말에 웃었다. 소년은 나를 보더니 답답한 듯 자신의 머리칼을 마구 흔들었다.

"에구. 미안해요. 그냥 없던 일로 하죠, 뭐."

"괜찮다."

소년에게 악수를 청했다.

"나는 제임스다. 넌?"

"빈센트요. 이 게임은 있을 거 같으면서도 친추 기능이 없다니까요. 나중에 건의하면 생기려나?"

여타 온라인 게임에서 상대의 아이디를 등록하면 접속 상태를 알거나 귓속말을 주고받을 수 있는 친구 추가 기능이 아직 new century에는 없는 상태였다. 세세한 게임 내용은 잘 모르는 터라 나중에 생기는지 아닌지는 모르지만, 지금은 기능이 없으니 이렇게 인사하고 헤어질 따름이다.

"그럼 즐겜요~"

재미난 소년과 나는 그렇게 헤어졌다.

'마을에 가야겠어.'

5레벨이 되었으니 이제 스킬을 익힐 차례다.

❈   ❈   ❈

랭킹에 등록되는 레벨은 10.

스킬을 익히는 최소 레벨은 5다.

10레벨부터는 특수 NPC들을 무조건 피해야 하는 상황이니 지금 익힐 수 있는 기본 스킬이 내게는 평생 스킬인 셈이다. 다시 오지 않는 기회요, 재산이니, 가능한 한 모조리 익히기로 했다.

우선 가장 가까운 곳에 있는 사냥꾼 마터에게 향했다.

"무슨 일로 왔나?"

"여행자로서 배울 수 있는 기술이 있다고 하여 왔습니다."

"그 수준으로?"

호감도 바닥에다 전사가 도둑의 기술을 익히고자 찾아온 마당이지 않던가. 마음에 들지 않는 듯 삐딱한 눈으로 나를 보더니 품에서 양피지를 꺼내 툭 던졌다.

"내가 직접 가르쳐 줄 수준이 안 돼. 읽으며 기본이나 익혀라."

말려 있는 양피지를 펼치자 넓은 창이 생기며 백여 가지의 스킬이 푸른 빛으로 반짝이며 생겼다.

```
제임스 Lv5(전사)
힘 : 19  혈력 : 1
민첩 : 19  기력 : 1
지혜 : 27  마력 : 2
위엄 : 1
```

[조건을 적용합니다.]

안내 메시지와 더불어 내가 가진 기력이 양피지에 투영됐다. 순식간에 푸른 빛이 퍽퍽 꺼져 버리고 남아 있는 스킬은 단 3개뿐.

기력 활성 : passive(Lv1)
지닌 바 기력으로 신체를 활성화시킨다.
효과 : 민첩2 상승
습득 조건 : 기력1

도둑의 시야 : passive(Lv1)
넓은 시야를 확보할 수 있다.
효과 : 지도 인식 범위 2% 증가
습득 조건 : 기력1

도둑의 본능 : passive(Lv1)
위기를 감지하여 치명적인 일격을 회피한다.
효과 : 회피율2 상승
습득 조건 : 기력1

다소 초라하긴 했지만, 레벨이 낮으니 어쩌겠는가.
'꺼진 스킬들과는 어느 정도 차이가 날까?'
구경해 보았다.

은밀한 움직임 : Active(Lv1)
활성화된 기력으로 움직임을 가속한다.
효과 : 이동속도, 공격속도 15% 향상
습득 조건 : 기력3 보유자. 기력 활성Lv 2. 2,000펜실

역시.

　'좋은 건 좋은 값을 한다.'

　그 외에도 암습 시 공격력을 높여 주는 스킬, 활을 다루는 스킬, 수리검 사용 스킬 등등 여러 가지가 즐비했다. 투척 무기들과 관련된 스킬이 많았는데 이는 '도둑'이라는 직업의 특성 탓이었다.

　구경을 마친 나는 창에 떠오른 3가지의 스킬을 익혔다. 그러자 마터는 양피지를 돌려받으며 내 손에 화살 모양의 도형을 그려 주었다.

　"미련한 놈에게 필요한 기술이지."

　[숙련도 활성을 배우셨습니다. 적용할 스킬을 선택하여 주십시오.]

　생소한 이름이다. 자세한 정보를 선택하자 추가 설명 창이 생겼다.

　[숙련도 활성은 체감도 5% 이하의 여행자에게 주어지는 시스템입니다. 정확한 동작을 취해야 성장하는 패시브 스킬들을 일상의 움직임을 통해, 시간당 %를 적용하여 점진적으로 성장시켜 드립니다. 단, 적용 스킬이 많을수록 성장 포인트는

분할 적용되어 매우 느린 속도로 오르게 되니 유념하시기 바랍니다.

　* 주의 : 유료 패키지를 사용하여 체감도를 높이면 이 시스템은 적용되지 않습니다.]

　'좋은 배려군.'

　저체감도 게이머를 위한 좋은 시스템이 아닐 수 없었다.

　다음은 대장간 차례.

　"뭐하러 왔냐?"

　"전사의 기술을 배우고자 합니다."

　"툭 치면 뚝 부러질 거 같은 몸뚱이군."

　대장간의 주인인 데닉은 귓구멍을 후비며 양피지를 던져주었다.

　수많은 스킬 중 내가 익힐 수 있는 것은 앞서와 마찬가지로 3가지였다.

혈력 집중 : passive(Lv1)

지닌바 혈력으로 신체를 강화한다.

효과 : 힘2 상승

직업 효과 : 힘5 추가 상승. 체력 20% 미만 시 공격력 5%, 공격속도 5% 증가

습득 조건 : 혈력1

전사의 본능 : passive(Lv1)

빈틈을 감각적으로 감지한다.

효과 : 적중률2 상승

직업 효과 : 적중률5 추가 상승. 체력 10% 미만 시 공격력 10% 증가

습득 조건 : 혈력1

전사의 육체 : passive(Lv1)

두드려 강해지는 강철과도 같이 전사의 몸은 고통에 굴하지 않는다.

효과 : 1%의 물리적 피해를 감소한다.

직업 효과 : 피해5 감소. Lv10 상승 시 신장 1cm 증가

습득 조건 : 혈력1

확실히 똑같은 기본 스킬이기는 하나, 직업 효과가 더해지니 그럴듯하게 보인다.

그런데 한 가지 의아한 효과가 있다.

"신장 1cm 증가가 무엇입니까? 제 키가 커진다는 그런 이야기인가요?"

"전사로서 성장하면 몸이 커지는 건 당연하지. 애송이, 너는 야생의 동물들이 처음 뭘 보고 견주는지 아나? 바로 몸집이 얼마나 큰지를 본다. 모름지기 전사라면 워 해머쯤은 휘두르면서 상대를 찍어 누르는 힘이 있어야 해!"

데닉이 꿈틀거리는 근육을 보이며 걸걸하게 말했다.

"마주치자마자 덤빌 엄두조차 나지 않는 힘! 이 모든 것은

강철 같은 육체에서 나오는 것이지. 불만 있나? 난쟁이처럼 몸이 작아졌으면 좋겠어?"

"그건 아니지만, 너무 커지면 생활이 불편하지는 않을까요?"

"용기가 쥐 좆만 한 놈이군. 네가 승급 시험을 마칠 때마다 다시 본래의 모습으로 돌아갈 테니 그딴 걱정은 말아라. 대신 나처럼 이런 문신이 생기겠지. 흐흐."

그의 팔뚝에서 포효하는 사자의 문신이 근육과 같이 꿈틀거렸다. 그러자 순식간에 그의 몸이 20cm나 커지며 나를 내려 보는 것이 아닌가.

"이러면 문신의 힘이 활성화되어 능력이 향상된다."

데닉의 말에 따르면 저것은 50레벨 때마다 한 번씩 있다는 승급을 마치면 얻게 되는 문신으로서 각각의 동물마다 다른 부가 효과를 주는 '칭호'이자 아이템이었다.

늑대, 사자, 곰, 용, 독수리, 부엉이, 전갈, 원숭이, 말, 들소의 10가지 동물을 선택해서 새길 수 있는데, 능력치는 물론 스킬 숙련도마저 상승시키는 효과가 있었다. 같은 문신을 새길지, 다른 문신을 새길지는 플레이어의 자유였다.

"전사만 가능한 건가요?"

"물론!"

자신의 몸을 본래의 모습으로 돌린 그는 목을 까딱이며 말을 이었다.

"몸이 커지는 건 전사만의 고유 능력이다. 대신 다른 직업은 문신을 딴 데 새기지. 도둑은 옷에, 마법사는 지팡이에 말이야."

"정말 좋군요."

"당연하지. 하지만 조심할 부분도 있다."

그가 말한 유의점은 다음과 같았다.

승급하기 전까지 전사는 몸이 커진 만큼 더 많이 먹어야 하고, 도둑은 방어구의 내구도 감소속도가 증가하기에 장비에 신경 써야 하며, 마법사는 지팡이의 무게가 무거워져 이동 및 공격속도가 하락하게 되는 것이다.

강해지는 만큼 손상도가 커지는 원리였다.

"양날의 검이네요."

"쓰기 나름이지."

그렇게 스킬을 익힌 나는 40펜실의 돈으로 몽둥이 하나를 구매할 수 있었다. 데닉이 개를 때릴 겸 심심풀이로 대충 만들었다는 이 몽둥이는 공격력이 7~11이나 되는 물건이었다.

"애송아. 그따위 장작만도 못한 걸 살 바에는 내 심부름이나 하고 저걸 가져가라니까?"

"몽둥이랑 저 검이랑 차이가 있습니까?"

"녹슨 걸 봐라. 저게 말짱해 보이냐? 다만 몽둥이는 돈 주고 사는 거고 저건 공짜라는 차이가 있지. 심부름을 3개만 더 하면 제대로 된 검을 주마. 어때?"

"전 이것으로 충분합니다."

나는 꾸벅 인사한 뒤 남은 한 곳으로 향하려 했다. 그때 데닉이 나를 불러 세웠다.

"이봐! 전사 지망생. 내 한 가지 충고하지."

돌아보자 그가 불쾌한 낯으로 말했다.

"진짜 전사가 되려면 지금처럼 병신같이 웃지 말고 인사도 적당히 해라."

"예?"

"너, 처음부터 지금까지 실실 웃고 광대처럼 인사했다. 대체 약 올리는 거냐, 방심시키려는 기만술이냐? 뭐가 됐건 그딴 건 도둑들이나 쓰는 거다. 전사는 당당해야 해. 이걸 잊지 마라!"

호통을 쳤다. 아무래도 체감도 1% 탓에 몽롱하게 움직이는 나를 보고 지적한 듯싶다.

그러나 크게 화가 나지는 않았다.

둔한 감각에 꿈결에 듣는…… 아니, 구경하는 정도의 욕설이니까. 나는 내게 충고를 해 주었다는 사실과 의도만을 인식하고 그에게 다시금 인사했다.

"충고 감사합니다."

"어휴. 그래, 네 인생이니 그렇게 살아라. 내가 말을 말아야지! 퉤!"

침을 탁 뱉는 데닉을 뒤로한 채 마법사의 스킬을 배우고자 갔다.

마을의 중앙으로 가면 우물이 있고 그 옆에 커다란 과실수가 있었다. 촌장 게론은 그 아래에서 햇살을 즐기고 있었다.

"그래, 미소가 자연스러운 청년. 무슨 일로 나를 찾는 겐가?"

주름진 얼굴로 나를 반기는 게론이다.

"제 수준으로 배울 수 있는 기술이 있을까 싶어 왔습니다."

"아아, 그거 말이로군."

게론은 소매에서 양피지를 꺼내 내게 건네주었다.

"헐헐. 요즘은 이렇게 심심할 때마다 여행자가 말을 건네주어 아주 흡족하다네. 그래, 얼마든지 궁금한 것이 있거든 물어보시게나."

3번째인 터라 제법 익숙해진 스킬창이 좌르르 펼쳐졌다. 물론 내가 익힐 수 있는 스킬은 몇 되지 않았지만 말이다.

마력 응집 : passive(Lv1)

마력으로 정신을 맑게 유지한다.

효과 : 지혜2 상승

습득 조건 : 마력1 보유자

고요의 정신 : passive(Lv1)

심상을 떠올려 대상의 언어, 문자를 각인하면 해석할 수 있다.

효과 : 독서. 유사인종과의 대화

습득 조건 : 마력1 보유자

마법사의 본능 : passive(Lv1)

마력의 움직임을 파악하여 기술의 효용성을 높인다.

효과 : 스킬 성공률 2% 상승

이상의 아홉 가지 스킬을 모두 익히고 숙련도 대상으로 선택했다. 이쯤 되고 나니 스킬이나 처음의 능력치를 근육별로 상세 배분하는 것이나 다를 바 없다는 생각이 든다. 레벨1임에도 발군의 전투 실력을 보여 준 태권도의 사내처럼 스킬을 집중하여 키울 것인지, 아니면 다양성을 확보하여 키울 것인지 말이다.

그때.

"음? 오호. 축하하네. 자네는 갈렌 마을에서는 처음으로 조건부 기술을 익힐 수 있게 되었구면. 마법 전사의 초기 조건을 달성했으이."

"그게 무슨 말이십니까?"

"우선 보시게나."

게론의 말에 따라 양피지를 받아 들었다. 새로 열리는 창에는 처음에는 보지 못했던 스킬이 있었다.

쇼크 웨이브(shock wave) : Active(Lv1)
같은 양의 혈력과 기력을 충돌시켜 마력으로 다루는 기술
심상을 통해 형태를 조정하여 충격파를 쏘아 보낸다.
효과 : 대상 1명을 3m 밀쳐 낸다.
습득 조건 : 혈력 집중. 기력 활용. 마력 응집. 고요의 정신
　　　　　　　보유자
　　　　　　　혈력과 기력의 수치가 같은 자

한눈에 보아도 대단할 것 같은 기술은 아니었다. 쇼크 웨이브는 아무런 공격력 없이 밀쳐 내는 효과가 전부였고, 고통의 희열 역시 대가성 스킬이니까. 그것도 전사를 전사답게 만드는 혈력을 없애는 것 말이다.

이를 익힌 뒤 물어보자 게론은 헐헐 웃으며 답했다.

"조건부 기술이라는 것은 다른 직업 간의 기술이 조합이 되어 파생되는 기술을 말함일세. 이를테면 응용법이랄 수 있지. 이 중 자네가 익히게 된 두 가지 기술은 마법을 주로 사용하는 전사들이 익히는 것이라네."

"흔한가 보군요."

"우리 마을의 여행자 중에서는 처음이지만, 세상 전체로 보자면 적잖은 직업군이지. 그래도 너무 실망하지는 말게나. 고통의 희열을 이겨 내는 마법 전사들은 모두 빼어난 실력을 자랑하는 터라 꽤 인정받는다네."

그러더니 자신의 소매에 손을 깊숙이 넣고는 무언가를 찾더니 푸른빛의 양피지를 꺼냈다.

"자네도 알고 있을지 모르겠구먼. 사실 여행자들을 사이에 두고 '누가 더 성장이 빠를꼬.' 에 대해 우리끼리 내기를 하고 있으이. 자네는 아직 그 대상에 속하지는 않지만, 특별히 내 미리 등록시켜 줌세. 우리 마을 최초로 조건부 스킬을 익힌 이니까 신경 써 주는 게야."

'과잉친절이십니다만.'

그는 다른 손으로 소매를 뒤져 깃털 펜을 꺼내 들었다.

"여기에 등록되면 200펜실의 장려금과 무기 교환권을 받을 수 있지. 뿐만이랴. 새로운 기술을 익히고 성장할 때마다 더 큰 보상이 기다리고 있다네. 자네는 그 기회를 한발 앞서 받고 그만큼 더 받게 되는 것이야. 이를 바탕으로 부지런히 성장하여 내 체면을 좀 세워 주게나. 허허허!"

망할 랭킹이었다.

"굉장한 거군요."

맞장구치며 웃자 게론이 더욱 기꺼워했다.

반면, 나는 슬쩍 주위를 살폈다.

마침 저 멀리서 흑인 사내가 일직선 방향으로 게론을 향해 오고 있었다.

'적당히 시간을 보내다 빠져나가야겠군.'

나는 대화를 이어 나갔다.

"그런데 조언 좀 해 주시겠습니까? 그나마 있는 스킬들이 혈력을 불태우고 단순하게 밀쳐 내는 것뿐이라 어찌해야 할지 잘 모르겠군요."

"실망이 매우 컸나 보구먼. 그렇다고 내가 자네의 길을 정해 줄 수는 없지 않겠는가."

"지혜를 조금만 빌려 주시지요."

"허허. 정 그렇다면야, 고통의 희열을 잘 사용하시게나. 자네는 다른 이들과 달리 그 기술을 통해 마음먹은 기술의 효용성을 극대화할 수 있으이. 기본적인 기술일지라도 숙련도가 쌓이고 경지가 높아지게 되면 이는 제법 위력을 발휘하거든."

"그 말씀은 많은 기술을 익히는 것보다 한 가지 기술을 제대로 익히는 것이 더 강하다는 말입니까?"

게론은 헐헐 웃었다.

"그럴 리가. 뜻밖에 괜찮기는 하다는 말일세. 솜방망이를 매섭게 휘둘러 상대를 깜짝 놀라게 할 수는 있어도 쇠몽둥이의 위력을 낼 수는 없는 것과 같지."

"아무리 노력해도 기본은 기본일 뿐이라는 거군요."

"물론일세. 그러나 좌절하기엔 너무 일러. 중급의 기술들과 마법사의 기술이 연동하게 된다면 새로운 조건부 기술이 모습을 드러낼 테니까. 색다르고 매력적인 기술을 자네가 연구하고 찾아보시게."

new century의 세계에는 수많은 기술이 있으며 조건만 갖춰지면 누구라도 익힐 수 있었다. 그러한 탓에 회귀 전에도 랭커들의 특수 스킬만큼은 절대로 공개되지 않았었다.

그도 그럴 것이 습득 조건만 안다면 누구나가 알 수 있는 것이 new century인 탓이다. 온갖 경우로 안배된 스킬들을 찾아내는 것은 게이머의 몫일 뿐. 기회는 모두에게 공평하게 열려 있는 세계가 바로 new century였다. 얻어지는 이익이 대단하니만큼 그들을 랭커답게 만드는 스킬은 가히 기업기밀과도 같았던 것이다.

"하지만 문제가 있습니다. 혈력과 기력을 불태운다면 무슨 수로 중급과 상급의 기술들을 익힐 수 있겠는지요?"

"아직 경험이 부족한 자네로서는 그렇게 생각할 수 있겠지. 그 해결법은 두 가지가 있으이. 하나는 자격이 되었을 때 시험을 보고 보상으로 얻는 것이고 두 번째는…… 바로 여기에 있지."

그가 양피지를 펄럭였다.

"임무 말이군요."

퀘스트를 통하는 방법이었다.

"그뿐 아닐세. 직업과 특성에 대하여 공식적으로 인정을 받게 된다면 여러 가지 혜택이 있다고 말했었지? 그중의 하나가 행동을 통해 기술을 익히고 연마할 수 있다는 것이야. 예컨대, 적합한 행동을 누가 봐도 괜찮을 정도로 정확하게 반복한다면 기술로 인정받게 되네. 그뿐만 아니라 몬스터를 수없이 사냥한다거나 놀라운 일을 해냈을 때 '칭호'라는 것을 얻어 명성을 높일 수가 있게 되지."

이 부분에 대해서는 나도 떠오르는 바가 있었다.

"혹시 동일 몬스터를 천 마리 이상 잡으면 얻는다는 '학살자'라는 것도 '등록'이 되어야만 얻을 수 있다는 것입니까?"

"맞네. 아무리 영웅적인 일을 해도 목격자가 있어야 영웅 대접을 받는 법이지 않는가? 마찬가지로 여행자들 간의 경쟁에 참여해야만 비로소 공적으로서 인정되며 대우받게 되는 게야."

랭킹 제도에 가입하지 않으면 어떤 혜택도 얻을 수 없다는

이야기였다. 자신의 재능을 살린 스킬 습득은 물론이거니와
공적이라는 말로 표현되는 공헌도까지.

그때 게론이 다가오는 흑인 사내를 보고 웃었다.

"어이쿠. 잠시만 기다리게. 내 체면을 살려 줄 고마운 여행
자가 오는구먼. 마을의 두 번째 기대주가 말이야. 허허허."

흑인 사내 역시 걸걸한 목소리로 대뜸 말했다.

"어르신, 타이틀 또 얻었으니 등록 좀 다시 해 주쇼. 이만
하면 이 마을에서 최초 달성이지 않소?"

"기특하구먼. 하지만 그렇지는 않네. 두 번째거든."

"또 그년이요?"

"맞네. 스칼렛이 진작 달성했지."

"쳇. 계속 한발 늦는군. 아무리 그래도 23레벨보다 높다니
이거야, 원."

"그보다 대단한 이도 있거늘 뭘 그리 불만인고? 쾌속의 검,
카이져라는 사내도 있지 않던가. 그를 따라잡는 것은 힘들어
도 스칼렛 정도는 자네가 파렌의 남편을 먼저 찾아 준다면 역
전할 수도 있다네."

그사이, 나는 과실수 뒤로 슬쩍 돌아갔다. 가만히 있다간
랭킹에 들어갈 수도 있으니까 도망하는 것이다. 저렇게 뛰어
난 이들보다 우월한 랭커가 될 수는 없지만, 랭킹에 등록되는
것 자체가 Z&F의 눈에 들어간다는 말과 동격이니 피해야 옳
았다.

'그나저나 태진이 녀석. 단연 압도적이군.'

쾌속의 검이라는 것은 칭호다. 카이져는 녀석의 아이디.

'저 칭호를 얻었을 때가 30레벨이라 했었지?'

태진이는 비장의 노하우로 무섭게 질주하는 것이 분명했다.

'하긴. 게임 폐인이 과거 회귀까지 했는데 압도적으로 앞서 나가지 못하면 이 역시도 웃기는 일이겠지.'

후발주자들이 녀석을 보며 '벽'을 느낀다면, 나로서는 참으로 듬직할 뿐이다.

'바라건대, 그렇게 커서 좌절하지 말고 꼭 성공하기를.'

2초간 기도해 본다.

❈　　　❈　　　❈

이제 보조 스킬을 얻을 차례였다.

간단한 의뢰를 하는 조건으로 쉽게 얻을 수 있는 것이 생계형 보조 스킬이다. 일례로 요리 스킬이 되겠다. 마을 내에서는 공복도가 감소하지 않는 덕분에 관계가 없지만, 필드로 나가게 되면 절실해지는 스킬.

물론 가상현실인 탓에 사냥을 통해 얻은 고기를 먹을 수는 있었다. 하지만 이것은 말 그대로 취미에 불과할 뿐 공복도는 차오르지 않는다. 제아무리 호텔 요리사가 제대로 요리한다 해도 불가능했다. 반면 요리 스킬을 배운 후 고기를 굽게 되면 공복도가 차오르고 스킬 레벨에 따라 여러 부가 효과도 얻을 수 있게 된다.

'이 스킬이 없다면 보관함에 항시 음식을 갖춰서 다녀야 하지.'

이 외에도 여관 주인인 '짐'으로부터 로그아웃을 대비하여 안전지대를 만드는 스킬인 야영도 배웠다.

보조 스킬인 요리와 야영.

하지만 배울 수 있는 것은 여기까지였다.

약초 채집을 배우고자 찾아간 파렌으로부터는 '남편의 흔적을 찾아주세요(1)'라는 연계 퀘스트를 받게 된 까닭이다. 클리어용 저레벨 퀘스트라면 모르지만 이건 게론과 흑인 사내의 대화를 엿들었듯이, 20레벨이 넘는 이들이 진행하는 퀘스트다.

얼추 다 배운 것 같다. 남은 50펜실과 토끼 고기를 모두 팔아서 초보자용 의복을 구매하고 이제 여행을 떠나야……

'아차.'

더 챙길 것이 없나 떠올리던 나는 한 NPC를 더 떠올릴 수 있었다.

바로 노파, 피렛.

그녀는 옷 수선을 비롯한 재봉 스킬을 가르쳐 준다. 하나라도 더 배워야 하는 상황인지라 당장에 수선집으로 향했다. 그런데 피렛의 수선집에 도착하여 문손잡이를 잡았을 때였다.

문 너머로 노랫소리가 들려왔다.

노파의 수선집에서 맑은 노랫소리가 전해 온다.

이는 누군가 퀘스트를 진행하는 중이라는 의미다.

'애매하네.'

보안 모드라는 것이 있다. 게임의 시스템 중 하나로서 타인이 퀘스트와 관련된 대화나 단서를 듣지 못하도록 1:1로 마주

할 수 있게 하는 시스템이다. 이를 설정하게 되면 두 사람은 임의의 공간 안에 단둘이 있게 되고, 외부의 다른 사람들은 일상적인 모습의 NPC를 대하게 되는 공간 분리가 이루어진다.

의미 없이 사용한다면 호감도의 대폭 하락은 물론 적대감마저 생길 수 있다는 페널티가 있기는 하지만, 중요 퀘스트는 노하우 유출을 막기 위해 반드시 행하는 시스템이기도 했다. 현재 내가 노랫소리를 듣는 것으로 보아, 안의 플레이어는 보안 모드를 설정하지 않은 듯했다.

'게임 초기니까 아직은 다들 모르는 상황이겠지.'

지금 상황에 문을 연다면 안의 분위기는 일순간 엉망이 될 것이 자명하다.

잠시 문손잡이를 잡고 노래를 음미하던 나는 결국 가만히 있기로 했다. 누군가의 퀘스트를 방해할 수는 없었으니까.

그렇게 언제 끝이 나려나…… 하고 듣다 보니 노래를 감상하는 모양이 돼 버렸다.

들은 바 있으나 제목조차 모르는 대중가요.

꽤

'듣기 좋군.'

현실의 노랫가락이 고운 미성에 실려 아련하게 들려온다. 떠나간 사랑을 그리며 절정으로 치달으니 애절해지고 불러도 대답 없는 사랑에 결국 포기하고 마는 노래.

가만히 문 앞에 서서 듣는다.

고운 음색을 음미하다 이내 끝이 날 무렵, 박수 소리가 들렸다.

"참 곱구나, 고와. 생소한 운율이기는 하지만 네 진심이 내 마음에 전해졌단다. 아이야, 참으로 고맙구나. 너라면 세월과 함께 묻어 두었던 내 꿈을 소중히 다루어 줄 것 같다."

늙수그레한 목소리의 피렛.

곧 오래된 상자를 여는 듯 삐걱거리는 소리가 들리고 운율 이 사라랑거리며 흘렀다. 그 사이로 나직하게 말하는 피렛의 목소리가 들렸다.

"처녀 시절 나도 세상을 떠돌며 운율에 마음을 담고 사랑 과 슬픔, 환희를 담고자 했었지. 하지만 그저 한때의 꿈이었 어. 한 남자를 만나 가정을 이루고 지금은 이렇게 늙어 갈 따 름이었단다. 참으로…… 참으로 오래간만에 그때가 떠오르는 구나. 바늘과 옷감이 아니라 리라를 들고 이렇게 연주를 하곤 했었지."

잔잔하며 느린 운율. 세월의 깊이를 담은 음색이 들려왔다. 음악에 대해 잘 모르는 나지만 말 그대로 넓고 깊다는 표현이 절로 나올 정도.

그와 동시에 눈앞으로 한 여인의 삶이 파노라마와도 같이 펼쳐졌다.

절로 가슴이 뭉클해지는 감격의 순간이 아닐 수 없었다.

'삶을 반추한다.'

이를 본 나는 문에서 완전히 손을 떼었다.

물러 나와 안에서의 일이 끝마쳐지기를 기다렸다.

태진이에게 듣기로 NPC의 과거와 함께 발동되는 퀘스트는 보상은 물론이거니와 특별한 스킬까지도 익힐 수 있는 것이라 했었다.

중요한 순간을 망칠 수는 없으니 잠시 퇴장해 준다. 그렇게 슬그머니 가게 옆으로 돌아가서 벽에 기대어 기다릴 때였다.

'이런, 이런.'

한 사내가 가게에 오르려 하는 것이 보인다. 한창 분위기가 좋을 때인데 방해받아서야 쓰겠는가. 일면식도 없는 누구의 퀘스트지만 나는 남 잘되는 꼴을 보기 좋아한다.

노력에 대한 보상은 아름다우니까.

툭툭……

걸어가는 척하다가 수선집에 들어가려는 그의 어깨를 두드렸다.

"무슨 일입니까?"

돌아보며 묻는 이.

풀숲에서 본 바 있는 태권 사내였다. 해지다시피 한 회색 의복의 그에게 나는 반가움을 표현했다.

"안녕하십니까, 혹시 얼마 전에 저쪽 풀숲에서 사냥하시던 분 아닌가요? 발차기가 정말 훌륭하시던?"

사내는 난처한 표정으로 내 말을 자르고 이야기했다.

"후유. 정말이지, 가르쳐 달라고 해도 저는 할 말이 없습니다. 그냥 능력치는 다리 쪽에 알아서 분배하시면 되고요, 기술 같은 건 그냥 쓰면 되니까요. 제가 바깥에서 태권도 사범을 하고 있거든요. 무슨 스킬 같은 게 아니라 원래 몸으로 쓰는 기술이니까 나중에 도장이라도 나가서 배우시면 됩니다."

꽤 시달렸는지 진저리를 치며 설명하는 그.

"이제 됐지요?"

그렇게 빠져나가서는 곤란하다.

나는 사내의 손을 다시 잡았다.

"자꾸 왜 그럽니까?"

"하하. 한 수 배운다는 게 아닙니다."

이어, 보관함을 열어 초보자용 의복을 꺼냈다. 방어력1인 회색 의복과는 달리 방어력이 5가 붙은 기본 장비가 이것이다.

"선물입니다."

"이걸, 왜?"

"그때의 인상적인 플레이가 기억에 남아서 그럽니다. 지금 옷 수선하러 오신 거 맞지요? 이것을 쓰시기 바랍니다."

기본 지급된 회색 의복이라고 해도 엄연히 내구도는 있었다. 그렇다고 내구도가 다하면 사라지거나 하지는 않지만, 넝마와 같이 되어 피부가 바깥에 보이게 되는 것이다. 이러한 옷을 입고 다니면 NPC들로부터 거지 취급을 받게 된다.

"감사하긴 한데, 왜 주시는 겁니까?"

"제가 지독한 몸치라서 무술을 전혀 못 합니다. 대신 다른 사람이 하는 걸 볼 뿐이지요."

그리 말하는 내 뒤로 익숙한 목소리가 들려왔다.

"이를테면 대리만족이란 거죠?"

빈센트였다.

"화랑 형, 그냥 받아요. 제임스 형은 특이하게 게임을 즐기는 거니까요."

"아는 사람이니?"

"조금요."

빈센트의 말을 들은 화랑은 이내 옷을 받았다.

"그나저나 예상 밖이군요. 무술 실력을 보고 전사나 도둑인 줄 알았는데 마법사였다니."

"……그걸 어떻게 알았습니까?"

"오올~!"

되묻는 화랑과 달리 개구쟁이 같은 웃음을 짓는 빈센트였다.

그러나 대단할 것도 없는 일이었다. 빈센트가 구하던 파트너가 마법사였고 저 둘이 일행인 티를 팍팍 냈으니까.

"제임스 형 때문에 시간 한참 날리고 하는 수 없이 그냥 사냥했었거든요. 그러다 만났어요. 동방의 무술가이자 마법사! 화랑 형을~ 운이 정말 좋았죠!"

"하긴, 컨트롤도 대단하고 직업도 원하는 바였으니 네 운이 정말 좋구나."

"원래 제가 좀 그래요. 히힛."

당연하게 인정한 빈센트가 새삼 외국인으로 보였다. 보통 우리네 정서로는 저런 농담을 쉽게 하지 않으니까.

"형, 어때요? 캐삭해서 다시 만드는 게? 셋이 뭉치면 아주 끝장나게 멋있을 거라고요. 단숨에 랭커가 될 필살 전략~ 궁금하지 않아요?"

"글쎄다."

가만히 웃어 보였다. 그러자 '안 궁금한가?' 하고 중얼거리며 빈센트는 다분히 장난스럽게 홱 돌아선다.

"싫음 말죠, 뭐. 형, 가요. 얼른 카이져를 따라잡자구요."

"근데, 난 미국에서 접속하고 있는 건데 말이다. 동방의 무술가는 좀 아니지 않냐?"

"피부 하얗게, 머리 노랗게 바꾸면 인정해 줄게요."

"그 인정 안 받으련다."

빈센트가 악동 같은 웃음을 지으며 물었다.

"그런데 미국에서 태권도 도장이 잘돼요?"

"잘되면 내가 이걸 하고 있겠냐? 랭킹에 목매달고? 힘들게 공부하는 가난한 유학생일 뿐이란다."

"가난한 유학생? 에이, 설마~ 캡슐 살 정도면 꽤 버는 거 같은데요."

"사실은 삼촌이 관장님이거든. 그런데 젠장. 사범으로 부려 먹으면서 월급을 안 주지 뭐냐. 월급도 몰아 받는 겸 해서 카드 슬쩍해서 확 긁어 버렸다."

"오올~!"

"걸리면 몇 대 맞고 말지."

"맞는 거 좋아하면. 형, 탱커 법사 어때요?"

"좋아하긴 누가 뭘! 그딴 취미 없다."

그렇게 투닥거리며 멀어지는 그들이었다. 친한 형제 같은 모습이 참으로 보기 좋다.

피식.

확실히 데닉의 말대로 내가 인사하고 웃는 것을 잘하는 거 같다.

'현실에서도 그랬던가?'

1% 둔감형이 바꾼 성격일까.

아무렴 어떠랴. 누구에게도 상처를 주지 않으면 그로서 충분하거늘.

나는 그들을 뒤로하고 다시 가게의 벽에 기대어 있었다.

시간이 흐른다.

몇 분이 지났을까. 문이 열리고 고운 노래를 부른 여행자가 모습을 보였다. 가죽 갑옷을 입고 등 뒤에 긴 활을 둘러멘 그녀. 한 손에는 현악기인 리라를 들고 있는 이는 하루 전에 보았던 스칼렛이었다.

'하루 만에 이렇게 차이가 나다니.'

분명히 어제까지만 해도 나와 같이 회색 옷을 입고 마터를 방문했던 그녀가 아니던가.

지금은 노련미마저 느껴질 정도다.

소중하게 리라를 품에 안은 그녀는 곧 이를 보관함에 넣은 뒤 처음의 무표정한 모습으로 돌아갔다.

뒷모습까지 아름다운 그녀.

절로 엄지손가락이 들린다.

"역시 남다르다니까."

태진이라면 스칼렛과 화랑, 빈센트와 흑인 사내에 대해 알지 않을까 생각이 들었다. 분명히 저들은 두각을 보이는 고수임이 분명하니까.

'노래도 참 잘하네.'

한 차례 웃은 나는 그녀가 멀어짐을 확인한 뒤 가게 안으로 들어갔다. 그곳에는 아련한 기억에 잠겨 가만히 흔들의자에 앉아 있는 피렛이 있었다.

삐걱…… 삐걱……

낡은 소리를 내는 의자가 추억의 메트로놈이 되었다. 나는 그녀의 느릿한 여운과 여백에 조용히 자리했다.

점점이 흐르는 시간.

나는 다시금 기다린다.

홀몸노인을 만나며 내가 배운 것은 능변보다 중요한 것이 눌변이라는 것이었다. 지금은 말보다 침묵이 필요할 때임을 잘 안다. 그렇게 말을 걸지 않고 가만히 기다리기를 얼마나 있었을까. 깊게 숨을 마시고 내뱉은 피렛은 시선을 허공에 두고 말했다.

"고마우이. 방해하지 않은 덕분에 그리운 얼굴을 볼 수 있었어."

웃으며 고개 숙이자 피렛이 물었다.

"그래, 젊은이는 무슨 일로 왔나?"

"배울 수 있는 기술이 있다면 배우러 왔습니다."

옷 수선 알려 주세요, 라는 우회적인 표현이었다.

피렛이 대표적으로 알려 주는 스킬인 옷 수선은 의복의 내구도를 회복시키는 스킬이었다. 천류만 가능하며 가죽이나 금속 재질의 방어구는 고칠 수 없다. 이는 10레벨 이후 데닉에게 수리 스킬을 배워야 했다.

"있지. 암, 있고말고."

피렛은 주억거리며 말했다. 그런 뒤 내게 낡은 양피지를 꺼내 보였다.

"인연이란 게 이런 것이 아닐까 싶다우."

창이 반짝였다. 양피지를 받고 이를 확인했다.

> **연주 : passive(Lv1)**
> 악기를 다룰 수 있게 된다.
> 효과 : 악보 습득 후 연주하면 부가 효과를 얻을 수 있다.
> 습득 조건 : 피렛과의 호감도 70 이상

뜻밖의 스킬이 아닐 수 없었다. 피렛은 미소를 지었다.

"오래전부터 이 작은 손재주와 분신과도 같은 리라를 여행자에게 주고자 마음먹었었지. 그리고 얼마 전, 한 여행자에게 작은 시험을 하고 이를 주었다우. 그녀는 아주 아름답고 자상했어. 이 늙은이의 투정을 들어 주었고 감동을 주기까지 했거든. 내 이 보잘것없는 손재주가 필요 없을 정도로 뛰어났지."

스칼렛은 그녀의 리라를 받기 이전, 연주라는 스킬을 습득했다는 말이었다. 그 때문에 아이템과 함께 전해져야 할 스킬이 남아 버렸고, 우연히 그걸 얻을 수 있게 된 것이 나라는 의미였다.

'초면에 호감도가 70이라…… 1%이긴 하지만 자유도가 있긴 한가 보네.'

아마도 높은 체감도의 플레이어였다면 지금의 상황을 이용해 더 많은 보상을 이끌어 낼 수 있었으리라.

"감사합니다."

'옷 수선' 스킬까지 마저 배운 뒤 물러났다. 이로써 천 부류의 옷은 수선할 수 있게 되었다.

이만하면 소기의 성과를 초과 달성했음이라.

이제 할 일은 도시로 가는 것.

방법은 다른 게이머들과 파티를 맺는 것과 혼자 움직이는 것이 있다. 물론 나는 혼자 움직여야 했다. 스킬조차 반푼이로 익혀서 파티를 맺어도 민폐만 끼치는 까닭이다.

'그런데 길을 모른단 말이지.'

까맣기만 한 지도창이 앞날을 예고하는 것 같다.

상점표 정식 지도를 구매하면 플레이어의 지도창이 갱신되며 몬스터의 분포와 각 마을 간의 알력, 사람들의 왕래 정도 등등 객관적인 지표와 예리한 주관적 분석까지 나타나게 된다. 더불어 퀘스트의 단서까지도 알려 준다.

또한, 제작 NPC가 미처 발견하지 못한 부분을 몸으로 뛰며 증명해 낸다면, 그 게이머는 제작자에게 개선점을 지적할 수 있으며 이로써 사례금을 받을 수도 있었다.

그러니 정식 지도를 사면 아주 좋다.

하지만 세상 어디에서나 그렇듯이 좋은 물건은?

비싸다.

가격은 10펠룬.

무려 10만 펜실.

'그 돈 모으려다가는 한세월 걸리지.'

발품 파나 돈 모아서 사나 그게 그거라면 부딪치는 편이 더 낫지 않겠는가.

"가 보자."

하다 안 되면 말고.

�❖   ❖   ❖

관심 가는 것에 눈이 가고, 들린다지 않던가.

마을 밖이 어떤 곳일지를 생각하자 거리에서도 이와 관련된 이야기가 귀에 쏙쏙 들려왔다. 나는 내친김에 마을 게이머들의 동향도 파악할 겸 자리를 잡고 잠시 이야기를 듣기 시작했다.

이 중 유독 튀는 연인이 있었다.

여관 앞에 있는 긴 생머리가 특징인 여자와 창을 든 남자. 20대 초반으로 보였다.

"우리, 애기마눌. 많이 기다렸어?"

"아니, 방금 왔어, 자기야. 그런데 이 게임 진짜 신기해. 현실이랑 다를 게 하나도 없는 거 있지?"

"하하. 그러니까 세상이 떠들썩하지. 하지만 가장 좋은 건 뭔 줄 알아?"

"뭔데?"

전사는 마술처럼 자신의 창을 슥 없애며, 정확하게는 보관함에 넣으며 두 팔을 벌렸다.

"이렇게 학교는 물론 밤에도 우리 애기를 꼬옥 안아 줄 수 있다는 거야~"

"아잉~! 몰라몰라~!"

품에 안기고 어쩔 줄 몰라 하는 여학생과 번쩍 들어 영화처럼 빙그르르 도는 전사였다. 입을 맞추기까지 하는 모습을 보노라니.

'좋을 때다.'

피식 웃음이 새어 나왔다.

지나던 NPC는 눈살을 찌푸렸다.

"천박한 여행자들 같으니."

"부끄러운 걸 모르는군!"

고개를 설레설레 흔드는 이들 사이로 익숙한 단어가 들렸다.

"닭살 작렬!"

"우웩! 저러고 싶을까."

그러나 연인은 꿋꿋했다. 아니, 주위의 목소리 따위는 들리지도 않는 듯하다. 그들은 이미 그들만의 세계에 있는 것이다.

"그런데 자기야, 이거 그것도 가능한 거야?"

"그렇고 그런 거?"

슬쩍 전사의 남성에 손을 가져다 대는 여성이다.

……요즘 젊은 것들은 대담하기도 하다.

"아쉽게도 그건 못하게 됐어. 진짜 애인이 아니면서 만지면 경고받고 심하면 강제 퇴출당하거든."

"퇴출?"

"어. 그뿐 아니라 3회 이상 누적되면 현실에서도 관리 대상에 들어가게 돼. 그러니까 그냥 내일 밤에 뜨겁게 해 줄게. 알았지?"

"지금 하고픈데?"

"후후. 좀만 참으라구."

"알았엉~"

슬쩍 껴안자 콧소리를 내며 달라붙는 연인이었다.

하긴, 실감 나도록 감각적인 게임이 new century이긴 하지만 막상 피가 튀고 시체가 절단되는 것은 물론 성적인 부분까지 철저하게 배제된 게임이기도 했다. 아무리 고체감도로 게임을 한다 할지라도 눈을 찔렀다 빼도 눈이 튀어나오는 모습이 보이지는 않는다. 단지 급소 공격이 성공했다는 메시지와 대상의 시야가 제한된다는 메시지, 그리고 한쪽 눈에 상처를 입고 눈을 감게 되는 정도의 모습이 보일 뿐이다.

만일 이 제한을 풀고 정말로 실제처럼 즐기고자 한다면, 실제로 정신적으로 아무런 하자가 없으며 어떤 문제의 소지도 없음을 까다로운 테스트를 통해 증명받아야 했다. 그뿐만 아니라 매월 정밀진단을 받는 등의 번거로움을 감수해야 한다.

많은 이들이 갈망하는 성행위는 애석하게도 허용치 않았었다.

게임도 잘 하지 않으면서 내가 제법 잘 아는 이유?

진심과 애정이 담긴 행위인지 아닌지를 불가사의하게 판별해 내는 new century의 세계. 이를 이용하여 애인끼리 서로의 마음을 확인하기 위해 new century에서 테스트해 보는 신풍조가 생겼다는 기사 때문이었다.

덕분에 바람피우던 많은 남자가 꽤 솔로로 전향했다고 한다.

'그나저나 대단한데?'

역시 사랑은 위대하다.

"제길. 가상현실엔 구토진정제가 없나?"

"내가 약초 채집 배우면 저놈들부터 독살시킬 테다."

"봉투! 봉투 어디서 파는 거야! 우욱!"

숙덕거리던 소리가 입 밖으로 나오며 공감대를 쌓고 있었다. 그럼에도 두 연인에게는 서로만이 전부. 둘은 손을 깍지 끼고 발을 맞춰 걷는다.

"짐승~!"

"난 너만을 위한 야수야. 으앙~!"

"그럼 난~ 자기만의 꽃사슴~"

나는 그 뒤를 슬쩍 따라붙으며 전사가 여학생에게 설명하는 갈렌 마을의 퀘스트를, 또 NPC의 대사를 새삼 확인했다. 그리고 게이머가 많을 법한 장소들을 파악할 수 있었다.

중간마다 닭살 돋는 자잘한 이벤트도 구경했고 말이다.

"사랑해, 자기~!"

"야야, 나 말리지 마. 말리지 마라니까? 내 안구 정화를 위해서라도 저것들을 그냥 확! 아, 진짜 말리지 말라고!"

"아무도 안 붙들고 있어. 가서 냅다 갈겨 버려!"

"······이럴 땐 잡아 줘야지. 이것들아."

아마도 과도하게 보이는 저런 표현들은 이곳이 현실이 아니기에 더 적나라하리라는 생각을 해 본다.

'진짜 능숙하군.'

NPC 앞에서는 딱 고개 숙이다가 퀘스트가 끝나고 거리에 나오면, 중요 NPC가 없을 때마다 걸으며 행하는 저 행각은 정말이지 뛰어난 감각이 아닐 수 없다.

게임의 능력치를 이용하여 품에 꼭 안고 다니는 모습.

나로서는 엄두도 내지 못했던 적극적인 사랑 표현이었다. 새삼 나는 저들처럼 불타 본 적이 없다는 사실을 자각했다.

괜히 씁쓸해진다.

'그래, 예쁜 사랑들 해라.'

구경은 이쯤이면 됐다.

마을의 울타리를 벗어난 나는 서쪽으로 난 길을 걷기 시작했다.

'……그런데.'

살짝 미련이 남는다. 무언가에 가슴이 탁 하고 막힌 이 느낌. 한 방이면 시원하게 해결해 줄 수 있을 것 같은 유혹이 내 발을 붙든다.

스킬창을 열어서는 쇼크 웨이브를 괜히 보고 또 보고 눌러 보고 다시 본다. 반짝이는 모습이 써 달라고 애원하는 모습으로 보였다. 특히, 피해 없이 밀쳐 낸다는 부분이 유난히 빛나 보였다.

팍팍!

라이트 레프트 훅을 허공에 날려 본다.

그리고 스킬창을 닫았다.

그런데도 반짝이는 것이 아닌가.

'한 방 날리라는 신의 계시인가.'

신탁이 있다면 이런 것이랴, 하며 슬쩍 열어 보니, 알람 쪽
지창이었다.

어느덧 기상 시간이 다가온 것.

피식 웃어넘긴 나는 게임을 종료했다.

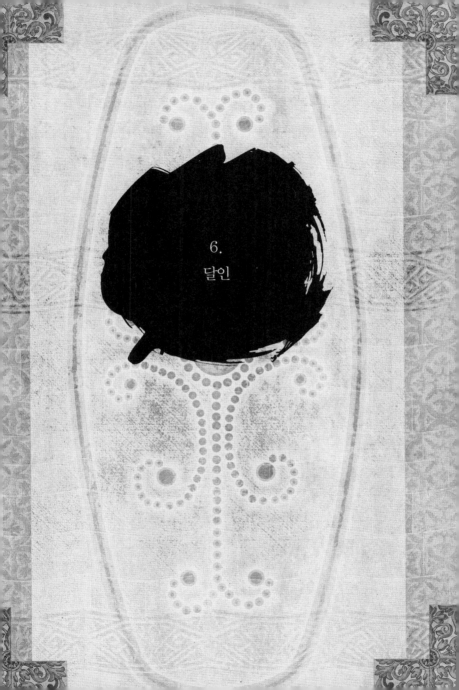

6.
달인

　기지개를 쭉 켜며 기분 좋게 일어났다.

　가상현실을 밤마다 즐기면서 달라진 점 중 하나는 잠결에
뒤척이는 일이 없어졌다는 점이다. 소음이 들리건 컨디션이
좋지 않건 간에 무조건 숙면을 취할 수 있었다.

　트라우마가 있거나 악몽 꾸는 사람한텐 아주 제격이다.

　아침 일과를 시작했다.

　냉수로 세안하여 정신을 일깨운다. 손의 상처를 확인한 후
간단히 스트레칭.

　밖으로 나가 가벼운 운동을 시작한다. 언덕 밑으로 걸어 내
려갔다가 올라오는 정도의 무난한 운동이다.

　그 후 오늘의 할 일과 계획을 점검했다.

　이것이 하루의 시작이자 내가 하는 운동 전부였다.

　냉수마찰과 스트레칭, 걷기가 전부지만 나를 다잡는 데는

이 정도면 충분했다. 어디까지나 나는 작은 상처에도 땀이 송골송골 맺히는 평범한 남자였으니까. 이 악물고 인간 한계를 극복하는 일 같은 건 진작 포기했다.

"딱 이만큼."

땀이 날 정도는 아니게. 살짝 몸이 더워질 정도가 되어 들어온 나는 아침 식사를 간단히 했다. 그리고 옷을 갈아입은 뒤 모자를 눌러쓰고 학교로 향했다.

오늘은 태진의 뒤를 쫓을 요량이다.

보름마다 한 번씩 나는 녀석을 관찰한다. 내 명줄을 쥐고 있으니 신중을 기하는 것이다.

미행이라는 게 어려울 것 같지만, 막상 해 보면 뜻밖에 쉽다는 것을 알게 된다. 사람들은 하루하루를 살며 많은 사람과 만나고 헤어진다. 그러나 '만나는 모든 이들'에게 관심을 두지는 않는다. 자신과 관계된 이들에게만, 필요 있는 사람들만 눈여겨본다.

영화 속의 주인공들은 가만히 걷다가도 낌새를 딱 알아차리지만, 그것은 그들이 주위 배경을 눈에 담고 사람을 기억하는 훈련이 되어 있기에 가능한 일에 불과하다.

일반인은 어지간히 못하지 않는 한, 미행자를 눈치채지 못한다.

'시야에 들지만 않는다면 말이지.'

더군다나 나처럼 대상의 동선을 꿰고 있다면 걸릴 가능성은 제로에 가까워진다.

그래도 방심은 금물이다. 녀석은 평범한 인간이 아니니까.

나는 근처 서점에 들러 가십 기사가 잔뜩 실린 잡지를 샀다.

✖   ✖   ✖

태진이의 일상은 이러하다.

7시.

다소 이른 시간에 등교하여 학교 운동장을 달린다. 가끔 담 너머를 힐끗 보면 허공에 발차기 연습도 하는데, 보는 이에게서 감탄이 나올 정도로 매끄러운 동작들이었다.

녀석은 가능한 한 숨기려고 하는 나와는 달리 참으로 당당하고 떳떳했다.

1교시 전.

운동을 마치고 간단히 수돗가에서 몸을 씻는다.

종이 울리고 수업이 시작될 즈음에는 나 역시 근처 의자에 앉거나 아파트 공원에서 잡지를 읽었다. 이는 수업이 끝날 때까지 쭉 계속된다.

마침내 수업이 종료되고 녀석이 나올 때쯤이면 멀찍이 그 뒤를 따라 움직였다.

우루루 쏟아져 나오는 같은 교복 무리의 학생들 틈에서 녀석을 찾아내는 일?

생각보다 어렵지 않다.

두 남매의 빼어난 외모 덕분이다. 내가 자퇴하기 전에 있었던 스토커 사건 때문인지 태진이는 현화를 호위하듯이 함께 다녔고, 둘을 흠모하는 친구들까지 무리지어 나오게 된다.

혹, 찾지 못할까 싶어 쌍안경을 들었던 내 손이 민망해질 정도로 녀석은 눈에 띄었다.

'다음은 도장이지.'

모의고사 성적이 꽤 좋았는지, 수험생임에도 5시경에 하교한 태진이는 도장으로 들어간다.

이슈 덩어리이자 훈남인 태진이 덕분에 태권도장 역시 관원이 부쩍 늘었다 한다.

여학생들로 한가득.

'꽃 따라서 남학생들도 늘어났고.'

여전히 배우고 있는 무술은 태권도와 검도.

명상원을 그만둔 것으로 보아 다 배운 뒤 집에서 하는 것으로 추측된다.

월수금은 태권도장을 가고 화목토는 검도장을 간다.

'각각 소요 시간은 2시간.'

7시~8시 사이가 되면 집 근처의 헬스장에 들러 마지막으로 훈련을 한 뒤 집으로 돌아간다.

이것이 태진이의 일과다.

새벽은 운동. 오전은 공부. 오후는 운동. 남은 시간은 가상현실을 하는 것.

날이 어둑어둑해지고 녀석이 집에 들어가는 것을 확인하면 나 역시 버스를 타고 돌아온다.

이것으로 일단락된다.

'지금의 동선에서 벗어나거나, 혹은 게임 접속에 지장이 생길 정도로 발 빠르게 움직인다면 그때는 나도 바빠지겠지.'

다행히도 아직은 그런 기미가 없다.

느긋한 미행을 하며 지친 다리를 마사지해 본다.

점심과 저녁은 근처 식당에서 해결하고 온종일 대기하고 있었다. 덕분에 녀석이 귀가하는 모습을 볼 때쯤 되면 절로 다리를 두드리면서 일어나게 된다. 그러나 따분하긴 하지만 결단코 빼놓을 수 없는 일과였다.

그렇게 집에 돌아오던 때였다.

"여어~ 상현이! 놀다 오는 겨?"

시간은 밤 10시경에 버스에서 내리는 나를 구수한 목소리가 반긴다. 시선을 돌리니 정류장 옆쪽으로 두 사람이 보였다.

둥글둥글하게 후덕한 인상의 사람은 자주 안면이 있는 우유 보급소의 강하성 소장이었고 다소 마른 체형의 한 사람은 몇 번 지나가다 본 적이 있는 인근 쿵푸도장의 이용택 관장이다.

"예. 소장님은 한잔하시려나 봐요?"

"어어. 간만에 삼겹살에 쐬주 좀 할라 그런다. 넌?"

그 말에 이용택 관장이 고개를 흔들었다.

강하성 소장은 아랑곳하지 않고 내게 들으라는 듯 말했다.

"둘보단 셋이 낫잖아. 그리고 사실 나보다는 저 녀석이 더 도움될 거야. 도움을 얻을 수만 있으면 말이지."

괜히 헛기침하는 이용택 관장이다. 무슨 사정인지는 모르지만 나 역시 괜히 피할 이유 또한 없었다. 내가 여러모로 티 나지 않게 조심하긴 하지만 대인기피증이 있는 것은 아니니 말이다.

"저 고기 많이 먹는데요?"

"배 터지게 먹어도 좋다. 가자꾸나."

어느새 걸어온 강하성 소장이 나와 어깨동무를 하며 끌고 갔다.

✠   ✠   ✠

삼겹살 5인분과 소주 4병을 주문했다.

나 역시 수저를 꺼내 각각의 자리에 놓고 물을 따랐다.

"너 이 친구 알지? 몇 번 우유 배달했던 거 기억나려나?"

"물론이죠. 이용택 관장님 맞으시죠?"

"아, 그래. 반갑다."

웃는 것도 아니고 무표정한 것도 아닌 모호한 표정을 지으며 답하는 관장이었다. 나는 잘됐다는 투로 물었다.

"그런데 그거 진짜세요? 소장님이 한잔하실 때마다 말하는 거, 들었거든요."

"뭐가?"

"특이한 친구에 관한 이야기인데요. 이소룡 영화 보고는 학교도 안 가고 무술 연습하셨다면서요? 그러다 대학 등록금 들고 소림사에 직접 가시구요."

그와 강하성 소장을 번갈아 보며 웃었다. 그러자 이용택 관장은 옆에 있는 친구에게 주먹을 쥐었다 펴 보인다.

"애한테 별소리를 다 했군!"

"푸하하. 내가 그랬었나? 그래도 그건 얘기 안 했다구. 너 내공을 모은다고 밤에 가부좌 틀고 잠도 잤다는 거 말이다. 다음 날 일어나서는 다리에 감각이 없어서 발광하곤 했었지, 아마?"

"인마!"

장난스럽게 웃으며 소리치고 넉살을 떠는 두 사람이었다.

마침 잘됐다. 전통 무술을 오래 수련한 사람이라 하니 전부터 궁금했던 것을 물어보기로 했다.

"그런데 내공이란 게 있긴 한가요?"

"기(氣) 말하는 거지?"

이용택 관장이 씁쓸해하자 강하성 소장이 웃으며 대신 답했다.

"야야, 말도 마라. 그놈의 내공이니 장풍이니 하는 거 익혀 본다고 이 녀석이 20년 넘게 수련했다는 거 아니냐. 그런데 결론이 뭔 줄 아냐?"

"뭔데요?"

"없단다. 없어."

"기가 없다고요?"

반문에 이용택 관장이 한숨을 푹 내쉬며 말했다.

"기는 있지. 다만 젊을 적 치기로 생각했던 내공이나 상상 속의 무공은 없다는 말이다."

강하성 소장은 반찬과 소주가 나오자 병을 따 잔에 따르며 말했다.

"그런데 그 상황이 재미있었거든. 인석이 중국 간다고 해 놓고 10여 년 안 보이더니만 훌쩍 돌아와서는 내 앞에서 샌드백을 슬쩍 치는 거야. 그거 한 방에 들썩이고 터져 나가는데 진짜 기인열전이 따로 없었다구. 헌데, 그래 놓고 한다는 말이 내공이 없다는 거니 웃길 수밖에."

"그런 게 영화가 아니라 실제로 되는 거였어요?"

흥미가 절로 돌았다. 만일 저런 무술을 익혀 낸다면 초월자들에게 대항할 또 다른 수단이 될 수도 있지 않겠는가.

'악마가 있다면 현실에도 그를 상대할 이가 있을 테니까.'

만약 없었다면 세상은 진작 악마의 뜻대로 이루어졌을 테니 말이다. 악마라는 표현도 필요 없이 그가 곧 신이었을 것이다.

그런데 내 기대와는 달리 이용택 관장은 소주잔을 들고 빙글빙글 돌릴 따름이었다.

"그거, 요령이다. 별것 아닌 요령. 쓸데라곤 전혀 없는 요령이지."

가라앉는 분위기. 강하성 소장 역시 어색하게 나를 보다가 손가락으로 입술을 막는 시늉을 해 보였다.

잘은 알지 못하지만 무언가 울적한 일이 있음이 분명했다.

고기를 불판 위에 올려놓는다.

주위 취객들이 떠들며 대화하고 우리 역시 그 냄새에 빠져들 즈음.

"자자. 한 잔씩 하자구. 고기 다 구워졌다, 이 친구야."

강하성 소장이 너스레를 떨며 고기를 그들의 앞에 놓았다.

"어차피 그만두는 마당인데 한번 얘기나 쭉 해 봐. 나는 물론이고, 요 앞에 있는 녀석. 나이답지 않게 듬직하거든. 하하하."

이용택 관장은 마른 웃음을 보이더니 말문을 열었다.

"영화보고 운동하다 보니 무술이 좋아져서 중국까지 갔었지. 운 좋게도 적전제자까지 되어 열심히 익혔었다. 그리고 고향으로 돌아온 뒤 도장을 열고 운영했었지."

빙글빙글 도는 술잔.

"하지만 한국 땅에서 정통 쿵후도장이 무슨 인기가 있겠나. 단증을 딴다고 해도 취급도 해 주지 않는데 말이야. 그렇게 근근이 살고 있다가 오늘, 도장 정리하고 나온 참이다. 이 녀석은 내가 적적할까 봐 같이 온 거고."

"어때? 딱 봐도 망하게 생겼지? 인석이 말도 잘 못해요, 융통성도 없어요, 그러니 잘될 턱이 있나. 남들처럼 다이어트 태권도, 에어로빅 킥복싱, 종합 실전 격투 무술 등등 해서 이벤트도 좀 하고, 기호를 맞춰야 하는데, 주야장천 정석대로 가르치니 될 턱이 있겠냐."

"정석대로 하면 어떻게 하는데요?"

"회사원이건 어린아이건 상관없이 남자는 우선 줄넘기 5,000번. 여자는 줄넘기 3,000번을 시키지. 첫날 그 정도로 하고 나면 근육통이 장난이 아니잖아? 우선 거기서부터 관심이 뚝 떨어지는 거야."

호기심으로 온 이들이 떨어져 나갈 수밖에 없는 방식이다.

그러나 이용택 관장은 이 방법을 고수했다.

"쿵후는 무술이다. 무도를 익히려면 다른 도장을 찾아야 하는 거지. 무술은 상대를 제압하고 쓰러뜨리는 목적으로 익히는 거다. 그렇기 위해 가장 효과적으로 단련을 시키는 것이고 급소를 치는 것도 마다치 않는 것이 정석이니까."

"예를 들면 눈 찌르기나 불알 차기 같은 거 말이야. 하하하."

전쟁이라면 살기 위해 그러하는 것이 인정되겠지만, 현실에서 불량배를 만났다 하여 눈을 뽑고 관절을 꺾는다면?

……글쎄. 누가 더 과실이 클지는 뻔하다.

"돈 좀 많이 깨지겠는걸요?"

"자존심 지키고 살림 거덜 나는 거지."

"사실 이게 웃기는 거다. 주먹이나 발차기로 벽돌을 깨부수고 차창을 깨뜨리며 각목이나 야구 배트를 박살 낸다 치자. 젊을 적에는 '강함'이라는 말에 매료되어 부지런히 단련했지만."

손을 닦도록 나온 물수건을 겹쳐 쥐고 손으로 가볍게 찢어 보이는 그. 하지만 아무 필요 없다는 듯 어깨를 으쓱거린다.

"일반인도 망치를 휘두르면 벽돌을 깨부수고 차장을 부서뜨릴 수 있지. 그런데 아픔을 감수하고 주먹이 기형적으로 변하면서까지 단련할 필요가 있겠느냐는 말이다. 각목, 야구 배트 같은 것을 박살 내서 뭐하겠나. 보여 주기 위한 것에 불과하다. 생사를 오가는 일이라곤 눈곱만큼도 없는 세상에선 다

자기만족이고 하잘것없는 일에 불과한 것이지. 전쟁터? 제아무리 몸 단련해도 총에는 못 이긴다."

"그래도 귀신같은 거 물리치거나 하는 데 쓰면 좋지 않을까요? 왜, 소림사도 절이니까 귀신을 쫓아내거나 하는 비슷한 걸 하잖아요."

악마와의 일을 겪으며 품고 있는 생각을 확인하려는 차원의 질문.

"이야~ 이거 상현이가 귀신을 믿을 줄은 몰랐는데? 생각외야. 하하하."

강하성 소장이 이용택 관장에게 물었다.

"이 친구로 따지자면 계룡산에서 5년, 지리산에서 6년, 한라산에서 8년……. 같은 식의 수련은 안 했지만, 온갖 귀신 나온다는 장소는 다 가 본 친구지. 자자, 얘기해 보라구. 자네, 귀신 본 적 있나?"

"전혀. 비결에 따라 호흡을 하고 무술을 단련하다 보면 저릿하게 흐르는 느낌을 만끽할 수 있긴 하지. 온몸이 하나로 관통되는 것 같은 느낌. 코와 입이 아닌 전신으로 숨이 쉬어지는 것 같은 착각. 그리고 일깨워지는 감각은 후방에서의 공격도 예민하게 알아차릴 수 있게 된다."

그는 벌컥 잔을 비웠다.

"하지만 오감의 극대화 이외에는 아무것도 아니야. 말 그대로 착각일 뿐이지. 외려 이러한 감각을 유지한 상태로 살다 보면 작은 기척에도 놀라게 되고 악수를 함에도 반사적으로 제압하는 등의 일을 벌이기 쉽다."

그는 강하성 소장에게 내 나이를 묻고는 말했다.

"학생한테 이해하기 쉽게 말하자면 수학시험을 볼 때 문제에 따른 공식을 누가 적절하고 빠르게 대입하여 푸느냐와 같다. 무술이라는 것도 상대의 응수에 대처하는 대응법들이 공식화되어 있어."

"옳지. 반복~ 학습~"

"공(攻)과 방(防)은 유기적으로 연결되어 있되, 올바로 응수하거나 흐름을 끊지 못하면 그대로 패배하게 되는 거다. 무술의 고수는 상대의 수를 머리로 인지함과 동시에 반사적으로 몸이 움직이는 이들을 말함이지. 계산된 움직임과 수로 상대의 숨통을 명확하게 끊는 것. 종류는 단지 동선이 곡선이냐 직선이냐, 혹은 권을 사용하는가 장을 사용하는가 병기를 사용하는가 등으로 나뉠 뿐이다."

"흐미~ 살벌혀라~ 이러니 어떤 학부모가 애들을 맡기겠느냐고."

강하성 소장의 적절한 추임새가 일품이었다.

"그런데 귀신이 없다는 건 어떻게 아는 건데요?"

"후후후. 내가 말해 주마. 귀신은, 이 친구가 직접 찾아다녔거든. 아무리 수련해도 씹어 먹을 놈의 내공이란 게 도무지 생기지가 않는 거야. 그런데 TV에는 자주 나오잖아? 귀신 들린 사람들 말이야."

"어차피 비현실적인 거니까 찾기 어려운 내공보다는 흔한 귀신을 찾아보았다는 거군요?"

"그렇지. 하지만?"

"없더라?"

"고렇제~! 똑똑하구먼. 하하하."

그사이 타는 고기를 그릇에 옮기고 다른 생고기를 불판 위에 올렸다.

그가 쌈을 싸서 한입 넣고는 말했다.

"귀신 들렸다는 사람을 찾아갔는데, 정신병자만 있고~ 흉가에서 혼자 날밤을 꼴딱 새우면서 눈을 부릅뜨고 있었지만 아무 일도 없었다는 거야. 저주받은 물건들은 지니고 살다시피 했는데 먼지만 풀풀~ 냄새만 퀴퀴하게 나지 별다른 반응도 없었고."

오히려 귀신 들렸다는 사람을 완력으로 제압하고 귀신 분장을 한 좀도둑만 잡았을 뿐이라 한다.

'그럼 귀신은 없다는 건가?'

하지만 그들의 말을 듣고 의심을 버리기에는 내 경험이 워낙 기상천외하지 않던가. 엄연히 악마와 계약을 맺은 태진이가 있었고 나 역시 회귀를 경험했다.

"하지만 존재하지 않는다고 치부하기에는 너무도 많은 흔적이 있는 걸요? 오랜 세월 동안 보아 왔다는 사람도 있잖아요."

이용택 관장이 짧게 답했다.

"기는 있지만, 내공은 없다. 무술은 있으나 무공은 없다."

"두려움은 있으나 귀신은 없다, 이건가요?"

"사람의 감각은 매우 제한적이지. 그리고 대다수 사람은 제한된 감각에 의존하여 살아간다. 대표적인 것이 시각과 청각. 하지만 살아가면서 시각과 청각이 전부라고 믿는 착각에 빠지게 된다. 그 두 가지만이 전부라 가정하고 이외의 감각에 대해서는 미지로 남겨두게 되는 것이지."

"모르는 건 두려움으로 비칠 수 있고 말이제~"

강하성 소장이 된장찌개를 한 숟갈 먹었다.

"그리고 시각과 청각을 비롯한 감각은 기억이라는 이름으로 각인된다."

"공포에 대한 표현일 뿐이란 거군요."

비어 있는 잔에 소주를 따른다.

"캬아. 역시 나이답지 않게 식견이 있다니까. 뭐, 이를테면 그런 거지. 평범하게 잘~ 있던 집의 벽지, 화장실, 기타 등등 같은 일상의 공간일지라도 벽지 속에서 귀신이 튀어나오거나 쥐고 있던 볼펜으로 사람을 찔러 죽이고, 화장실 변기에 처박혀 죽는 등의 공포물을 보게 되면 은연~중에 섬뜩함을 느끼게 되는 심리 말이야."

고추를 쌈장에 발라 으적 씹는 강하성 소장.

"실제 그럴 리 없다는 것을 알지만 '만일 그러하다면' 이라는 가정과 더불어 '그럴 수 있다' 는 가능성을 엿보았을 때, 어제까지만 해도 이상 없던 집도 두려움이 될 수 있다는 거지. 사물은 그대로지만 사고와 기억이 한정됨으로 인해 그렇게 비칠 수 있다~는 그런 말이야. 음화하하! 나, 제법 유식한 거 같지 않나?"

그러더니 '으억. 이 고추 끝 부분으로 가니 무지 맵구먼.'

하며 고기를 가득 입에 넣고 우적우적 씹는 것이었다. '여기 불판 좀 갈아 주고 삼겹살 3인분 추가!' 하고 소리쳤다.

이를 보고 피식 웃은 이용택 관장이 말을 이었다.

"생소함과 촉각에 대하여 두려움이 있고 이를 자신이 생각 하는 공포의 기억과 맞물려 떠올린다면 사물은 의인화된다."

"소심한 사람들만 주로 귀신을 보는 이유겠네요."

"나는 귀신 들렸다는 상태에서 벗어나지 못하는 이유를 바 로 그것이라 보지. 심약한 탓에 정면으로 볼 용기조차 상실했 기 때문이다. 외면하고 피하려고만 해서는 결코 벗어날 수 없 으니."

무술의 고수가 아니라 정신분석학을 공부한 사람과 대화하 는 기분이었다.

"그렇다면 치료하실 수도 있겠네요?"

"쉽지 않다."

일고의 고민 없이 바로 대답이 나왔다.

"수영을 즐기는 이들이 태반이지만 물만 보아도 기겁을 하 는 이가 있을 수 있고, 작은 곤충을 보고 두려워하는 이들도 있지. 막상 알고 나면 곤충 자체가 아니라 곤충의 눈이 될 수 도 있고 말이다. 타인이 보자면 별것 아니지만, 당사자에게 있어 극한이라 느껴지는 고통. 그 감각의 미묘함을 파악한다 는 건 매우 힘들다."

그의 말에 나는 적극 공감할 수 있었다.

"아, 그렇군요. 하긴 저도 비슷한 생각을 하곤 했었어요."

"귀신에 대해서 말이냐?"

"비슷한 거죠. 혈액형별 성격 이야기에 대해 아시죠?"

그러자 없는 우유를 찾으며 오이를 씹어대던 강하성 소장이 말했다.

"그거? A형은 꼼꼼하니 B형은 자유롭다느니 어쩌니 하는 거?"

"네. 가십거리로 이야기하기 좋기는 하지만 말도 안 되는 거잖아요. 대다수가 '그럴 법해~' 하며 믿고 있기도 하구요."

나는 불판에서 새롭게 구워지는 고기를 가위로 잘랐다. 지글지글 기름이 떨어지는 것이 아주 잘 익은 상태였다.

"사실 사람 성격이 상황마다 다르잖아요. 기분 좋을 때는 시원스럽게 '쏜다~' '까짓것 괜찮아.' 하며 넘어갈 수도 있고, 몸이 안 좋거나 기분 나쁠 때는 같은 일이라도 '왜 그래!' 하며 짜증 낼 수 있는 거니까요. 그런데 웃기는 건 어떨 때는 직설적으로 말하고, 어떨 때는 우회적으로 말할지라도 혈액형에 대해 믿는 사람은 '쟤는 B형이라 저래.' '괜찮아, O형인걸.' 하면서 생각한단 말이죠."

"그만큼 사람이 사람을 알고 싶어 한다는 반증이 아니겠냐? 하하하하."

"상처받고 싶지 않은 것은 본능이니까."

한마디씩들 하며 잔을 들었다.

이쯤 해서 나는 이 모임의 취지에 대해, 내게 기대하는 바에 대하여 물어보았다.

"그런데 도장 확대를 계획하시나요?"

"전혀. 적자 운영하다가 이젠 질려서 싹 정리하고 나왔는데 무슨 도장이냐. 게다가 이 녀석은 후진 양성 같은 거에 미련도 없다더라."

"그럼 생활은 어떻게 하시려고요?"

"산을 오르면 된다."

"예?"

"이 녀석, 수련한다며 산중생활을 한 덕에 산에선 진짜 도사거든. 작정하고 오르면 비싼 약초니 산삼이니 하는 것들을 쑥쑥 뽑아 갖고 오니까 걱정 없어. 어설픈 도장 운영보다는 훨씬 벌이가 낫지. 암~!"

그렇다면 돈이 있어야 하는 것도 아닌데 나를 부른 이유가 뭘까?

"에구. 그럼 제가 도와 드리고 싶어도 도울 게 없는데요?"

강하성 소장이 손가락을 좌우로 흔들었다.

"노노~ 이제부터 같이 고민하면 돼."

"어떤 걸요?"

"이 친구가 뭘 하고 사는 게 좋을까에 대한 고민을. 젊은 네가 나보다 유행도 잘 알고 안목도 있을 테니까 도움 좀 받아 보자. 하하하."

"거, 쓸데없다는데도."

이용택 관장이 눈살을 찌푸린다. 하지만 그는 개의치 않았다.

"인마. 너야 독한 놈이니까 사막 한가운데 떨어져도 잘 산다지만 네 가족은 어쩌려고 그러냐? 한 달에 보름 이상은 꼬

박 산에서 있어야 하는데, 나중엔 딸애가 아빠 얼굴도 몰라볼
걸? 그래도 좋냐?"

"흠. 흠."

나 역시 뒷머리를 긁적여 보였다.

'가족과 함께 있으며 벌이가 되는 직업이라. 뭐가 좋을까.'
머리를 굴려 본다.

몸 하나만큼은 살인 무기에 가까운 대단한 무술가가 아내
와 자식들에게 자랑스럽게 보여 줄 만한 직업을 가져야 한다
면 무엇이 좋을까.

적당히 타협하는 '융통성'이 필요 없으면서도 괜찮은 직
업.

'격투 대회 같은 건?'

떠오르는 생각이지만 곧 고개가 설레설레 흔들어진다.

'살기 어린 무술을 쓰는 사람한테 글러브 씌우고 규칙대로
싸우는 대회에 출전하라는 건 자존심을 건드리는 거겠지.'

나는 고민하는 한편 다른 질문을 꺼냈다. 함께 있는 자리이
니만큼 생각을 할 때 하더라도 분위기를 죽이면서까지 할 필
요는 없는 까닭이다. 아이디어는 자연스러운 대화 속에서 외
려 잘 떠오르는 법이기도 하고 말이다.

"그런데 궁금하긴 하네요. 저주받았다는 물건들은 어떻게
생긴 건가요? 몸이 으슬으슬 떨리거나 하진 않고요?"

"저주라니까 섬뜩하지 않냐? 그런데 막상 보니까 별것 아
니더라. 구닥다리에 핏기 조금 있고, 머리카락 뭉치 같은 거
가 전부거든. 얽힌 사연은 가히 전설의 고향 급이었다만. 아

참, 그러고 보니 아직 가진 게 있지 아마? 그나마 조금 효험이 있던 거 말이야."

피식 웃으며 이용택 관장이 안주머니에서 바늘로 추측되는 것을 꺼냈다.

"강원도의 폐가에서 우연하게 얻은 거다."

"우연히는 무슨. 귀신이 하도 안 나오니 폐가를 뽀사 버리고 챙겼으면서."

"귀신이 나중에 복수하려고 찾아오겠지 싶어서."

천장에서 귀신이 지그시 노려보아 심장마비를 일으키게 한다는 폐가.

이용택 관장이 밤을 꼬박 새우며 천장을 샅샅이 뒤졌다 한다. 귀신 면상 좀 보자고 제발 좀 나오라 하면서 무당까지 불렀다가 폭삭 무너뜨렸다고 했다.

"무슨 저주가 있었는데요?"

상상 못 할 체험을 한 그가 받은 저주의 효과는 무엇이었을까.

"돌아오는 버스를 놓쳤다."

"5시 30분경에 버스가 다니는데, 그 버스가 1시간 뒤에 왔다더군. 타이어에 문제가 생겨서 늦었다는데, 소위 말하면 재수가 없었다는 거지. 푸하하하!"

여기서 무슨 말을 하겠는가. 나는 저주받은 바늘을 오른손으로 받아 들며 마주 웃을 뿐이었다.

그 순간, 손이 따끔거렸다.

— 스드드.

- 꿀꺽.

꿈틀거리며 내 의지와는 달리 움직이는 근육. 불룩하게 장갑 사이로 움찔거리는 손바닥이 보인다.

'움직였다!'

입맛을 다시는 소리까지.

황급히 왼손으로 바늘을 쥐고 오른손을 주머니 속에 넣었다.

나는 태연한 웃음을 가장하며 바늘을 다시 보았다. 이리저리 돌리고 보던 중 무언가 녹이 슨 문양을 발견했다.

이를 눈여겨보자 이용택 관장이 말했다.

"바늘귀가 있어야 할 부분에 바퀴 모양의 녹이 슬어 있지만, 아무것도 아니더군."

"아무것도 아니긴. 버스를 1시간 동안 놓치게 한 저주가 아니던가. 하하하."

실망한 투로 말하는 관장에게 웃으며 술잔을 부딪치는 강하성 소장.

반면, 나는 이상한 것을 볼 수 있었다.

녹슨 부분을 보자 오른손이 욱신거리며 눈앞으로 금빛 바퀴의 환영이 보였다가 사라진 것이다. 이는 손을 주머니 깊숙이 넣음과 동시에 씻은 듯이 사라져 버렸다.

직감했다.

'이게 성륜이란 거군!'

꼭 같은 것이 아니라 할지라도 무슨 관계가 있음이 틀림없었다.

짧은 순간 번뜩이는 생각이 있었다. 침을 꿀꺽 삼킨 나는 바늘을 돌려주며 물었다.

"그럼 이 저주받은 바늘은 어쩌실 건데요?"

"한 열흘 정도 더 갖고 있다가 꺾어 버릴 셈이다."

"열흘이요? 왜죠?"

"그때가 딱 100일이거든~ 아마 저주가 있다면 100일 기념으로 증폭되지 않을까?"

강하성 소장이 낄낄 웃었다.

'잠시 생각을 정리해 보자.'

딱 좋았다. 내게는 더할 나위 없이 좋은 상황이다.

저주받은 바늘을 성륜이라 가정한다면, 성륜이 제대로 움직이기 위해서는 new century와의 접촉이 필요하거나 심약한 사람이 주인이어야 한다는 추론이 가능해진다.

추론의 근거는 이렇다.

하고 많은 인물 중에서도 중증의 게임 페인인 태진이가 계약자인 점.

녀석의 삶은 현실보다도 new century에 더욱 치중되어 있었다. 오로지 게임만 하는 삶. 현실을 도외시하고 맹목적으로 가상세계의 매달리는 이들을 일컬어 사회부적응자, 혹은 실패자라고 한다.

new century.

악마와 초월자, 태진, 성륜. 이 모두는 new century를 빼고는 생각할 수 없었다. 그러니 저 녹슨 성륜도 new century에서 제대로 반응하리라 짐작할 수 있다.

그렇다면 여기서 한발 더 나아가,

'성륜의 주인을 직접 관찰하는 건 어떨까?'

우발적이지만 괜찮은 계획인 것 같다.

new century에서 반응하는 것이 성륜이라면, 이용택 관장에게 게임을 하게 만들어 그 변화의 추이를 살펴보는 거다.

나는 두근거림을 감춘 채 넌지시 제안해 보았다.

"관장님이기에 가능한 일. 앞으로 주목받으며 주목받고 선망의 대상이 되는 직업이 있는데 어떠세요?"

"그런 직업이 있어?"

"네, 소장님. 월500 이상의 수익은 물론이거니와 명예까지 얻을 수 있습니다. TV 출연은 물론이고 CF까지도 가능하죠. 활동에 따라 몇 억은 벌 수 있거니와 외려 넘치는 관심 때문에 생활이 불편해질 정도가 되기도 해요."

"헐~ 톱스타처럼?"

긍정하자 강하성 소장이 큰 관심을 보였다.

"그런 꿈의 직업이 있단 말이냐? 나도 보급소 때려치우고 그거나 할까?"

반면 이용택 관장은 탐탁지 않은 투로 말했다.

"나는 내 가족과 함께 있을 수 있는 직업이면 만족한다. 그 이상의 주목을 받는다면 싫다."

"쯧. 고집하고는."

혀를 차는 강하성 소장지만 나로서는 불감청 고소원인 부분이었다. 사실 그의 활약이 커질 것을 대비해 계약과 더불어 조건을 달을 셈이었으니 말이다.

"관장님은 무술을 널리 알리거나 유명해지는 것이 싫으신가요?"

"물론. 나는 내 가족은 사랑하지만, 남에게는 얼마든지 잔인해질 수 있는 사람이다. 무술을 익힌 것 역시 나를 위함이고 도장을 연 것은 아내가 바랐기 때문이었지."

"만약 가족이 원한다면 다시 도장을 운영하실 건가요?"

내 물음에 멈칫하는 이용택 관장이다.

"관련이 있는가 보구나."

"꽤 많이요."

"떳떳한 직업인가?"

"선망의 대상이죠."

곧 그가 턱을 쓰다듬으며 생각에 잠겼다. 나 역시 태진이의 입장으로 한번 앞날을 생각해 보았다. 현실의 실력이 탄탄한 바탕으로 자리 잡는 new century의 특성상, 고작 도장 몇 달을 다닌 태진이보다는 이용택 관장의 경지가 당연히 높을 터다.

현실에서의 막강 고수인 그의 등장은 태진이에게는 날벼락 같은 일이 될 것이 자명했다. 더불어 그가 게임 속에서의 활약으로 유명인이 되고 이를 바탕으로 도장이라도 열게 된다면 단순한 변수를 넘어 큰 변화가 될 수 있었다.

그러니 거듭 확인하는 것이다.

그때 고추를 집어 먹으려다 '아차, 이거 매웠지.' 하며 내려놓던 강하성 소장이 내게 물었다.

"대충 듣자하니 돈벌이는 확실하지만 쌓이는 노하우를 전수하면 안 되는 업종인가 본데? 도장이니 어쩌니 하는 걸 보면 무술가로서도 전하면 안 되는 거고. 어때, 얼추 비슷하냐?"

"정확해요."

그러자 씨익 웃더니 이용택 관장의 등을 팡! 소리 나게 쳤다.

"고민할 게 뭐 있어. 어차피 혜란 씨가 도장 접으라고 했다며? 그런데 나중에 가서 유명해지고 팔자 바뀌었다고 다시 하라 그러면 안 되지~ 그렇지 않냐?"

"……너를 제외한 그 누구에게도 말하지도, 전하지도 않으마. 이것이 네가 바라는 것이 맞나?"

"충분해요."

확답 이후로 우리의 대화는 급물살을 타고 진행됐다.

그의 가족생활이 침해되지 않는 것과 더불어 월 수익 500을 보장해 주기로 약속했다. 긴 대화와 다양한 합의 끝에 서로 웃으며 집으로 돌아갈 수 있었다.

10일.

그 안에 성륜의 정체를 알 수 있기를 기대한다.

❉　　　❉　　　❉

이용택 관장의 게임 접속일은 이틀 뒤.

최고가의 캡슐을 주문하고 도착하는 데 걸리는 시간이기도 하다. 나야 돈만 제공했을 뿐 명의는 이용택 관장에게로 되어 있었다.

'이틀.'

미행하며 보낸 지난 몇 달보다 더욱 값진 며칠이 될 수 있을 것이다.

여느 때와 같이 접속한 나는 잠시 오른손의 성흔을 잠시 바라보았다. 마치 기생하는 괴물 같게 느껴졌다. 경황 중이라 넘어가긴 했지만 내 몸임에도 꿈틀거렸던 것을 떠올리면 적잖게 모골이 송연했다.

'……좋은 단서니까.'

억지로나마 좋게 생각하기로 했다. 게임 속에서도 단서를 접하게 되면 그 정도의 격한 움직임을 보인다는 확신을 주었지 않는가.

웃자, 웃도록 하자.

그리 결론짓고 나는 걸음을 재촉했다.

계획했던 대로 오늘은 마을을 벗어나 볼 생각이다.

갈렌 마을은 란티놀 제국의 변방에 자리한 작은 마을.

황도와 대도시로 가기 위해서는 서쪽으로 가면 된다.

'홈페이지에 공짜 지도가 올라왔으려나?'

기대를 조금 품고 위쪽에 새로운 창을 불러 new century 홈페이지에 접속했다.

Z&F 로고에 이어 new century라는 글자가 스쳐 지나 갔다. 이후 창 하나 가득 노을빛이 물들며 다양한 게시판이 떠올랐다. 국가, 지도, 몬스터, 아이템, 스킬 등등 체계적이 며 세부적으로 분류된 수많은 게시판.

그러나 막상 클릭하여 들어가면 어떤 정보도 올라와 있지 않았다.

아아, 정정한다. 안내 메시지는 있었으니까.

[여러분의 지식을 new century의 역사에 남겨 주세요. 공헌하시는 만큼 보상을 얻게 됩니다.]

라고 말이다.

'하여간 불친절하다니까.'

텅 빈 게시판.

이거 보고 정말 말이 많았다. 건의 게시판을 들어가면 '이 게 뭐하자는 거냐.' '운영 이따위로 할 거냐.' 하는 막말에서 부터 별의별 이야기가 다 나오는 상황이다.

하지만 Z&F는 꿈쩍도 않을뿐더러 저 방침을 계속 유지하 고 있었다.

아직 눈치챈 사람은 없었다. 정보는 회사가 공개하는 것이 아니라 게이머가 밝혀 나간다는 취지라는 것을.

'정보 등록이라는 것의 가치를 아는 이도 없고.'

차트만 있고 여백만 보이고 있는 텅 빈 홈페이지.

각각의 항목을 채울지 말지는 플레이어의 자유였다. 그러 건 말건 new century를 즐기는 데에는 아무런 관계도 없 었으니 말이다.

게다가 공식 홈페이지에 정보를 등록하는 과정은 꽤 번거로웠다. 주관적인 생각을 올려서도 안 된다. 그냥 '정보를 올립니다.' 하고 파일을 주르륵 올리는 것도 허용치 않는다. 정해진 양식과 항목을 잘 지켜서 세세한 정보를 자신이 직접 녹음하고 사용의 예, 용법 등을 올려야 했다. 마치 백과사전에서 분류하고 예제까지 제시하는 것처럼 말이다.

여기에 전제 조건으로 '직접 플레이한 것들'만을 인정한다.

이쯤 되면 번거로운 것을 넘어 짜증까지 날 요구사항이 분명했다.

그 때문에 대다수 게이머는 '그저 그런가 보다.' 하며 지내고 있었다. 이들의 정보 공유의 창은 동호회나 무료, 유료 카페 등이었다.

그러나 이러한 인식은 두 달 뒤에 40대 여성에 의해 바뀌게 된다.

'이름이 크리스티였었지?'

뉴질랜드의 평범한 가정주부였던 그녀는 자신의 딸이 게임에서 사기를 당하게 되자, 홧김에 게임을 하고 딸을 위해 정보를 모으게 된다. 그리고 아예 부실한 게시판에 일침을 가할 요량으로 모은 정보들을 체계적으로 정리, new century의 홈페이지에 올린다.

같은 피해자가 생기지 않기를 바라는 마음으로 올린 그녀.

이는 홈페이지에 정식으로 등록된다. 아울러 그녀는 모든 일에 있어 최초의 게이머에게 부여되는 선구자의 칭호와

Z&F로부터 다달이 보상을 받게 된다.

마치 저작권과도 같은 개념이 적용되어 이용자가 정보를 클릭하는 만큼 돈으로 환산되어 지급되는 것이다.

그다음?

'인생역전.'

그녀의 남편은 직장 그만뒀다고 한다. 그리고 부부는 물론 가족까지 모조리 게임을 하면서 잘 산다고 했다.

'얼마나 부러웠던지.'

물론, 크리스티 부부가 이번에도 인생역전을 할 수는 없을 것이다.

태진이가 있으니까. 나야 현실에서 돈을 벌어들이지만, 녀석은 '게임 정보'들을 쫓아 재테크를 할 것이 눈에 선했다.

하여간, 이러한 이유로 공식 홈페이지는 깜깜무소식인 상태.

공짜 지도는 괜한 기대인 듯하다.

나는 대략 가늠해서 걷기로 했다.

✖   ✖   ✖

밝아지는 지도의 중심에 내가 흰 빛으로 반짝였다.

몬스터는 붉은색. NPC는 파란색.

선공을 않는 몬스터는 녹색이다.

현실감보다는 게임성이 강조되는 이러한 기능은 역시 1%의 효과였다.

'어떻게 사냥해야 할까? 어떻게 성장해야 할까?'

　발아래의 길만 보면 되는 까닭에 나는 오른쪽에 스킬창을 열어 보았다.

　다행인지 불행인지 혈력과 기력으로 사용하는 스킬에는 소모성 기술이 없었다.

　즉, 혈력이나 기력은 있어 봐야 무용지물이라는 의미다.

　'그렇다면.'

　나는 모두 고통의 희열을 사용해 숙련도로 전환했다.

　그렇게 생긴 포인트는 모두 300.

　'숙련도 레벨이 1에서 2로 오르는 데 필요한 양은 100.'

　내가 익힌 스킬의 수는 스킬 레벨업이 필요 없는 야영과 고통의 희열을 제외하고 12개다. 공평하게 나누면 각각 25%의 숙련도가 오른다.

　하지만 당장 필요한 것은 전투와 관련된 스킬이니, 나는 300의 숙련도를 모두 세 가지 스킬에 집중시켰다.

혈력 집중 : passive(Lv2 0.00/200.00%)

지닌바 혈력으로 신체를 강화한다.

효과 : 힘4 상승

직업 효과 : 힘10 추가 상승. 체력 20% 미만 시 공격력 7%. 공격속도 7% 증가

습득 조건 : 혈력1

전사의 본능 : passive(Lv2 0.00/200.00%)

빈틈을 감각적으로 감지한다.

효과 : 적중률4 상승

직업 효과 : 적중률5 추가 상승. 체력 10% 미만 시 공격력 12% 증가

습득 조건 : 혈력1

전사의 육체 : passive(Lv2 0.00/200.00%)

두드려 강해지는 강철과도 같이 전사의 몸은 고통에 굴하지 않는다.

효과 : 2%의 물리적 피해를 감소한다.

직업 효과 : 피해10 감소

Lv10 상승 시 신장 1cm 증가.

습득 조건 : 혈력1

스킬 레벨업의 필요 경험치는 +100의 비율로 늘어난다. 300의 숙련도로 한 가지를 높이면 스킬 레벨이 3이 될 뿐이지만 3가지로 분산시키면 모두 레벨2가 되니 훨씬 효율적이리라.

그렇게 스킬을 재정비하고 10여 분을 걸었을 무렵.

지도에 붉은색이 보였다.

'들개.'

그것도 네 마리나 된다. 가만히 마주하자 간단한 정보가 위에 생겼다.

[들개 : Lv5 : 체력 140]

현재 내 레벨이 5이며 스킬 가중치를 더하면 힘이 33. 체력은 165가 된다.

'4마리와 싸운다면?'

내 싸움은 피하고 때리는 것이 아닌 맞고 때리는 것이니 답은 금방 나왔다.

죽었다.

"마을행이군."

별반 돌아다니지도 못했는데 재시작이라니, 웃기는 노릇이다.

이번에 돌아가면 평범하게 돈을 번 뒤 체력 포션이나 약초라도 꼭 사야겠다. 아니면 차근차근 레벨업을 하든가 말이다.

"와라."

몽둥이를 양손으로 쥐었다.

컹컹!

들개들 역시 마주 달려들었다. 시차를 두고 달려드는 것을 보고 나는 힘껏 오른쪽 어깨 뒤로 몽둥이를 넘겼다. 야구 배트를 휘둘러 공을 치듯, 첫 번째 들개의 머리를 풀 스윙하여 때렸다.

퍼억!

매섭게 머리를 두드리고 난 몽둥이가 왼손으로 옮겨진다.

깔끔한 타격. 사실 동선으로 따지면 다른 들개도 공격할 수 있는 넓은 범위의 휘두름이었지만 역시나 1% 체감도다. 한 번의 동작에 한 마리만 때릴 수 있었다.

그다음

"쇼크 웨이브."

비어 있는 오른손을 뻗으며 다음의 들개에게 스킬을 사용
했다.

마력2를 사용하는 유일한 나의 액티브 스킬.

퉁—!

손 앞의 대기가 일그러지고 무형의 파동이 들개를 밀어냈
다. 3m를 밀려나는 들개.

그러나 스킬 설명대로 들개는 '아무런 손해도 입지' 않았
다.

들어오는 순간을 노려 정확하게 풀스윙했음에도 불구하고
들개는 나가떨어짐과 동시에 달려들 따름이다.

[들개에게 공격당했습니다.]

애써 피하고 때리고자 할 필요가 없었다. 나는 사방에서 달
려드는 들개에 대해 방어하지 않았다. 그러자 목과 팔, 다리
가 물리고 들개는 자신의 머리를 흔들었다.

['전사의 육체'로 인해 피해10이 감소합니다.]

메시지가 떠오르며 체력이 단숨에 20이 하락했다.

'한 방에 40짜리였으면 30의 손상이었겠어.'

다소 견딜 만한 손해였으나 중요한 것은 4마리라는 사실.

단숨에 80의 체력이 감소했다.

나는 토끼를 잡듯이 들개 한 마리의 목덜미를 오른손으로
쥐었다. 이어 왼손으로 몽둥이를 들고 대충, 기계적으로 들개
의 머리를 두드렸다. 무미건조하며 기계적인 내 스타일의 싸
움이다.

획! 퍽!

획! 퍽!

덤덤하게 몽둥이를 휘둘렀다.

풀스윙하건 약하게 휘두르건 나의 공격력은 같으니 관계가 없다. 마찬가지로 들개가 움직이자 내 몸이 둔감하게 흔들린다.

그리고

깨갱!

들개가 죽어 버렸다.

"벌써?"

손아귀를 빠져나가는 들개를 보며 나는 내 체력을 보았다. 남아 있는 체력은 120이다.

······이상하다. 죽어야 하는 건 난데 어떻게 사냥에 성공한 걸까?

'운이 좋았나?'

이해할 수 없지만 남은 들개는 3마리가 됐다. 나는 죽어서 마을에 가기 전까지 하던 사냥을 마저 하기로 했다.

그렇게 몽둥이를 휘두르고 반짝이는 아이템을 거둬들일 때였다.

– 꿀꺽!

누군가 음식을 크게 삼키는 소리가 났다. 귓가에서 들리는 꿀꺽 삼켜 대는 소리. 그리고 바닥에 가까웠던 내 체력이 165까지, 가득 차오르는 것이 아닌가.

들개의 주검은 진공청소기에 빨려 들어간 종잇조각처럼 순식간에 증발해 버렸다.

차오르는 체력과 마력.

맛있다는 듯 꿀꺽꿀꺽 삼켜 대는 소리.

'설마.'

나는 꿈 꾸듯 몽롱한 정신을 애써 다잡으며 사냥에 '집중'해 보았다.

앞서와 같은 상황을 만들었다.

들개의 목덜미를 쥐고 손을 들어 놈을 후려친다. 그리고 상태창과 들개의 체력을 유심히 관찰했다.

크르릉!

들고 있는 녀석이 나를 꽉 물었다.

줄어드는 체력 20.

'여기까지는 정상.'

좌우에 있던 다른 두 마리가 나를 공격했다. 그 순간, 기현상이 일어났다. 갑자기 내가 움켜쥔 들개의 체력 80이 확 줄었던 것이다.

아울러 내 몽둥이가 들개를 때릴 때마다 들개에게서 7의 체력이 줄어들고 내 체력이 7만큼 차오른다!

─ 츄릅.

빨아 먹는 소리에 이어.

깨갱!

세 번의 공격이 오감과 동시에 죽어 버리는 들개였다. 역시나 아이템을 움켜쥐자 꿀꺽이는 소리와 함께 들개의 주검이 증발하고 체력이 차올랐다.

"쇼크 웨이브."

한 마리를 날려 버린 후 다른 한 마리를 붙들었다. 그러자 붙잡힌 녀석은 내게 맞아 죽었고 나를 공격하던 들개는 꼬리를 말고 저만치 도망쳐 버렸다.

'허허……'

심호흡한 나는 아이템을 수습하기 위해 쥐었던 왼손을 조심스럽게 펼쳤다. 곧 손이 들개의 몸을 스쳐 가며 고기와 10 펜실이 보관함으로 들어온다.

이번에는 오른손으로 시신을 훑었다.

그리고 볼 수 있었다.

일그러진 성륜에서 날카로운 이빨이 철컥이며 움직이는 모습을. 마치 진공청소기와도 같이 시신을 빨아들여 씹어 삼키는 것을 말이다.

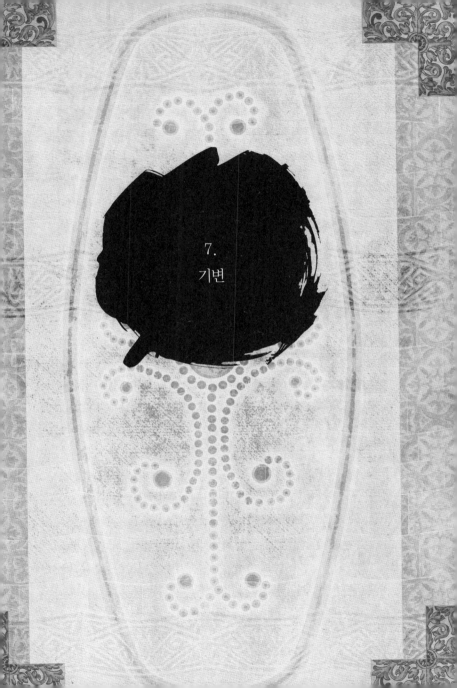

7.

기변

상태창을 열어 지켜보았다. 체력은 물론, 마력과 공복도까지 회복되고 있었다. 그렇게 복구된 후 살아 움직이던 성륜이 멈추며 다시 문신으로 멎어 버렸다.

꽈악.

주먹을 쥐었다 펴며 생각을 정리했다.

일찍부터 조짐은 있었을 것이다. 다만 내 체감도가 너무도 낮아서 느끼지 못했으리라 생각된다. 뭐, 이제부터라도 알아가면 될 일이지만, 과연 타인이 본다면 어떻게 생각할까.

'다른 게이머들한테 들키면 곤란해.'

나는 주위를 둘러보았다. 아무도 없음을 새삼 확인한 뒤 다시금 걸었다. 이어, 조용히 다섯 마리의 들개를 더 사냥했다. 내가 본 것이 착각인지 등등을 재삼 확인하는 것이다.

그 결과, 발동 조건은 오른손과 상대의 접촉이라는 것을 알았다.

'성륜의 효과가 대단하구나.'

첫 번째 능력은 내가 입은 피해를 잡고 있는 상대에게 옮기는 것이었다. 그 덕에 포위 공격을 당한 상황에서 빠른 속도로 들개들을 죽일 수 있었다.

두 번째 능력은 공격력만큼의 체력 흡수.

마침 두 마리의 들개가 보이자 한 마리는 쇼크 웨이브로 날리고 다른 한 마리는 목덜미를 쥐었다.

공격을 당할 때마다 20씩 떨어지는 나의 체력.

여기에 몽둥이를 휘두르면.

깽!?

들개의 체력이 줄어들자 개 짖는 소리 사이로. 아주 작은 이질적인 느낌과 괴이한 소리가 들렸다. 둔감한 느낌이지만 오른손이 꽉 조여들면서 '츄릅!' 하고 빨아 먹는 소리였다. 그리고 내 체력이 7만큼 차올랐다.

소리에 집중하고 있을 즈음, 밀려났던 들개가 다가와 나를 물었다. 곧 내 체력이 줄어드는 대신 쥐고 있는 들개가 급속도로 죽어 갔다. 그렇게 손쉽게 죽이고 남은 한 마리가 도망치지 못하게 움켜쥐었다.

"거참."

피로 물든 손 중심으로 새빨간 들개의 피가 쑥 빨려 들어가더니 이내 처음의 문신으로 변하고 만다.

꿈틀거리며 철컥철컥 움직이는 성륜.

슬쩍 손을 떼려 하자 마치 빨판으로 살점을 움켜쥔 것과도 같이 들개의 가죽이 쭉 따라 올라왔다. 일그러진 성륜이 꽉 움켜쥐고 있는 모습이었다.

끼잉…… 끼잉…….

겁먹어 도망치려는 들개 때문에 살점이 점점 늘어났다.

들개의 비명이 더욱 커졌다. 딱히 들개가 죽어 가는 것은 아니었지만, 고통은 전해지는 듯했다. 그렇게 줄다리기 아닌 줄다리기를 하던 내가 작정하고 쭉 잡아당겼다. 곧 저항감이 느껴지다가 손바닥이 떼어졌다.

들개가 쏜살같이 줄행랑을 쳤다.

'이제 마지막 테스트다.'

이놈이 나도 공격할까? 내게 피해를 준다면 어느 정도일까?

나는 살아 움직이며 입을 오므렸다 펴는 성륜을 왼팔에 대었다.

두 눈을 질끈 감았는데.

"……휘유."

성륜은 곧 활동을 멈추어 움직이지 않았다. 나의 체력이 줄어들거나 하는 일은 없었다. 최소한 적아(敵我)는 가리는 셈이다.

다행이다.

'마을에서 NPC를 잡고도 아무런 반응이 없던 걸 보면 NPC 역시 관계가 없다는 거겠지. 반면에 토끼한테는 효과가 있고.'

이로 미루어 보면 '적'으로 규정된 녀석들에게만 효과가 있다는 뜻이 된다.

나는 죽은 들개의 아이템을 수습하려 오른손을 움직였다.

– 꿀꺽!

과도한 목 넘김. 시체를 한 번에 삼키는 그 소리가 들렸다. 세 번째의 효과.

시체를 먹어 차오르는 체력과 마력을 회복시킨다.

'처음 들었던 때가 토끼를 잡았던 때였지, 아마.'

아마 그때는 레벨업을 한 직후라 이 변화를 발견하지 못했던 것 같다. 지켜보던 빈센트까지도 말이다.

일그러진 성륜의 힘.

피해를 다른 이에게 전하고 공격력만큼의 체력을 빼앗으며 시체를 삼켜 완전 회복을 만든다.

철컥이는 이빨로 흡혈귀처럼 피를 빨아 대는 성륜은 성스러움은커녕 밝은 느낌조차 아예 없었다. 과연 이것이 본래 성륜의 기능일지, 아니면 변형된 탓에 생겨 버린 돌연변이 기능일지 나는 알 수 없었다.

그러나 확실한 것은 성륜의 힘이 new century의 세계에서 버그라 표현해도 될 만한 영역에 속해 있다는 사실이다.

'지나치게 불공평하며 밸런스를 무너뜨릴 정도.'

게임에 대해 잘 모르는 나만 해도 충분히 악용할 방법이 떠올랐다. 내 체력을 단숨에 날려 버릴 수 있는 고레벨의 몬스터라면 힘들지만, 그렇지 않은 몬스터를 사냥할 경우 나는 말 그대로 쓸어버릴 수 있게 된다. 소수보다는 외려 다수가 좋다.

받은 피해를 그대로 전달하면 되니까.

뒤처진 레벨 따위 마음만 먹으면 금방 따라잡을 수 있었다. 태진이가 아무리 퀘스트를 줄줄이 꿰차고 있어도, 스킬에 대해 훤히 알아 효과를 극대화한다 할지라도 관계없다.

사냥의 효율 그 자체가 다르니까.

돈을 벌기 역시 쉽다. 물약을 쓸 이유가 없는 나다. 지출이 없는 상태에서 나오는 부산물을 상점에 팔아넘기면 넘치도록 벌 수 있을 것이다.

그러니.

'들키지 않게 조심하자.'

걸렸다가는 큰일이 날 테니까.

연이은 사냥으로 또다시 레벨업!

능력치를 분배하고 더 걷자 이번에는 늑대 무리가 달려들었다.

7레벨의 몬스터이고 6마리씩이나 되었지만, 왼손으로 적절하게 체력을 채워 주고 오른손으로 피해를 전가해 죽였다. 그런 뒤 시신을 흡수하면서 피해를 줄일 겸 쇼크 웨이브로 늑대를 날려 버렸다.

"아주 편해졌어."

더욱 많은 수에다 높은 경험치 탓일까. 나는 쉽사리 7레벨로 오를 수 있었다. 이를 분배하자 스킬 가중치와 더불어 능력치가 증가했다. 이로써 얻은 혈력과 기력이 각기 1이다. 나는 이를 고통의 희열 스킬로 소멸시킨 뒤 도둑의 시야에 집중시켰다.

[스킬 레벨 상승!]

[인식 범위 2% -〉 4% 증가.]

지도에서 눈을 떼지 않으며 계속 걸음을 이어 나갔다.

'들키지 않는 것이 최우선이니까.'

몬스터는 더는 위협이 되지 않았다. 내가 조심해야 할 것은 사람이다.

'그러고 보니 성륜이란 게 나만 있는 게 아니었었지.'

현실에서는 태진이에게 무기력하게 당했던 그들의 성륜이 new century에서 이렇게 각성한다면, 나로선 예상하기 힘든 일들이 게임 속에서 펼쳐질 성싶었다.

'태진이가 랭커로 명성을 날리던 때에도 이러한 성륜의 소유자들이 있었을까? 그랬다면 Z&F는 어떤 식으로 그들을 관리했을까?'

생각이 꼬리에 꼬리를 물고 이어져 갔다. 딱히 나오는 답이 없는 상황.

정보가 부족한 까닭이다.

'괜찮아. 급할 건 없어.'

스스로 다독였다.

시간은 내 편이다.

※　　　　※　　　　※

[기상 시간입니다.]

새벽 5시.

쪽지창이 반짝였다. 나는 반복되던 사냥을 접고 new century의 접속을 종료했다.

몽롱하던 정신이 점차 돌아오고 감각이 서서히 일깨워진다.

몸이 누워 있음을 자각하는 순간, 나는 선글라스를 벗고 센서를 떼어 냈다.

"후우."

그제야 비로소 실감이 된다.

몽롱하기만 한 게임 속에서는 와 닿지 않은 변화, 그리고 단서들에 대해.

쫘악.

움켜쥔 주먹에 힘이 들어갔다.

나는 찬물을 받아 세안한 뒤 거울을 보았다. 이어 오른손을 거울에 비추어 보았다.

몇 달째 본 터라 이제는 익숙하기만 한 문신.

한 몸이 되어 생활해 온 움직임 없던 이 일그러진 성륜과 드디어 접촉했다. 예상대로 성륜은 new century와 밀접한 연관이 있었다.

그렇다면 현실에선 어떨까?

세안을 마치고 옷을 입었다.

"진짜 하기 싫은데……."

거울을 보며 숨을 푹푹 내쉬다가 이내 눈을 질끈 감았다.

"제길!"

이를 악물고 과도로 왼손을 찔러 상처를 헤집었다.

조금은 큰 상처. 피가 뚝뚝이 아니라 줄줄 흐른다. 붕대로 감싼 뒤 심장보다 높게 들어 꽉 누른 채로 기다렸다. 피가 더 배어 나와 붕대를 붉게 만들자 그 위로 더 감싸고 다시 압박한다.

그렇게 10여 분이 지나 얼추 지혈되었다. 나는 그대로 밖으로 나갔다. 그리고 대상을 포착하는 순간, 달려 나갔다.

야옹!

느긋하게 하품하며 지나던 고양이가 깜짝 놀라서 도망했다. 그 뒤를 전력을 다해 쫓기 시작했다.

산동네의 또 다른 표현은 재개발지역이며 판자촌이다.

하나둘 사람이 모여들어 뜯어고치고 거하며 만들어진 거주지. 그러한 탓에 빈틈이 많으며 버려진 곳 역시 있었다. 자재가 쌓여 있고 나무가 군데군데 자란다.

지금 내가 사는 집 역시 지붕과 천장 위로 쥐가 돌아다니고 이를 잡는 고양이가 움직이곤 했다. 홀몸노인 댁에 방문하여 청소를 도울 때면 장롱 밑이나 부엌에 돌아다니는 바퀴벌레 역시 흔하게 볼 수 있었다.

캬옹!

위기를 느꼈는지 고양이가 더욱 날카롭게 울었다.

'왜 이렇게 빨라!'

나 역시 사력을 다해 몸을 날렸다.

산동네에는 주인 없는 개나 고양이가 많이 있었다. 애완용으로 기르다 버려진 개와 고양이, 혹은 쥐를 잡으려고 일부러 풀어놓은 고양이 등이 있었다. 그리고 사람들은 대부분 이를 방관한다.

골목 사이에서 주춤하다 내 다리 사이를 빠져 다시 뒤로 도망치는 고양이. 태클하듯 발을 뻗자 살짝 닿았다.

"요놈!"

손을 뻗었다.

쏙 빠져나가는 고양이.

간발에 차로 놓쳤다. 나만큼이나 저 녀석도 필사적이다.

나는 피부가 긁히는 것을 감수하며 손을 뻗었다. 그리고 비로소 움켜쥐었다.

카아옹!

붙잡힌 고양이가 버둥거렸다. 발톱에 긁히고 이빨에 물리고, 아주 난리가 났다.

나는 쓰라림에 짜증이 버럭 일어 고양이를 그대로 벽에 던져 버렸다.

캥!

좀 불쌍하긴 하지만 작정하고 벌인 일.

이리 비틀, 저리 비틀거리는 고양이를 걷어찼다. 붙들고 연속적으로 주먹으로 후려치기까지 했다.

충격을 입히고 내가 회복되는지를 확인해야 하기에 어쩔 수 없었다.

"미안하다만, 나도 살려면 어쩔 수 없다."

무자비한 폭행을 하는 나 역시도 마음이 편치만은 않았다. 나는 쿵쾅거리는 심장을 가라앉히려 노력했다.

그렇게 위선을 떤 나는 조심히, 아주 조심히 쥐었던 왼손을 펼쳤다.

입힌 손해만큼 회복되었는가?

왼손의 상처는

"크윽!"

그대로였다. 여전히 아팠다.

'다행인지 불행인지.'

외려 꽉 쥔 탓인지 더 피가 나오고 있다. 나는 아직 죽지는 않은 고양이를 놓고는 목장갑으로 핏기를 닦아 보았다. 상처가 조금이라도 아물었는지 아닌지를 확인하기 위해.

정말이지 통증은 적응이 안 된다.

"씨펄!"

상처는 역시나 그대로였다.

만일 게임에서처럼 체력을 흡수할 수 있었다면, 하다못해 흐르는 피라도 멈추거나 조금이라도 통증이 완화되어야 한다. 그러나 전혀 변화가 없었던 것이다.

천만다행이었다.

쥐고 있던 고양이를 놓아주니 풀썩 쓰러진다. 내가 저만큼 멀어지자 바들바들 떨며 도망쳐 사라졌다.

이로써 험난했던 1차 테스트가 끝났다.

나는 남은 실험을 위해 자리를 옮겼다.

2차 테스트는 시체를 흡수하는지를 확인하는 것.

'어쩐다…… 아!'

고양이를 때려죽일 수도 없고, 하며 고민하던 나는 뒤늦게 자신을 자책했다.

맞다. 이토록 힘들게 할 것 없이 진작 시장으로 갔으면 쉬운 일이 아니던가.

'너무 서둘렀었어.'

도로변으로 나가 택시를 잡았다. 그리고 횟집으로 가 살아있는 낙지와 활어 따위를 산 뒤 돌아오며 시험해 보았다.

"……."

오늘은 해물탕을 먹어야겠다.

　　　　✕　　　　✕　　　　✕

－ 성륜은 현실에서 반응하지 않는다.

고양이 추격부터 고등어 살해에 이르기까지 웃지 못할 촌극 끝에 얻은 결론이었다.

난리법석을 떨긴 했지만, 마음만큼은 가볍기 그지없었다. 만약 이게 현실에서 먹혔다면 그야말로 상상 이상의 일이 일어나지 않겠는가.

성륜을 지닌 자가 게임에서 급속도의 성장을 이룬다. 그리고 그 성장이 현실에서 적용되어 초인에 가까운 능력을 발휘하게 된다면 실로 영화 같은 일이 현실이 되어 버린다.

가상과 현실의 구분이 없어진다는 것. 그것은 내게 있어 혼돈 그 자체였다.

"어이! 탈 거요, 말 거요?"

"아, 네."

버스 정류장에 애매하게 서 있던 나는 버스 기사의 재촉에 올라 좌석에 앉았다. 급한 마음에 택시를 타고 시장에 갔었지만 올 때는 여유도 생겼고 급할 것도 없어 버스를 기다린 것이다.

스쳐 가는 풍경을 따라 상념을 흘려보냈다.

뜨는 햇살 사이로 조각구름이 느릿느릿 흐르고 있었다.

❈   ❈   ❈

산동네 앞 정거장에 내리자 나를 부르는 이가 있었다.

"아침 일찍 시장에 다녀오는 길이니?"

매일 아침마다 길목을 청소하는 장필모 목사였다.

"네, 갑자기 해산물이 먹고 싶어서요."

"그런데 조금 많아 보이는구나."

나는 짐짓 넉살을 떨었다.

"제가 요리를 못하잖아요. 사모님한테 선물로 드리고 얻어먹으려구요."

"하하. 그러자꾸나. 그럼, 지금 먹을까?"

아직 6시 40분경. 다른 가정이라면 이제 일어날 시간이었지만 두 목사 내외는 한창 아침 준비를 시작할 무렵이었다. 새벽 5시에 조촐하게 새벽 예배를 드리는 탓이다.

하지만 그렇다고 쳐도 이 시각에 들어가는 것은 예의가 아니다.

"아뇨, 아침부터 너무 든든한 것도 별로죠. 이따가 저녁때 얻어먹으러 가겠습니다."

고개를 끄덕인 장필모 목사가 조심스럽게 말했다.

"그런데 상현아, 아무래도 네 이야기를 춘남 형제가 들은 것 같더구나."

주의한다고 했는데 어느덧 소문이 돌기 시작한 모양이다. 역시, 사람 모이는 곳에서 비밀이 유지되기는 힘든가 보다.

"새터민 이춘남 씨요?"

그가 고개를 끄덕였다.

언론화되지만 않았을 뿐이지 현재도 꾸준히 탈북자가 입국하고 있었다. 그 역시 많은 탈북자 중의 하나였다.

"목사님 생각은 어떠신데요?"

낯모르는 사람이 나를 찾을 때에는 단 하나.

돈이 필요할 때뿐이다.

나름의 절박한 사정으로 무장한 채 나를 찾을 터.

"춘남 형제가 아직 정착한 지 2달뿐이 되지 않았거든. 사람 자체가 순박하고 아직 때가 덜 묻었으니 네가 기회를 주었으면 싶구나."

대충 어떤 사연인지 알 만했다. 내가 듣기로 춘남 씨는 정착금으로 1,900만 원을 지원받았다 한다. 이 중 1,300만 원은 주택마련에 쓰였고 나머지 600만 원은 나누어 지급된다.

이후 안정적인 직장을 얻을 때까지 정부에서 다달이 지급하는 금액은 40만 원.

훗날이면 모를까, 당장은 돈이 부족할 리 없는 것이다. 그럼에도 돈이 필요하다는 것은 하나뿐이다.

씀씀이가 헤퍼서 분에 맞지 않는 사치를 부리는 경우.

"글쎄요."

실제로 많은 새터민이 그렇게 돈을 쓰고 있었다.

고생고생하며 건너온 만큼 보상받아야 한다는 기이한 심리가 소비욕으로 작용한 탓이다.

그러나 그런 경우라면 나를 잘 아는 장필모 목사가 이렇게 말을 걸어올 리 만무하다.

과소비가 아니라면 남는 추측은 하나.

"가족을 구하는 데 돈이 필요한 거군요. 중국 브로커인가요?"

"딸을 구하는 데 필요하다더구나."

강을 건너고 말도 통하지 않는 타지에서 온갖 고생을 하며 북한을 탈출한다. 그러나 그 와중에 아들이나 딸을, 혹은 아내를 두고 오는 경우가 허다하다. 브로커는 연락이 끊긴 그들을 정착한 가족과 연결해 준다. 당연히 지급해야 할 보수는 상당하다.

"굳이 도울 필요가 있을까요?"

들고 있는 봉투를 들여놓은 뒤 거실에 앉았다.

장필모 목사 역시 마주 앉아서 말을 이었다.

"너도 알다시피 새터민 식구들이 절대로 나쁜 사람들은 아니란다. 다만 자본주의와 맞지 않고 또 우리가 그들을 제대로 이끌지 못하고 나쁜 물을 들였을 따름이지."

"선택은 본인의 몫이지요."

교육을 받고 정착금과 함께 사회로 나온 그들은 나름대로 노력하지만, 쉽사리 적응하지 못한다. 자격증이나 특별한 재주가 없는 것은 당연한 사실. 결국, 할 수 있는 일은 시간제 근로나 일용직, 비정규직이 된다.

여기에 꼬박꼬박 나오는 지원금이 사람을 애매하게 만든다. 어설프게나마 직장을 얻고 통장을 개설하는 등의 활동을 할라치면 지원금이 뚝 끊겨 버리니, 차라리 한량처럼 일하며 한 몸 건사하며 지내는 삶을 대다수가 택하게 되어 버린다.

그리고 그러한 사람들은 땀 흘려 돈을 버는 정공법이 아닌 사회적인 허점을 노리는 편법을 익히게 된다.

'보험사기.'

사회 체계가 전혀 다른 곳에서 살던 사람들이 탈북자다. 그렇게 아직 돈에 대한 개념이 잡히지 않은 상태에서 정착금 덕에 애매하게 돈이 있는 실정이 되면 은근슬쩍 보험 설계사가 다가온다. 그리고 네댓 개의 보험을 들게 한 뒤, 석 달 뒤 않아누우면 수백만 원을 챙길 수 있다고 종용한다.

탈북하면서 힘든 일을 겪은 그들이다. 알게 모르게 골병이 든 상태이니 이를 이용하여 받아 챙기는 방법을 일러 주는 거다. 그래서 일자리도 없지만, 보험만큼은 4개 이상인 새터민을 나는 자주 여럿 보았다. 먹고살 돈을 빌려 달라면서 보험금으로 몇 십만 원씩 내는 이들을 말이다.

더 재미있는 건.

'그 보험설계사들이 수년 전의 탈북자라는 사실이지.'

동향 사람이 다가와 '남한 사람들 믿지 말라우.' 그러며 친분을 과시하고, 그럴듯하게 한몫 챙기는 방법을 설명한다.

사실 이쯤 되면 대다수가 넘어가는 것이 사실이다. 탈북자의 심정을 가장 잘 이해할 거라는 믿음하에.

……한심한 일이다.

"저는 생각 없습니다."

단칼에 거절하는 내게 장필모 목사가 말했다.

"조건을 거는 건 어떻겠니?"

"무슨 조건인데요?"

"보험은 하나만 놓아두고 모조리 해약하게 한 뒤 강 소장님께 부탁해 배달사원으로 써 달라고 말할 참이란다. 돈은 우유 배달 월급에서 차감하는 방법으로 말이지."

수고로운 방법이 아닐 수 없었다. 만일 그가 일을 제대로 하지 않고 외려 보급소에 손해를 끼치게 된다면 그를 소개한 장필모 목사와 강 소장의 관계도 어색해질 우려가 있기도 했다.

그러나 남을 돕는다는 것, 이것은 이해는 할지언정 내가 걷지 못하는 길이다.

나는 나 하나 살자고 멀쩡한 고양이를 괴롭히기를 망설이지 않는 놈이다. 반면, 장필모 목사는 쓰러진 사람을 일으켜 부축하고 길까지 안내해 주는 격이니 이 좋은 사람에게 이 정도 선물을 못 하겠는가.

"차용증 대상은 목사님인 거 아시죠?"

"암."

"알겠습니다."

그리고 일어날 때였다.

반짝.

우연하게 들어온 햇살 탓일까, 열린 문 사이로 교회 한편에서 반짝이는 것이 보였다. 일순, 바퀴의 형태로 반짝이는 빛.

나는 홀린 듯이 안으로 걸어갔다.

손가락 두 마디 크기의 나무 십자가. 중앙에 새겨진 둥근 형태가 빙글빙글 도는 것 같은 착각이 든다. 가만히 이를 보고 있노라니 장필모 목사가 말해 주었다.

"그 목걸이 재미있지 않니? 안에 있는 바퀴가 도는 것 같은 착시효과를 주더구나."

"그러네요."

손에 쥐고 이리저리 돌리며 확인했다. 오른손은 아무런 반응이 없었다.

그러나 간과하기에는 바퀴의 환영이 너무도 또렷하다. 나는 넌지시 물었다.

"이거 누구 것인가요?"

"주인은 없더구나. 골목 청소를 하다가 우연히 주웠으니 말이다. 아이들이 재미있어할 것 같아 닦아 놓은 거거든."

"그냥 길에 떨어져 있었나요?"

그가 고개를 끄덕였다.

이리저리 꼼꼼하게 살피는 나를 보며 장필모 목사가 말했다.

"관심 있는 것 같은데, 가지려무나."

"괜찮으시겠어요?"

"물론. 안 그래도 이번에 성경 퀴즈를 내고 맞힌 사람에게 줄 참이었거든."

"감사합니다."

나는 목걸이를 주머니에 넣으며 인사했다.

�   ✖   ✖

혹시 성륜은 아닐까 싶어서 가져온 목걸이.

나는 바닥에 내려놓았다.

솔직히 반신반의하는 중이었다.

"내 착각일지도 몰라."

하지만 그렇게 간과하고 넘어가기엔 착각으로 보았던 바퀴의 환영이 너무도 인상 깊었다. 나는 나무 십자가를 두고 진실 여부를 확인하는 방법에 대해 곰곰이 생각했다.

우선 떠오르는 방법 하나.

단순 무식하긴 하지만 태진이 앞에 이를 들이미는 것이었다. 녀석의 동선에 슬쩍 물건을 두면 뭐라도 반응을 보일 테니까. 그러나 그가 속해 있는 악마가 낌새를 알 때 어떤 일이 일어날지 모른다는 단점이 있다.

두 번째는 기다리는 것.

아는 사람에게 준 뒤 태진이가 찾아오는지에 대한 여부를 확인하는 방법이 있었다. 또는 비밀 장소에 놓아두고 태진이가 오는지 찾아오는지 감시해도 된다.

그러나 이 방법이 첫 번째보다 좋기는 하지만 단점은 있었다.

언제 찾아올 줄 알고 24시간 감시하겠는가. 더불어 내 눈이 미치지 못하는 곳에서 일이 일어난다면, 잠시 자리를 비운 사이에 마무리된다면 애꿎은 단서만 날리고 헛고생을 할 수도 있었다.

'가만.'

장필모 목사가 진열해 놓았었는데도 불구하고 태진이가 오지 않았다는 건 누군가 직접 소지해야 파악이 된다는 의미일 수도 있을 것이다.

"점점 구체적으로 보인다."

나는 막연하기만 했던 존재들에 대해 감이 잡히는 것을 느꼈다.

이용택 관장의 말을 되뇌어 보자. 그의 말대로 의지가 약한 사람에게 성륜이 작용한다면 장필모 목사가 가지고 있을 때 아무런 효력이 없었다는 사실도 이해가 된다. 그 역시 다른 방법이기는 하지만 자기 뜻을 관철하기 위해 온갖 노력을 다하는 사람이니까.

하면 세 번째 방법이 있다.

"태워 버린다."

가장 안전하지만 '성륜이라는 것이 이런 형태구나.' 하는 단서 외에는 그 무엇도 얻을 수 없는 방법이다. 그러나 이를 사용하거나 들고 게임에 접속할 수 없는 나이기에 최적의 선택일 수도 있었다.

나는 아침에 온 신문을 펼쳤다.

딱딱딱……

가스레인지의 불이 화르르 점화되고 곧 신문이 타올랐다.

그 불꽃은 나무 십자가로 옮겨갔다.

느릿느릿하게 불꽃이 옮겨 붙는다. 그리고 그 뜨거운 재를 식혀 오른손의 장갑을 벗고 마구 만졌다.

지루할 정도로 문대고 만지기를 10분.

나는 마지막으로 흙과 함께 재를 꽉 움켜쥔 뒤 싱크대로 가 물을 틀었다.

검은 물이 뚝뚝 떨어졌다. 비누를 가져와 한 손으로 문대고 씻었다.

아픔에 이를 악물고 박박 문대고 닦은 결과.

변화는?

'……없다.'

긴장이 탁 풀렸다.

일그러진 성륜은 여전히 3개였다.

"아침부터 완전히 생난리네."

어처구니없음에 피식 웃을 때였다.

상처가 나지도 않은 오른손이 욱신욱신 아려 왔다.

밑에서 불룩불룩거리며 튀어나오듯 손바닥의 색이 변하고 있었다. 손 전체가 검게 물드는가 싶더니 길쭉하게 모여들어 문신의 형태를 이루고야 만다.

일그러진 검은 톱니는 본래 있던 성륜들 가운데로 모여 둥글게 말려 바퀴의 형태를 이루었다. 입 속에 또 입이 있는 형국이다.

……아니기를 바랐는데.

"깝깝하구먼."

이럼 골치 아파진다.

⊠ ⊠ ⊠

나는 종이를 꺼내 지금까지의 내용을 간단히 정리했다.

-〈하나〉 악마와 초월자는 대립하고 있다.

잊지 말아야 할 포인트.

그것은 바로

- 그들은 직접 나서지 못하고 있다.

'다음.'

-〈둘〉 그 존재들은 각자의 계약자를 통해 일을 진행하고 있다.

태진이와 성륜의 주인들이 대리자라 하겠다.

-〈셋〉 악마는 회귀를 조건으로 태진이에게 성륜 3개를 없애라고 했다. 그리고 태진이는 제대로 이를 처리했으나 장필모 목사는 성륜 하나를 줍게 된다.

고로.

- 성륜은 최소 3개 이상이라고 예상할 수 있다.

더불어

'특별히 주인이 정해져 있지 않다는 가설도 세울 수 있지.'

일찍이 없앤 3개는 주인이 있는 상태였다는 뜻도 된다. 여기에서 한발 더 나아가면 성륜은 그 자체로서는 힘이 없고 사람을 만나야만 효용성을 얻게 된다는 사실까지도 도출된다.

'이렇게 되면 줍는 놈은 행운아인 건가?'

소심한 사람만 주인의 자격이 있는 성륜. 이를 줍고 new century를 한다면 그야말로 사기성 스킬을 갖고 가상현실 게임을 하는 셈이 된다.

복권 당첨이나 진배없을 것이다.

'……뭔가 유치한 발상이야.'

이토록 허술한 구성일 리가 없으니 내 가설이 잘못됐으리라 생각해 본다. 하지만 다른 정보가 없으니 마땅히 추론할 것도 없었다.

'우선 일단락 짓기로 하자.'

다음!

-<넷> 그들의 대립은 new century 안에서 이루어지고 있다.

근거는 이렇다.

게임 달인이라는 타이틀을 제외하고는 그다지 쓸모없는 태진이를 악마가 선택한 점.

비록 일그러지긴 했지만, 성륜이 new century 속에서 반응을 보였다는 점.

이 두 가지로 미루어 볼 때 가능한 예측이었다.

'마지막.'

쓱쓱.

부드럽게 볼펜이 움직였다.

- <다섯> 이 정보들을 태진이는 이미 알고 있을 것이다.

조각조각을 모아서 전체를 짐작해야 하는 나와는 달리 녀석은 직접 악마와 계약을 맺은 입장이다. 더불어 성륜을 찾아 없앨 정도로 교감하는 바. 이러한 사실에 대해서 알고 있으리라 생각해 본다.

아울러 녀석은 게임 내에서 충분히 최고가 될 준비를 해 놓았으리라 생각한다. 말 그대로 자기 삶이 그 안에 있으니까 필사적일 수밖에 없을 것이다.

"최종 결론은."

꽤 돌긴 했지만, 결론은 처음과 같았다.

– 지금처럼 생활하며 단서를 모으되, 간간이 녀석의 동태를 살핀다.

속 보이는 짓이지만 간간이 전화해 녀석의 안부를 물어야겠다.

✖   ✖   ✖

한 상 거하게 차려진 해물찜을 먹고 돌아온 그날.

세 번째로 접속한 new century의 세계에서 나는 물컹거리는 것을 밟게 되었다.

발이 깊게 빠져들었다.

[진흙에 붙잡혔습니다. 제거 전까지 이동속도와 공격속도가 50% 감소합니다.]

'또 걸렸네.'

지도에도 없다가 갑자기 불쑥 튀어나오는 이것은 진흙 인간이었다. 땅에서 튀어나올 때까지는 보이지도 않다가 그르륵구

륵거리는 소리를 내며 발을 움켜쥐는 몬스터.

레벨12. HP3,000. 공격력은 겨우 1.

심하게 편차가 높은 몬스터다. 그런고로 이 녀석 하나로는 그다지 위협적이지 않다.

대신 굉장히 귀찮을 뿐이다.

서두르지 않으면.

"팀플레이가 시작되니까."

흙더미의 손이 내 발을 붙들고 늘어짐과 동시.

쿠워어!

울부짖음과 함께 거대한 앞발이 내 얼굴을 후려쳤다.

뽀송뽀송한 베개가 얼굴에 닿는 1%의 체감.

[곰에게 공격당했습니다.]

['전사의 육체'로 인해 피해 10이 감소합니다.]

체력이 120이 뚝 떨어진다.

"살벌하군~"

진흙 인간에게 붙들리면 항상 곰이 등장한다. 18레벨짜리 몬스터인지라 앞발로 한 번 휘저을 때마다 공격력은 가히 살인적이다. 나 정도쯤은 두 대만 맞으면 마을행인 셈.

레벨 차이가 너무도 심해 내 공격은 잘 먹히지도 않는다.

그러니 어쩌랴. 남의 손으로 잡을밖에. 여기저기 몬스터가 산적해 있으니 이를 이용한다.

우선 곰을 밀쳐 냈다.

"쇼크 웨이브."

손해는 전혀 없지만 시원스럽게 밀어내는 파동.

곰이 주춤하는 순간, 나는 길을 벗어나 숲으로 들어갔다. 그러자 키득거리며 12마리의 서치가 달려들었다.

서치는 허리쯤 되는 작은 키에 갈색의 피부를 가진 인간형 몬스터다. 얼굴은 쥐의 형태며 조악하지만, 가죽 갑옷과 칼, 방패도 가졌다.

7마리가 흙을 흩뿌렸다. 남은 5마리도 꼬챙이 같은 검으로 쿡쿡 찔러 댔다.

사정없이 내 몸이 흔들렸다.

녀석들의 레벨은 13.

크르르······.

찌직! 찍!

그러나 몬스터들 간에도 종족의 구분이 있는지 서치들은 뒤쪽 곰까지 모두 공격했다.

"됐다."

이제 남은 것은 적당히 움직이며 시간을 보내는 것이다.

※   ※   ※

몬스터끼리 알아서 잘 싸웠다. 내가 하는 일은 오른손으로 진흙 인간을 꽉 쥐고는 슬금슬금 움직이며 서치를 툭툭 때리는 것이 전부.

일반적일 때 사냥 시 입힌 손해의 크기와 사용한 스킬에 따라 경험치를 얻게 된다. 반면, 1% 사용자인 나는 소위 말하는 막타, 죽기 전에 때리는 한 대만 잘 때리면 된다. 물론 파티사냥 때는 나 역시 레벨의 차와 파티 내에서의 활약에 따라 받게 되지만, 지금처럼 파티가 없이 몬스터들 간의 다툼에 끼게 되었을 때는 이렇다는 것이다.

쿠워엉!

곰이 강하긴 하지만 12마리의 수적 우위를 감당하긴 힘들 터. 역시, 곧 사냥당하고 말았다. 그러나 곰의 분투 덕에 서치 무리도 반절은 죽어 버리는 상황.

피해를 잔뜩 입은 녀석들과 마주한 나는 든든한 진흙 인간을 붙들고 한 마리씩 사냥하기 시작했다.

혹여 피해를 보면 신속하게 시체를 삼켜 체력을 회복했다. 타인이 죽인 사냥감에 대해서는 아이템을 얻거나 할 수 없었지만, 시체를 삼켜 대는 성륜의 효과는 통했던 까닭이다.

"오호."

뜻밖의 아이템을 얻었다.

> (조잡한) 서치족 단검 : 공격력13~17

길이 15cm에 불과한 작은 단검이지만 몽둥이보다 훨씬 나았다. 나는 당장 무기를 바꿔 쥐었다.

'제법 쏠쏠하군.'

두 번의 레벨업과 970펜실의 돈. 곰의 발톱과 서치 종족의 아이템들이니, 괜찮은 수확이다.

'관련 퀘스트를 받았다면 폭렙을 했을 텐데.'

퀘스트를 수행하며 고레벨의 몬스터를 사냥하면 +@가 붙는다. 여기에 보상으로서 %, 혹은 레벨UP 자체가 부여되고 스킬과 명성 등의 보상까지 이어지지만, 전부 남들 얘기일 뿐.

"요놈."

지금 내 기분은 어부지리 속 어부의 마음이다.

나는 끈덕지게 내 발을 붙들고 있는 진흙 인간을 툭툭 때리며 다시 돌아갔다. 그리고 늑대와 들개를 다시 사냥했다.

그 결과

제임스Lv9(전사)

힘 : 45 혈력 : 0

민첩 : 31 기력 : 0

지혜 : 43 마력 : 4

위엄 : 2

도둑의 시야 : passive(Lv3. 105/300)

넓은 시야를 확보할 수 있다.

효과 : 지도 인식 범위 8% 증가

습득 조건 : 기력1

3, 3, 4의 분배와 포인트를 스킬에 집중한 결과, 지도 인식 범위 4%였던 것이 두 배로 늘어나고 체력이 늘어나게 되었다.

[레벨업!]

어느덧 12레벨 달성.

"듬직한 몹 방패."

체력 빵빵하고 공격력 허접한 진흙 인간을 방패 삼아 사냥을 이어 나가다 보니 제법 지도가 밝아지고 사냥이 원활해졌다. 보관함에는 개 고기와 가죽이 200개 이상 쌓여 가고 늑대 역시 이빨과 발톱, 가죽 따위를 수없이 남기고 산화해 주셨다.

그러던 중이었다. 사람과 짐을 잔뜩 실은 마차 한 대가 질주하는 것이 아닌가.

"우와아아~! 달려라, 달려~"

"아, 템 먹고 싶다."

"먹고 자살하든가~"

"즐!"

'활기차군.'

짐 사이사이에 게이머들이 앉아 수다를 떨고 있었다.

아차.

'여타 온라인 게임을 보면 돈을 주고 게이트를 이용하던데 말이지.'

그랬다. 난 왜 두 발로 걸을 생각만 했을까. 퀘스트를 피할 때 피하더라도 이용할 것은 죄다 이용했어야 했는데 말이다.

'영리해지자.'

나는 사냥을 그만두고 당장 마을로 돌아갔다. 그리고 상점 주인 갈락에게 갔다.

"무슨 일이요?"

"[1:1거래]를 원합니다."

"구매요? 판매요?"

"판매입니다."

배불뚝이 갈락이 뚱한 표정으로 손을 내밀었다. 나는 열리는 거래창에 내가 가진 들개와 늑대, 서치, 마지막으로 곰의 부산물들을 모조리 올렸다. 그리고 갈락의 창에서 지도를 끌어와 거래창에 올려놓는다.

보관함에 담을 수 있는 물건의 종류는 총 50가지. 이 중 힘 수치에 따라 들 수 있는 무게가 늘어나게 된다. 계산은 단순하게 힘1당 3kg의 무게를 들 수 있는 바, 나는 162kg의 짐을 들 수 있는 전사였다. 물론 그만한 무게를 짊어지게 되면 이동속도와 공격속도, 공복도가 눈에 띄게 감소하지만 말이다.

"묵직하군요."

갈락이 놀라움을 표하는 이유는 내가 가져온 물량이 140kg이었던 탓이다. 다른 이들은 약초니 수리니 장비의 업그레이드니 하며 지출이 있지만 내 경우에는 그런 지출이 없는 덕에 쉽사리 돈을 쌓을 수 있었다.

"어제 기본 요리를 배워 간 거 같은데, 오늘 이만큼이나 사냥한 거요?"

"별말씀을."

"어디 보자. 그런데 곰의 발톱이나 서치의 꼬리 같은 경우에는 파렌 씨나 데닉 씨에게 파는 게 더 이익일 거요. 그래도 내게 팔 거요?"

"상관없습니다."

대다수 게이머에게는 돈보다 중요한 것이 경험치이며 퀘스트 보상품이지만 내 경우에는 모두 금전화시키는 것이 이익이었다.

"그럼 나야 좋지요. 여기 거래대금에서 지도값만 제하고 24펜실입니다."

나는 사들인 지도를 사용했다.

왼쪽 위에 띄어 놓은 지도창이 확 밝아지며 인근의 사냥터까지 자세하게 소개된 지도가 모습을 드러냈다.

'물건값을 하는군.'

제아무리 길치가 쓴다 해도 반경 10km 내에서 길을 잃을 이유는 없을 것이다.

"듣자하니, 마을 밖으로 나가는 짐마차가 있다고 하던데요. 그 마차를 타려면 어찌해야 합니까?"

"촌장님께 인정을 받고 간단한 심부름을 해 준다는 조건이면 됩니다."

나는 감사를 표한 뒤 밖으로 나왔다.

인정을 받는다는 것은 랭킹 등록을 말하는 것이니 내게 남은 방법은 걸어가는 수밖에 없었다. 하지만 전과 다른 것이 있다면, 이제는 정처 없이 헤매다가 방향을 상실하여 미아가 될 일이 없다는 사실이었다.

'어디 보자.'

지도창을 크게 넓히고 밝혀진 부분으로 옮겨 가면 그 부분에 해당하는 간략한 정보가 떠올랐다.

"흠."

마을 북쪽으로는 좋은 약초를 캘 수 있으며 서치들의 거주 지역이 있다고 한다. 척 봐도 파렌의 남편을 구하려면 이곳으로 가야 할 것 같다.

당장 스칼렛을 비롯한 갈렌 마을의 고수들이 그 퀘스트를 진행하고 있는 곳이다.

"안 가."

동쪽으로 가면 광산마을 빈텔이 나온다. 맹수들이 있으니 조심하는 것이 좋다는 경고가 있다.

이익도 없이 위험하기만 하다면?

"다음."

남쪽으로 가면 국경도시인 멜도란이 나온다. 맹수와 위험한 야만족인 코마 무리가 출몰한다.

'대도시니까 정보가 있겠지.'

하지만 가는 길이 험난했다. 기억하기로 new century의 코마는 레벨이 최저 90. 녹색 피부에 두꺼운 팔과 다리를 가진 야만족에게는 곰 따위 백 마리가 달려들어도 상대가 안 될 것이다.

마지막으로 서쪽으로 가면 내가 경험한 바 있듯이 들개, 늑대, 진흙 인간, 곰, 서치 무리 등등이 출몰한다. 특이한 점은 그 수가 대량이라는 것. 파티를 맺지 않고 독단으로 가는 것은 삼가는 것이 좋다는 경고문이 있었다.

하지만 갈렌보다 조금 큰 레허돈 마을이 있을 뿐, 황도는 한참 멀리~ 떨어져 있다고 한다.

그렇다면 내가 갈 방향은 남쪽이다.

"다소 위험하지만……."

성륜의 힘이면 버티면서 가 볼 법했다.

나는 발걸음을 재촉했다.

※　　　※　　　※

[야생의 숲에 들어섭니다.]

[주의 - 파티를 맺거나 레벨을 올리시기를 권장합니다.]

업그레이드된 지도가 구체적인 경고를 해 주었다.

길을 벗어나기 무섭게

찌직! 찍!

기다렸다는 듯 서치 14마리가 튀어나왔다.

'단위가 세게 나오는데?'

한두 마리도 아니고 나왔다 하면 이 모양이니 정말 파티플레이를 강요하는 것 같다. 물론 내게는 딱 좋은 상황이지만 말이다.

"한 방이 없는 것들 따위."

한 마리씩 요리해 나갔다. 한 놈의 팔을 붙들고는 검으로 연신 찌르다 보면 내 체력은 차 있고 녀석은 죽어 버린다. 그러면 시체를 꿀꺽 삼켜 회복한 뒤 다른 놈을 또 붙들었다.

나만의 버그 게임.

바로, 무한 사냥이 되겠다.

'차근차근.'

무모하지 않게 간격을 고수하며 사냥을 이어 나갔다.

장시간의 사냥임에도 생각보다 피곤하지는 않았다. 막고 때리고 빈틈 노리는 일 없이 그냥 붙들고 아무 데나 찌르면 되는 식이기에 그런 것이다.

1% 만세다.

"키륵! 인간을 죽여라!"

"음? 말을 해?"

다른 서치 무리에서 들리는 또렷한 목소리.

고개를 돌리자 허리 높이밖에 되지 않는 서치들 사이에서 투구를 쓴 녀석이 보였다. 무려 내 가슴 높이까지 오는 그 서치는 [서치 전사].

레벨은 18이다.

"공격!"

서치 전사의 말에 두 무리의 서치들이 일제히 반응하며 앞다투어 돌을 던지며 칼을 놀렸다. 그러자 순식간에 내가 쥐고 있는 서치의 체력이 바닥나며 쓰러졌다.

'탄력 제대로 붙겠는데?'

황급히 옆에 있는 다른 서치를 쥐었다.

[서치에게 공격당했습니다.]

그 짧은 순간, 경고 메시지가 연달아 4개가 떠오르며 체력이 단숨에 120이 떨어져 버렸다. 역시 지휘에 따라 병사들의 전투력은 달라진다.

'살벌하군?'

확확 줄어 버리고 쑥쑥 차오르는 체력.

타이밍이 중요했다.

맞으면 맞을수록 몸이 이리저리로 흔들렸다. 나는 쥐고 있는 녀석을 때려 체력을 회복하는 한편, 공격이 드물게 올 때 다른 녀석으로 갈아탔다.

키엑!

두 번째로 잡았었던 서치는 시체가 되었다. 이에, 시체를 먹어 체력을 회복하고 다시금 다른 서치를 움켜쥐어 칼로 찌르기 시작했다.

꼬꼬마 초등학생들한테 집단 폭행을 당하는 상황 같았다.

아마 높은 체감도의 게이머였다면 뛰고 서치들의 다리 사이를 구르거나 칼을 피해 가며 이렇게 저렇게 진행을 해 나갔을 것이다.

하지만 나는?

쿵! 탁!

퍽! 탁!

"박자만 조심하면 이쯤이야, 뭐."

칼이 동시에 들어올 때 숨죽이고 있다가 엇박자로 들어오는 순간을 노려 다른 서치를 움켜쥔다. 더불어 공격 방향을 줄여 보고자 슬금슬금 이동했다. 결국, 나무를 등지는 데 성공하자 그 자리를 고수하며 한 마리씩 차근차근 요리해 나갔다.

"키르륵! 인간, 내가 상대한다!"

뒤에서 지휘하던 서치 전사가 검을 뽑아 들더니 달려들었다.

놈이 두툼한 검을 야무지게 휘둘렀다.

[서치 전사에게 공격당했습니다.]

[체력 −100!]

10이 차감된 손해가 이 정도라면.

'곰 못지않다.'

오히려 높다. 이놈은 곰보다 공격속도가 빠르니까. 결국, 칼질 두 번을 견디지 못한 서치가 죽어 나갔다.

다른 서치를 움켜쥐었으나.

키엑!

역시 순식간에 죽어 버렸다. 그러자 서치 전사의 눈이 새빨개졌다.

[거듭된 일족의 죽음으로 서치 전사가 분노했습니다.]

쪽지창에 이어, 서치 전사의 검이 몸통을 베어 왔다.

[체력 −140!]

훌쩍 오른 충격.

"잘하면 죽겠는데?"

아프지도 않으니 심각해지지도 않았다. 그냥 '요것 봐라?'라는 정도의 심정이다.

내 마력 수치는 5.

두 번이나 쓸 수 있으니 망설임 없이 한 방 때려 준다.

"쇼크 웨이브."

퉁—!

무형의 파동이 서치 전사를 밀어냈다. 그사이 빈사 상태에
이른 서치를 재빨리 먹어 버리고는 다음 표적을 찾았다.

남은 서치는 12마리.

성륜의 힘은 대상의 체력을 흡수하고 받은 피해를 전가하
며, 시신을 삼켜 상태를 회복시키는 것이다. 맹점은 붙들고
있는 몬스터만큼은 1:1로 해결해야 한다는 사실이고.

'그리고 보니 성륜 하나에 능력 하나씩인데.'

새로 얻은 성륜은 무슨 능력이 있는 걸까?

"키륵! 죽어라!"

맞으면서 생각했다.

'……거참, 모르겠네.'

워낙에 기상천외한 능력이니 감히 어떤 방법으로 알아내야
할지 짐작이 가지 않았다.

"공격해! 밟아!"

찌직!

"쇼크 웨이브."

끼륵!

서치 전사를 훅 밀쳐 내며 경험치 바를 주시했다.

[레벨업!]

[13레벨 달성!]

나는 잠시 서치 전사가 달려오는 사이 다른 녀석을 붙들고
는 능력치 배분을 마무리 지었다. 이번에는 체력이 있어야 하
니 보너스 능력치를 몽땅 힘으로 부여했다.

제임스Lv13(전사)

힘 : 64   혈력 : 0

민첩 : 40 기력 : 0

지혜 : 55 마력 : 5

위엄 : 3

추가된 혈력을 고통의 희열로 바꾼 뒤 도둑의 시야에 적용. 스킬 레벨을 상승시켰다.

도둑의 시야 : passive(Lv4. 19/800)

넓은 시야를 확보할 수 있다.

효과 : 지도 인식 범위 16% 증가

습득 조건 : 기력1

이로써 지도 인식 범위가 증가했으며 체력은 320이 되었다.

'서치 전사의 한 방을 더 견뎌 낼 수 있게 됐지.'

이 능력들을 살려 지도를 보았다. 한 치수 넓어진 시야 끝자락으로 녹색이 보였다.

비선공 몬스터다.

죽어 나자빠지는 서치를 먹으며 방향을 선회했다.

한 방 더 버틸 수 있다는 것은 굉장한 도움이 된다.

느긋하게 먹고 아이템도 수습하며 다른 서치를 붙드니 서치 전사가 도무지 이해가 가지 않는 듯이 소리쳤다.

"인간, 왜 안 죽나!"

"글쎄다. 쇼크 웨이브."

"끼룩! 키아아!"

다시금 훌쩍 날아가는 서치 전사.

분노했다 하면서도 묻는 것을 보니 궁금하긴 많이도 궁금했나 보다. 지금까지의 패턴으로 서치 하나를 죽이고 아이템을 수습하자 이번에는 서치 전사가 달려들지 않고 환장하겠다는 듯이 바닥을 뒹굴며 난리법석을 피웠다.

곧 다른 메시지가 떠올랐다.

[거듭된 부하의 죽음으로 서치 전사가 광기에 빠져듭니다.]

서치 전사의 두 눈이 붉어졌다. 파공성이 섬뜩할 정도로 빨라진 공격.

[체력 -180!]

쥐고 있는 서치의 체력이 단숨에 쏭덩쏭덩 잘려 나갔다.

'또 두 방이냐.'

이거야, 원. 맞으면 억 소리가 절로 날 지경이다. 지도를 보면서 다시 쇼크 웨이브로 날려 버렸다.

- 꿀꺽!

쥐고 있는 녀석을 삼켜 완전 회복.

광분한 서치 전사가 오기 전에 잽싸게 이동했다.

"죽어! 죽어! 죽어라!"

케엑!

칼질할수록 엉뚱한 부하들만 죽어 나가는 상황.

서치 전사가 아예 게거품을 물었다.

"벌통?"

그사이 맞으며 이동한 나는 녹색의 점, 비선공 몬스터에게
당도했다.

윙윙거리며 날아다니는 꿀벌들은 멀리서는 괜찮았지만, 점
차 다가갈수록 녹색에서 서서히 분홍색으로 변할 조짐을 보이
기 시작했다.

아군 적군 구분 없이 그들 영역에 들면 일제히 벌들이 쏟아
져 나올 기세.

'딱 좋다.'

녹색의 점이 연분홍으로 보일락 말락 하는 그 지점에서 섰다.

후웅!

뻑!

[체력 -190!]

캥!

전사의 공격에 쥐고 있던 서치가 몸을 떨었다.

'좋아.'

공격 직후, 나는 몸을 돌려 서치 전사와 내 위치를 바꾸었
다. 그리고 녀석이 정확히 벌통을 가리게 되자 왼손을 뻗었다.

"쇼크 웨이브."

충격파가 작렬하자 서치 전사가 훌쩍 뒤로 날아갔다. 여전
히 피해를 주지 못하는 공격이건만 이번에는 결과가 달랐다.
주르륵 미끄러진 서치 전사의 등이 벌통이 달린 작은 나무를
크게 흔든 까닭.

비록 나무가 꺾이지는 않았지만, 안에 있는 벌들에게는 큰

일이 난 상황이다.

부웅! 붕!

위기를 느낀 벌의 날갯짓. 곧 사방에서 서치 전사에게 벌들이 날아들었다.

벌의 이름은 [르피르 일벌].

레벨 17의 벌들이 최하 50마리였다.

키에에엑!

다다다닥 달라붙는 르피르 벌들은 서치 전사가 매섭게 검을 휘두르자 뭉텅뭉텅 떨어졌다.

'레벨만 높은 건가?'

벌의 체력은 많지 않은 것 같았다. 그러나 서치 전사도 절대 여유롭지만은 않았다. 필사적으로 검을 휘두르지만, 끝없이 쏟아져 나오는 벌들 때문에 공격을 허용당했다. 두 눈은 물론 드러나는 모든 피부가 찔리니 치명적인 위기에 봉착한 것이다.

"집을 부숴!"

허우적거리던 서치 전사가 소리치자 서치들이 달려들어 연신 벌들이 쏟아져 나오는 벌통을 공격했다. 더욱 난리를 피우는 벌들. 하지만 마구잡이 침입자들을 막을 수는 없었다.

수십 대를 쏘여 퉁퉁 부으면서도 가열차게 휘두른 검!

그 검에 때려 맞은 나무가 기우뚱했다. 이윽고 흔들거리던 벌통이 쓰러져 버렸다. 그런데 의외인 것은 서치들의 행동이었다. 전부 내팽개쳐 두고 무언가를 열심히 찾고 있던 것이다.

찍직! 찍!

기쁨의 외침. 벌집을 헤집어서 찾은 것은 바로 그 안에 담긴 꿀이었다. 서치들은 그 꿀을 몸에 바르고는 쓰러진 서치 전사에게 먹이고 발라 주었다.

그 과정 중 죽어 나가는 서치가 5마리.

하지만 효과는 놀라웠다. 퉁퉁 부어오르던 서치들의 몸이 가라앉았고 쓰러졌던 서치 전사마저도 꿈틀거리며 몸을 움직이기 시작한 까닭이다. 몬스터들끼리 적대 관계가 있느니만큼 그들에게는 그들 나름의 사냥 방법이 존재하는 듯했다.

"뭐, 어쨌건."

상황이 대략 정리되어 갔다.

나는 으깨진 벌통으로 다가갔다. 꾸물거리는 유충들과 쪼개진 저 속에서 큼직하게 있는 여왕벌이 보였다. 슬쩍 발을 가져가자 유충 한 마리가 내 발을 물었다.

[체력 -40!]

유충 주제에 레벨은 15였다. 더불어 쪽지창이 떠올랐다.

[발이 마비되었습니다. 이동속도가 30% 감소합니다.]

[중독되었습니다. 초당 30의 체력이 감소합니다.]

"헐. 센데?"

작다고 무시할 게 아니었다. 나는 뒷걸음질 치며 칼로 찔러 보았다.

우습게도 한 방에 유충이 죽어 버린다. 그야말로 공격력만 극대화된 녀석들이었다.

다행하게도 르피르 유충을 오른손으로 먹으니 상태 이상까지도 해결되었다.

'경험치 덩어리들.'

빈사 상태에 놓인 서치 무리와 으깨진 벌통. 그리고 그 가운데에서 꿈틀거리는 여왕벌을 보니 먹지 않아도 절로 배가 불렀다.

사냥 결과.
경험치는 당연했고.

르피르 벌의 로열젤리

매우 드문 극상품의 꿀로서 훌륭한 건강식품이자·연금재료이다.

환부에 바를 시 외상을 아물게 하며 500의 체력을, 복용할 시 800의 체력을 회복시킨다.

1분간 마비 독에 대한 내성 80% 증가

30초간 방어력 10% 상승

10초간 벌류의 공격에 대해 50% 빗나감 효과를 얻을 수 있다.

주의 : 1) 로열젤리가 공기와 접촉 상태에 놓이면 분당 25%
　　　　　 의 효능이 감소

　　　　 2) 4분이 지난 로열젤리는 음식 재료와 피부 미용의
　　　　　 효과만을 가지게 됨.

전리품 역시 쏠쏠했다.

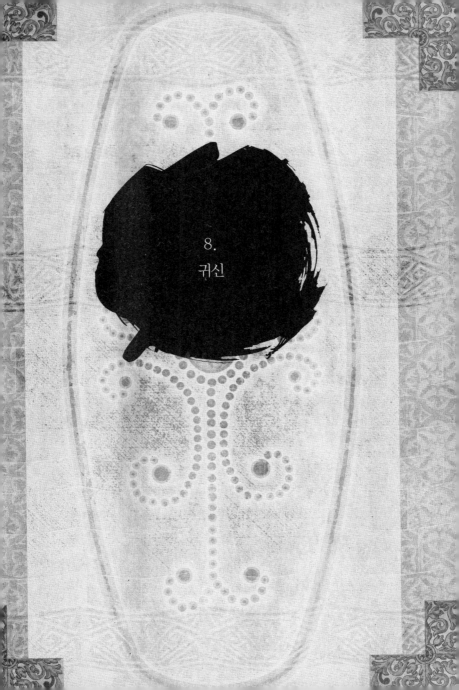

8.
귀신

[접속을 종료합니다.]

의자에서 일어난 나는 찬물에 세수한 뒤 오늘 해야 할 일을 떠올렸다.

오늘의 일과 중 가장 중요한 일. 그것은 이용택 관장을 만나 new century에 대한 설명을 해 주는 것이었다. 아울러 그의 첫 접속과 귀신 들린 바늘을 관찰하고 소감에 대해서도 들어야 했다.

'특별히 observer가 가능한 기기로 주문했으니까.'

플레이 방식은 물론 다양한 모습을 볼 수 있을 것이다.

냉수마찰과 스트레칭을 마친 뒤 언덕 밑으로 내려갔다 올라오기를 반복했다. 상처를 내어 긴장감을 유지하는 것은 당분간 보류하기로 했다. 전날에 워낙 깊게 헤집어 놓은 터라 아무는 데만도 몇 주일은 걸릴 것이기에 그렇다.

그런데 약수터로 이어지는 산길 어귀로 무언가 움직이는 것이 언뜻 보였다.

'착각인가?'

잘못 보았나 싶은 그때, 다시금 풀숲이 흔들렸다. 나는 걸음을 멈추고 귀를 기울였다.

가만히 숨을 고르고 귀를 기울인다.

차릉―!

기묘한 울림.

미세한 진동이 느껴진다. 외부에서의 진동인지, 내 몸이 떨린 것인지는 분간이 가지 않았지만 무언가 있다는 것은 확실했다.

비현실적인 광경이었다.

'설마 성륜의 주인이?'

장갑을 슬쩍 벗어 성륜의 움직임을 살펴보았다. 다행하게도 아무런 움직임이 없는 상황.

나는 다시 장갑을 고쳐 끼고는 주위를 살폈다.

조용했다.

과민반응한 것일까.

'보면 알겠지.'

은밀하게, 서서히 무언가 있음직한 그곳으로 향했다. 잘하면 단서를 얻을 수 있을 것이고, 아니면 본전치기뿐이 되지 않는다. 혹, 위험으로 다가가는 것은 아닐까 생각도 들었지만, 어차피 초월자들이 내 정체를 알게 되면 어차피 빼도 박도 못하지 않던가.

이불자락 뒤집어쓰고 벌벌 떠는 바보짓은 첫날이면 충분했다.

산의 이름은 오봉산.

흔하디흔한 작은 산이었다. 마을이 주위를 빙 두르고 있고 산동네 밑자락은 대로와 이어진다. 마음먹고 가로지르면 하루 만에 산을 넘을 수 있을 정도다.

치르르-!

기이한 진동에 다가갈수록 왠지 본능에 따라 떨려 왔다.

'혹시 모르니까.'

휴대전화를 왼손에 들고 오른손으로는 근처의 돌을 쥐었다. 나름의 안전책이었다.

나는 천천히 다가가며 귀를 기울였다.

약수터 길에서 벗어나 숲 아래로 들어간 장소. 길조차 없는 그곳으로 한참 들어가자 저 멀리 나무 사이로 누군가가 보였다.

평범한 운동복 차림의 남자. 그는 한 나무를 향해 손을 뻗고 있었다. 그가 손을 뻗을 때마다 둥! 하는 둔중한 울림에 이어 나무가 부르르 떨었고 내가 느낀 진동이 은은하게 퍼지고 있었다. 동심원을 그리며 퍼져 나가는 수면의 파동과도 같이, 작은 울림이 풀숲을 흔들리게 한다.

작은 손짓에 사방이 사르르 떨고 있었다.

실로 믿기지 않는 모습. 영화 같은 그 모습에 한결 더 조심하며 그를 관찰했다.

한 걸음 더 다가가 보자 남자가 마주하고 있는 나무의 겉껍질이 벗겨져 매끈한 속내를 드러냈음을 알 수 있었다. 그가 숨을 짧게 내쉬고 난 뒤 길게 고르며 두 손을 가지런히 모으는 모습이 보였다.

'어?'

아는 사람이다. 뒤돌아서는 그는 이용택 관장이었다.

'수련 중이었던 건가.'

생각지도 못한 장소에서 혼자 수련 중인 그. 무표정한 얼굴로 땀을 닦아 내고 물을 마시는 그를 보니 긴장이 탈 풀어지는 느낌이었다. 아울러 감탄이 절로 나왔다.

CG 효과나 영화 소품도 아닌데 사람이 저런 일을 한다는 것이 새삼 놀라웠던 것이다.

술 마시며 '한 방에 샌드백 날려 버리면서 내공은 없다고 하더라니까.' 말하던 강하성 소장이 언뜻 떠올랐다.

그때, 묘한 감정에 빠진 내 귀로 아이 울음소리 같은 것이 들렸다.

야옹~!

고양이였다. 집에서 키우는 애완 고양이인지 그의 곁으로 다가와서는 꼬리를 살랑살랑 흔든다. 고양이를 쓰다듬는 이용택 관장을 보며 나는 굳이 이렇게 숨어 있을 이유가 없음을 새삼 알았다.

자연스럽게 낮추었던 몸을 일으키고 일부러 소리를 내었다.

"안녕하세요, 관장님. 운동 중이신가 봐요? 안 그래도 오늘 찾아뵈려…… 헉!"

나는 덜컥 몸을 세울 수밖에 없었다. 이용택 관장이 양손을 움직이자 '우드득!' 소리가 나며 고양이 목이 꺾인 탓이다.

목뼈를 분질러 죽인다니.

상상치 못했던 모습에 멈칫하는 나와는 달리 이용택 관장은 아무 일 없었다는 듯 태연하게 일어나 나를 보았다.

"가볍게 몸을 풀던 중이었다. 그런데 이곳은 어떻게 알고 왔지?"

"그냥 무슨 소리가 들리기에 호, 호기심에요. 운동하시는 모습을 보면 안 되는 거였나요? 비, 비밀 수련?"

아아, 젠장.

용감하게 대처하려고 했는데 나도 모르게 말이 떨려 나왔다. 설마 엄청난 비밀 수련을 내가 목격해서 나도 저렇게 만들려는 것은 아닌가 하는 망상이 떠오른 탓이다. 저런 사람이 나 잡자고 달려들면…… 정말이지 답 안 나온다.

"그게 무슨 말이지?"

난데없이 이상한 말을 한다는 듯 나를 보는 이용택 관장이다.

나는 조심스럽게 고양이를 가리켰다.

그가 메마른 웃음을 보였다.

"누군가한테 심하게 맞은 고양이가 있더구나. 불쌍해서 먹을 것을 주고 돌봐 주었었다. 그러니 오늘 또 따라왔더군."

"귀찮아서 죽인 건가요?"

"아니. 고분고분 잘 있던 녀석이 갑자기 긴장하기에 반사적으로 죽여 버린 거다. 아직 감각이 곤두선 터라 적의(敵意)

에 대해서는 민감하게 반응하거든."

그 말을 듣고 다시 고양이를 보니 왠지 낯익었다. 녀석은 내가 성륜을 시험한다며 붙들고 때렸던 고양이다. 적의를 보인 이유는 어제 자신을 괴롭힌 '내가' 보인 까닭이고.

……그런데.

'반사적으로 죽였다고?'

술자리에서 그가 말했던 '오감의 극대화'와 그 사소한 부작용이 떠오른다. 왠지 지금 다가갔다가 혹여 기분이라도 나쁘게 만들면 뭔 일이 벌어질 것만 같았다.

'고양아, 미안…….'

쓸쓸하게 고양이를 보았다. 그러고 있노라니 이용택 관장이 근처의 나무를 쥐고 잎사귀들을 쓸었다. 땅을 파는 모습이 무덤을 만드는 것 같다.

나 역시 다가가 그 일을 도왔다. 막대기로 땅을 긁은 뒤 흙을 손으로 옮겨 작은 구덩이를 팠다. 그러다 옆을 본 나는 깜짝 놀라 눈을 부릅떴다.

'아, 심장이야.'

고양이 주검이 대롱대롱 거꾸로 매달려 나를 보고 있지 않은가. 갑자기 옆에서 불쑥 튀어나오니 깜짝 놀랐다.

위를 보자 맨손으로 고양이 뒷다리를 들고 온 이용택 관장이 내 옆에 있었다. 그는 고양이를 구덩이에 툭 던진 뒤 다리를 꺾어 구덩이에 맞게 크기를 조절했다. 네 개의 다리를 잘 접자 크기가 꽤 작아졌다.

'…….'

시체 크기만큼 무덤을 만드는 게 아니라, 무덤 크기에 맞춰 시체를 접어 버린다.

흙과 나뭇잎을 덮어 밟는 마무리 정도는 내가 했다.

"이거 본의 아니게 아침부터 시체를 보게 했구나."

"그냥 털 뽑힌 생닭 본 셈 치죠, 뭐."

내 정신연령이 몇인데 저런 것을 보고 놀라고 불안해하겠는가. 원인 제공자가 나이니 그저 미안할 따름이다.

내가 이런 말 하면 위선이겠지만, 고양이가 아무쪼록 좋은 곳에 갔기를 희망한다.

"그런데 관장님은 상당히 외진 곳에서 운동하시네요?"

"감각이 무뎌지면 곤란하니까 나흘에 한 번씩은 벼려 주고 있지."

그는 가방에서 물통을 꺼냈다. 식수로 손을 씻은 뒤 걸음을 옮겨 가며 답했다.

"그리고 별것 아닌 요령인데 사람들이 꽤 관심을 둬 번거롭더구나. 방송국이다 뭐다 연락하는 녀석들이 많아서 이렇게 도둑 수련을 하고 있다."

충분히 이해가 되고도 남았다. 나만 해도 놀라서 눈이 휘둥그레질 정도였으니 말이다.

"저런데도 무공이 아닌가요?"

"요령이지."

쉽게 답하는 그였지만, 한눈에 척 보기에도 아무나 할 수 있는 만만한 요령은 아님이 분명하다. 그는 이리저리 산길을 오르며 손으로 무언가를 따 준비해 둔 통에 넣고 있었다. 녹색의 잎과 붉은 열매. 흔히 슈퍼에서 보는 딸기와 비슷하지만 크기는 더 작았다.

빨간 빛깔이 매우 귀엽지만 먹으면 단맛보다는 씨가 씹히는 오득한 질감과 맹물 맛. 여기에 아주 옅게 나는 딸기향이 전부인 그것은 뱀이 잘 다니는 그늘진 곳에 자란다 하여 이름이 붙은 뱀 딸기였다. 그런데 그는 열매뿐이 아니라 줄기와 잎까지 모두 담고 있었다.

"그거 전부 먹는 건가요? 아니면 약초?"

"요리 재료지."

간단한 대답이었다.

그는 뱀 딸기뿐이 아니라 돌나물과 쑥을 캐기도 했다. 동량의 설탕을 넣어 만드는 시중의 식품과는 달리 그는 식초로 사용한다고 했다.

"설탕 많이 먹어서 좋을 것 없다."

강하성 소장이 이 사람을 보고 산에서는 도사라 했던 게 맞는다는 생각이 절로 들었다. 이용택 관장은 그렇게 소량씩을 담으면서도 걸음을 늦추지 않았고 나는 뒤따르며 이런저런 대화를 나누었다.

"나야 무술을 좋아하고 소식(小食)하지만 아내와 아이는 그렇지 않거든. 그러니 좋아하게끔 이렇게 신경 쓰는 수밖에 없지."

어느덧 산에서 벗어나 약수터 길을 걷는 중이었다.

"말 나온 김에 네게도 종류별로 주도록 하마. 시큼해도 건

강엔 좋거든."

"감사합니다."

괜찮다며 거절하려던 나는 곧 그를 보고 감사의 인사를 했다. 그의 성격으로 보건대 말이 많지가 않음은 쉬이 알 수 있다. 그런 이용택 관장이 이런저런 설명을 해 주며 내게 선물을 준다는 것은 그 나름의 고마움을 표현하려 한다는 의미임을 안 까닭이다.

"그럼, 조금 이따 보자."

건네는 손을 맞잡은 뒤 그는 휘적휘적 걸음을 옮겨 가 버렸다.

※   ※   ※

예상보다 조금 길어진 운동을 마치고, 아침을 빵과 우유로 간단히 해결했다. 이후 캡슐에 앉아 주식 거래를 하여 보유 주식을 늘렸다.

과거와는 비교도 되지 않는 액수의 돈이 창에 덩그러니 보인다. 미친 척하고 도박에 빠져 하루에 수십, 수백억씩 탕진하지만 않는다면, 정상적인 방법으로는 죽을 때까지 놀고먹어도 충분한 돈이다.

그럼에도 내 삶이 외부적으로 크게 바뀌지는 않았다.

'나도 뭔가 배워 볼까?'

예측 가능한 주식만 사고파는 터라 주식 거래에 오랜 시간이 걸리지는 않았다. 나는 짧게 거래를 마친 뒤 앞으로의 삶에서 조금 더 여유를 가져 보고자 했다.

"뭐가 좋을까."

돈과 직업이라는 짐을 벗어 던지고 사람과 사람을 잇는 유쾌함을 선사하는 재주를 떠올렸다.

코미디, 마술, 노래, 춤 등등이 생각난다.

나는 이 중 당장 할 수 있을 만한 것들을 찾았다.

이벤트나 쇼라면 마술이 좋을 것 같았다. 슬쩍 윤활유 역할을 하는 식으로 서로의 경계심을 없애고 공감대를 형성하는 기술로 딱 좋다.

타닥.

본격적으로 검색했다. 마술의 종류는 정말 다양했다. 모자에서 비둘기나 토끼를 꺼내는 따위가 아닌 카드를 바꾸고 생기게 하는 것부터 기상천외한 것들까지 수두룩했다.

유료 사이트에서 결제하고 자세히 공부했다. 그렇게 3시간 여쯤 보자 대략 개념이 잡혔다. '손은 눈보다 빠르다.' 라는 말이 이해가 된 것이다.

마술이란 사람의 시선을 교묘하게 유도하며, 혹은 차단하며 이루어지는 정밀한 눈속임이다. 또한, 많은 노력과 연출이 필요한 분야이기에 이를 위한 부단한 연습이 필요했다. 어설픈 마술만큼 볼썽사나운 것이 없을 정도이니 완성도가 정말 중요한 것이다.

그러던 중.

드르르-!

바닥에 놓인 휴대폰이 진동했다. 화면에 보이는 이름은 이용택 관장.

'왔구나.'

어느덧 시간도 오후 2시 24분이었다. 나는 바로 이용택 관장의 집으로 향했다.

※　　　　※　　　　※

이용택 관장의 집은 평범한 아파트였다.

버스를 타고 15분 거리에 있는 곳.

그러나 초인종을 누르고 안으로 들어가자 내부는 달랐다.

분위기에 예스러움이 물씬 묻어났다. 정갈하게 정리된 내부는 물론 곳곳에 걸려 있는 동양화들이 마음을 차분하게 가라앉히는 이유였다.

'세련된 민속촌 같다.'

분재와 수석, 잘 깎은 조각상이 진열되어 있었다. 현대 기기가 몇 보이지도 않을뿐더러 혹 있다 해도 주위 배색과 잘 맞도록 꾸며져 있으니 가히 문을 열어 과거로 온 듯한 느낌이 들 정도였다.

"인테리어가 굉장히 인상적인데요?"

감탄의 말을 하자 이용택 관장은 슬쩍 웃어 보였다. 슬쩍슬쩍 보이는 마른 웃음이 아닌 진심 어린 웃음이다.

"집사람이 손재주가 뛰어나거든. 동양화를 전공하기도 했고."

이야기를 듣고 보니 곳곳에 걸린 그림들이 비로소 제대로 눈에 들어왔다. 유명한 그림들이라기보다는 그들 가족의 추억을 담은 풍경이었다. 주인공은 한 남자와 여자, 어린아이. 이렇게 언제나 세 가족이었다.

나는 다분히 코믹하게 그려진, 손에서 바람을 쏘아 보내는 남자와 함박웃음을 짓는 가족의 그림을 보며 물었다.

"사모님은 나가셨나요?"

"일이 있으니 아이와 함께 잠시 자리를 비워 달라 했다. new century와 관련된 이야기는 너를 제외한 그 누구에게도 하지 않기로 했으니까. 그런 이유로 네가 말했던 것에서 observer 기능은 제외하고 주문했지."

듣고 나서야 아차 싶었다.

맞다. observer 기능이 있다면 그걸 나만 보겠는가. 한 집 사는 가족도 볼 수 있을 것이다. 그렇다고 이를 철저하게 막는다면 이용택 관장이 사랑하는 가족 간의 관계가 소원해질 우려도 있게 된다.

이용택 관장은 이러한 일들에 대비하여 애당초 observer 기능을 제거하고 아내와 딸을 내보냄으로써 자신의 마음가짐을 보여 주었다.

"그게 좋겠네요. 알려 주셔서 감사합니다."

"기기는 이 안에 있다."

문을 열고 들어가자 배경과는 너무도 맞지 않는 최첨단 캡슐이 떡하니 모습을 드러냈다. 나는 매끈하게 빠진 캡슐을 오른손으로 만져 보았다.

아무런 조짐도 없다.

'그렇다면 내가 집중할 것은 이용택 관장이군.'

준비해 둔 노트를 건넸다.

"이것은 지금까지 제가 알아보고 유추한 new century 에 대한 정보들입니다. 가설에 불과하긴 하지만 이를 최대한 이용해 보시고 얻어지는 결과나 과정 중에 겪는 일들을 알려 주세요. 가능하면 new century 내에서의 일뿐이 아니라, 이를 통해 현실에서 무슨 조짐이 있으면 그조차 알려 주시기 를 부탁하겠습니다."

준비했던 노트는 두 개였다. 하나는 간략한 정보고, 둘은 태진이로부터 들은 정보들과 내가 이를 토대로 상세하게 적어 놓은 것.

이 중에 내가 꺼낸 것은 두 번째였다. 그를 믿어 보기로 한 것이다.

노트를 읽던 그가 물었다.

"내용은 란티놀 제국이라는 곳이 많은데 왜 시작점은 펠마 곤인 거지?"

란티놀과는 매우 멀리 떨어진 작은 왕국, 펠마곤.

태진이에게 영향을 끼치지 않으면서 고속 성장을 이루라는 의미였지만 나는 슬쩍 포장해서 말했다.

"제국에 대해서는 알 만큼 알았으니까요. 모르는 걸 채워 가는 게 더 재밌지 않겠어요?"

이에 이용택 관장은 묘한 이야기를 했다.

"천재의 호기심은 무섭구나."

"네?"

"'오버테크놀로지적인 new century에 대한 호기심으로 개인적인 실험을 해 보고 싶다.'고 했었지?"

"네, 그랬었죠."

그제 술자리에서 말문을 그렇게 열었었다. 과거 회귀니 악마니 성륜이니 하는 이야기를 할 수는 없으니 적당한 핑계거리로 둘러댄 것이었다.

"하성이가 너를 괴짜 천재라 하더군. 은연중에 많은 도움을 받았다며 내게도 만나 볼 것을 권했었지. 그런데 만나 보니 그 말이 딱 맞더구나."

"하하. 설마요."

쫄딱 망했던 나를 보고 천재라니, 지나던 개가 웃을 일이다.

그런데 이용택 관장은 내가 말을 잇기에 앞서 손을 내밀었다.

그가 건넨 것은 저주받은 바늘.

성륜이었다.

나의 오른손이 꿈틀거렸다.

"네가 오기 전에 new century에 대해 나름대로 알아보았다. 그리고 기기가 오자 한번 접속을 해 보았지."

그는 담담한 어조로 충격적인 이야기를 해 주었다.

"그런데 재미있는 것이 내게 나타나더구나."

"재미있는 거요?"

"아무것도 없는 검은 공간에 바늘이 떠올랐다. 바늘은 창백한 낮에 소복을 입은 치렁치렁한 머리칼의 여인으로 변했지. 손톱이 모두 빠져 피를 흘리며 다가온 여인은 얼굴이 거꾸로 돌아가 있었다. 그녀는 사지가 비틀어진 모습으로 내게 다가왔어."

갑작스러운 이야기에 모골이 송연해진다.

회귀 초기에 나는 이불을 뒤집어쓰고 잠시나마 두려움에 떨었다. 지금에야 당당하게 맞서고자 마음먹었지만, 아직도 마음 한편으로는 두려움을 지우지 못한 상태였다. 만약 내가 접속하는 데 저런 상황에 부닥쳤다면 어찌했을까.

잠시 생각해 본 나는 조심스럽게 물었다.

"그래서 어떻게 됐나요?"

"돌아간 목과 팔다리, 제대로 다시 꺾어 줬다."

"!"

그가 담담히 말을 이었다.

"어색한지 입을 벌리고 보더구나. 나는 전혀 움직이지 않는 것을 보고 신체 구조상 원래 돌아가 있어야 정상인가 싶어 꺾은 관절들을 다시 돌려주었다. 그러자 이번에는 머리칼이 휘날리며 흉터로 가득한 얼굴과 눈동자를 붉게 물들였어. 야생 짐승이 품고 있는 살기를 뿜어 댔고 말이야."

"그, 그래서요?"

"손가락으로 두 눈알을 뽑아 주었다."

뭔가 평범하지 않은 대처들의 연속이다. 돌아간 팔다리를 제대로 꺾어 주었다 한다. 그리고 살기 어린 눈으로 노려보기에 눈을 파 주었다고 했다.

'손을 내밀기에 악수를 했어.' 하는 정도의 무덤덤함으로 넘어가기엔 살포시 포인트가 어긋나지 않았나 하는 생각이 드문드문 든다.

"그러니 귀신은 사라지던가요?"

"하나 더 있었다. 두 눈이 뽑힌 여인이 네모반듯하게 접힌 고양이로 변해 달려들었고, 그 머리통을 으스러뜨리면서 마무리되었지."

"……."

그야말로 호랑이한테 물려 가면 그 가죽을 통째로 벗겨 올 정도의 사람이 아닐 수 없었다.

나는 멍하니 그를 보았다.

이용택 관장은 메마른 웃음을 보인 뒤 어깨를 으쓱해 보였다.

"내 이야기가 꽤 지루했나 보군. 하긴, 여기까지는 어지간한 귀곡산장이나 흉가에 가면 일어날 수 있는 유치한 일에 불과하니 말이다. 아울러 내 말주변이 부족하니 이 점은 이해해 주기 바란다."

'충분히 긴장감 넘쳤습니다!'

풀 수 없는 오해가 더욱 쌓여만 갔다.

이쯤에서 잠시 말을 멈추었던 그는 캡슐을 열고는 기기를 만졌다.

[감사합니다, new century의 세계로 오신 것을 진심으로 환영합니다.]

맑고 청아한 목소리.

역시 비싼 게 좋다. TV 상징노래로 몇 번 들었던 여자 성우의 인사였으니까.

'나한테는 칙칙하게 유료 서비스를 이용하라고만 떠들더니.'

그런데 갑자기 이 음성을 왜 들려준 것일까. 이용택 관장은 다시 들어 보라는 듯 버튼을 눌렀다.

[감사합니다, new century의 세계로 오신 것을 진심으로 환영합니다.]

똑같이 들려오는 음성. 의아한 눈으로 그를 보자 이용택 관장은 손을 내밀었다. 내가 얼떨떨해하며 바늘을 돌려주자 그는 검지로 입을 막아 보이고는 다시 똑같이 버튼을 눌렀다.

[아이 참, 장난 그만 치시고 빨리 들어오세요!]

'바뀌었다?'

깊고 풍부하던 음색이 짤랑이며 애교 섞인 목소리로 바뀌었다. 뿐만이랴. 고정된 어조로 똑같이 읊조리는 것이 아닌, 실제로 곁에 두고 대화하는 것처럼 감정이 물씬 풍겨 오고 있다.

다시 버튼을 누른다.

[겁륜의 계약자가 저만치 앞서 나가는데 이래서야 어떻게 하시려고…… 아야! 알았어요, 알았다고요! 흥!]

들려오던 목소리는 이용택 관장이 바늘을 부러뜨릴 듯이 휘어 버리자 한발 물러서는 모양새를 취했다. 입력된 캡슐의 음성이 아닌 자아를 지닌 누군가의 목소리. 아울러 겁륜의 계약자라는 의미심장한 단어까지.

이용택 관장이 열었던 캡슐을 닫았다.

무형의 존재. 저주받은 바늘. 성륜. 겁륜의 계약자. 캡슐을 열었을 때에는 목소리 하나하나를 주의하던 그의 태도.

"밖에서 듣는 게 안전하겠군요."

나는 핵심 단서를 접하게 되었음을 직감할 수 있었다.

2 권에서 계속

www.bbulmedia.com

www.bbulmedia.com